KB052557

도난: 숨겨진 세계

안전가옥
오리지널
38

이산화
장편
소설

도난:
숨겨진 세계

차례

밤이 늦도록 남자는 새를 그리고 있었다.

부드럽게 휘어진 부리와 짧은 부채꼴 꼬리를 지닌 아름다운 새였다. 몇 시간 전까지만 해도 그 부리와 꼬리는 거친 선을 겹쳐 휘갈긴 지저분한 스케치에 불과했지만, 노트의 페이지가 넘어갈 때마다 그림은 눈에 띄게 또렷해졌고, 새에게는 생명력이 깃들었다. 가장 최근에 그려진 새들은 마디 마디가 자세히 그려진 발로 나뭇가지를 움켜쥐거나, 잉크로 된 새까만 날개를 퍼덕여 과시하거나, 혹은 자신의 오른편에서 막 새로 빚어진 동족을 호기심 가득한 눈으로 빤히 쳐다볼 수도 있었다.

그러나 벌써 열 마리가 넘는 새를 노트 위에 풀어놓고서도 남자의 펜은 만족할 줄을 몰랐다. 다음 페이지로, 또 다음 페이지로 넘어가며 깃털 사이사이를 바삐 채우던 펜은 오직 남자가 곁에 펼쳐 둔 조류 도감을 들여다보는 동안에만 잠시 멈추었다. 그렇게 밤이 지나 새벽이 성큼 다가올 때쯤 비로소 그 기나긴 노고에도 끝이 보였다. 심기일전한 남자의 펜촉을 통해 텅 빈 종이 위에 태어나기 시작한 새는 지금까지 그려진 그 어떤 새와도 달랐다. 부리의 곡선은 더욱 우아했고, 깃털의 짜임새는 더욱 그럴듯했으며, 움직임은 더욱 생동감이 넘쳤다. 먹이를 잡아먹으려 덤불을 향해 곧장 날아가는 새의 꼬리 끝까지 검은색 잉크를 꼼꼼히 덧칠한 뒤, 남자는 집비둘기만 한 몸집을 가늠할 수 있도록 덤불 옆에 자그마한 생쥐까지 한 마리 그려 넣었다.

그러고 나서야 비로소 남자의 입술 사이로 뿌듯함의 긴 한숨이 토해져 나왔다. 펜을 내려놓고 짧게 자른 회색 턱수염을 쓰다듬는 손길에도 만족감이 절로 묻어났다. 방을 뿌옇게 채운 낡은 책과 짐승 표본과 박제용 약품 냄새에 아늑하게 둘러싸인 채, 남자는 완성된 새 그림을 이리 보고 저리 보며 몇십 분을 조용한 경탄으로 지나 보냈다. 나무문이 삐그덕 열리며 달갑잖은 목소리를 불러들이기 전까지.

"선생님, 안 주무십니까? 콩고 자유국 쪽에서 전보가 들어왔는데요."

"탐사 성과를 벌써 보낸 건가? 얘기해 보게, 한스."

젊은 조수 한스의 졸음 가득한 전언에, 남자는 문 쪽으로 고개조차 돌리지 않고 대뜸 기대에 찬 물음부터 내뱉었다. 하지만 조수는 남자의 그런 기대에 답하지 못하고 그저 어물거릴 뿐이었다. 이내 상황을 눈치챈 남자가 실망을 감추지 않고 말했다.

"아, 정치 일이군. 적당히 어디 적어 두면 나중에 확인하겠네."

"원주민 반란 건도 그렇게 말씀하시고선 일주일 동안이나 손도 안 대셨잖아요."

"반란 문제야 본국에서 누굴 데려와도 너끈히 대처할 수 있는 일이지. 그런 자질구레한 사안을 대신 처리해 달라고 자네를 고용한 거야, 한스. 내게는 훨씬 더 중요한 일이 있으니까."

"야밤까지 붙들고 계신 저 소일거리 말씀인가요?"

책상 위의 노트를 곁눈질하며 던진 그 퉁명스러운 질문에, 남자는 비로소 몸을 돌려 조수를 똑바로 마주 보았다. 피로와 주름살로 가득한 얼굴이었지만 남자의 파란 눈은 밝게 빛났고 엷은 입술에는 확신이 가득했다. 그 확신은 조수 왼편의 벽에 걸린 아프리카 지도를 가리키는 손동작에도, 질문에 답하는 깊고 나지막한 목소리에도 마찬가지로 배어 있었다.

"우리가 지금 발을 디디고 서 있는 저 드넓은 대륙을 보게. 한스 자네나 본국 사람들 생각으로는 저기에서 채산성 좋은 광맥, 아니면 고무나 목화 농사를 짓기 적합한 땅 따위를 찾아내는 일이 그저 제일의 과제겠지. 하지만 말일세, 광산이나 농장은 지구의 다른 곳에도 얼마든지 있지 않나? 기껏 미지의 땅 한복판까지 와서 그런 흔하디흔한 것들을 찾아다니는 일이 나의 본업이고, 이곳에서밖에 찾을 수 없기에 그 누구도 아직 눈에 담지 못한 경이를 찾아다니는 일은 그저 소일거리에 지나지 않아야만 한다면, 그건 더없이 불합리한 일이라네."

말을 마친 남자의 시선이 지도를 떠나 방 안을 천천히 한 바퀴 돌았다. 이곳에 와서 처음으로 잡은 황새 박제, 각종 스케치로 가득 찬 노트, 중요한 탐사 사진이 차곡차곡 담긴 보관함, 그리고 방금 완성한 검은 새 그림이 차례로 눈에 들어왔다. 조수에게는 하나같이 그저 냄새 고약한 잡동사니에 불과했지만, 남자는 언제나 그 하나하나에서 영광을 보았다. 가슴이 벅차올라 다시금 입을 열 수밖에 없도록 만드는 찬란한 영광을.

"그 누구도 알지 못하는 새로운 세계가 이토록 아득하게 펼쳐져 있어. 내가 발견해 주기만을 기다리면서, 내 손으로 역사에 남기만을 기다리면서…. 그런데 어찌 정치 같은 사소하고도 따분한 일에 잠시라도 눈길을 줄 수가 있겠나?"

남자는 동의를 구하듯 팔을 펼쳐 보였지만, 조수는 그저 고개를 절레절레 가로젓고선 몸을 돌려 떠나갈 뿐이었다. 아무래도 상관없었다. 자신의 원대한 이상을 조수가 당장 알아주지 않는다고 해도, 제 일밖에 신경을 쓰지 않는 그 심드렁한 태도를 바꿀 기미가 도무지 보이지 않는다고 해도, 남자는 조만간 자신이 발견해 낼 미지의 땅과 호수와 동굴과 생물들을 언제든 눈앞에 선명하게 그려낼 수 있었으니까.

언젠가는 온 학계, 온 문명 세계가 그 경이를 알게 되리라.

그렇게 생각하며 남자는 다시 자세를 고쳐 앉은 뒤 노트의 다음 페이지를 펼쳤다. 위대한 발견을 세상에 알릴 증거가 남자의 펜 끝에서 또 하나 태어나려 하고 있었다.

Chapter 1 :
지하생태학
(Subterranean Ecology)

조니 그리핀은 최상위 포식자였다. 적어도 영국 콘월 동남부의 쇠락한 항구 마을인 플리샌드 안에서만큼은 그랬다. 허름한 술집의 점원에서부터 골목마다 널브러진 마약 중독자들까지 그 누구든 조니 앞에서는 벌벌 떨었고, 동네 순경도 불량배 무리도 감히 조니와 맞붙을 생각은 하지 않았으니까. 그건 조니의 육중한 몸집이나 통나무처럼 굵은 팔뚝 때문만은 아니었다. 비록 손바닥만 한 어촌에서 함께 살고 있을지언정 대다수 마을 주민과 조니는 서식지가 완전히 달랐다. 그는 범죄 조직의 일원이었고, 지하 세계에 속한 사람이었다.

몇 년 전까지만 해도 조니의 '조직'은 부둣가 주정뱅이들이 솜털도 안 빠진 반항아 한 무리를 이끌고 다니며 행패를 부리는 동네 골칫거리 집단에 지나지 않았다. 하지만 소규모 항구를 이용해 단속을 피하려는 밀수꾼들이 하나둘씩 배를 들이기 시작하자 그런 익숙한 풍경은 빠르게 빛바랜 추억거리가 되었다. 밀수 일을 조금만 거들어도 간단히 손에 들어오는 큰돈의 맛은 철없던 골칫거리들을 어엿한 갱으로 바꾸어 놓았고, 그들 가운데서 힘쓰는 일과 주먹질을 도맡았던 조니의 팔뚝에는 어느새 플리샌드 밀수품 중계 조직의 총책임자라는 그럴듯한 완장이 둘렸다. 치안 역량이 부족한 작은 마을의 범죄 업계에서 그 정도면 먹이 피라미드 꼭대기까지 오른 셈이었다.

그날 밤에도 조니는 창고 골목의 어둠 속에서 포식자의 눈을 번뜩이는 중이었다. 정말 누굴 포식하려고 나온 건 아니었다. 그저 업자들이 배에 실어 온 상품을 인계하는 동안 망을 봐 달란 의뢰를 받았을 뿐. 하지만 범죄자들이 큰돈을 두고 벌이는 거래가 매번 평화롭게 마무리될 수만은 없는 노릇이었기에, 혹시라도 사소한 시비가 큰 몸싸움으로 번질라 치면 부하들을 데리고 제때 개입하는 것 또한 자신 같은 최상위 포식자의 책무임을 조니는 잘 알았다. 희미하게 불이 밝혀진 낚싯배를 노려보고 있자니 근육질 양팔에 괜히 힘이 들어갔다. 잔뜩 신경이 곤두선 머릿속에 혼잣말이 웅웅 메아리쳤다. 그래, 여긴 그냥 동네 골목이 아니야. 범죄 현장이다. 어둠의 세계다. 나 정도 되는 사람이라도 결코 긴장을 놓아선 안 되지….

"죄송합니다. 잠시 지나갈게요."

그렇게 잔뜩 긴장하고 있던 조니의 몸을 한쪽으로 밀치며, 웬 젊은 동양인 여자 하나가 좁은 길로 몸을 힘껏 들이밀었다. 단발머리, 조끼 점퍼에 청바지, 목에는 화려하기 짝이 없는 스카프, 그리고 얼굴에는 멍청하게 해맑은 표정까지. 누가 봐도 관광객이었고, 그중에서도 플리샌드처럼 남들이 찾지 않는 동네를 굳이 들쑤시며 탐험가 기분이나 내고 싶어 하는 부류가 분명했다. 한밤중에 낯선 마을 뒷골목을 무서운 줄도 모르고 쏘다니는 주제에, 거대하고 어두컴컴한 범죄의 세계가 바로 지척에 존재하리라고는 꿈에도 생각지 못할 순진해 빠진 작자들 같으니! 마음 같아서는 이 세계의 쓴맛을 제대로 보여 주고 싶었지만, 상대가 행여 비명이라도 질러 댄다면 곤란해지는 건 자신이었기에 조니는 화를 꾹 참고 최대한 위협적인 목소리로 대꾸했다.

"꺼져. 관계자 외 출입 금지다."

"구글 지도엔 그런 말 없었는데요. 그리고 저 여기 지나가야 해요."

"꺼지란 말 못 들었어? 얌전히 꺼질래, 아니면 코피라도 쏟아 볼래?"

기껏 내뱉은 첫 위협을 여자가 그냥 흘려 넘겼단 사실에 괜히 화가 치밀어, 조니는 치켜든 주먹을 관광객에게 들이밀며 다시 한번 험악하게 으르렁거렸다. 하지만 관광객의 얼굴에는 여전히 겁먹은 기색이라곤 조금도 보이지 않았다. 주먹을 앞에 두고서도 흔들림이라곤 없는 미소가 짧은 숨을 태연히 토해 냈다. 바로 그 직후 여자의 왼손이 점퍼 주머니에서 용수철처럼 튀어나왔다. 길고 새까만 스틸레토 형태의 단검을 움켜쥐고서. 조니의 코끝을 향해.

"구글 지도가 이쪽이라고 그랬다니까요."

뾰족한 칼날로 상대의 코를 가볍게 누른 채 여자가 나지막이 말했다. 굵은 핏방울이 조니의 작업복 앞섶으로 뚝뚝 떨어졌고, 날카로운 통증이 안면 전체로 물결처럼 퍼졌다. 하지만 그 고통보다도 조니의 정신을 더욱 깊이 파고든 건 여자의 표정이었다. 조니가 했던 것처럼 으르렁거리며 이를 드러내기는커녕, 여자는 그냥 눈앞의 상대를 빤히 쳐다보기만 했다. 다소 심드렁하게. 남한테 수고스레 말을 걸어서 겁을 주어야 하는 이 상황 자체가 벌써 따분해졌다는 듯이. 그 의미를 뒤늦게나마 깨달은 조니의 주먹이 슬그머니 내려갔다. 이내 여자가 다시 입을 열었다.

"그래서, 이젠 지나가도 되나요?"

"되, 됩니다. 네, 물론이죠."

"감사합니다. 그럼 좋은 밤 보내세요."

잠이 덜 깬 듯 나긋나긋한 목소리와 함께 코끝에서 칼이 떨어지자마자, 조니는 뒤도 돌아보지 않고서 항구 반대쪽으로 황급히 발걸음을 재촉했다. 사람을 위협하면서 눈조차 제대로 부릅뜨지 않던 여자의 태연한 얼굴이 뇌리에 계속해서 어른거렸다. 완장과 주먹질을 무기로 살아온 지난 몇 년 동안 여기저기서 어렴풋이 주워들은 교훈 몇 마디도 함께. 협박을 건성으로 하는 녀석은 피해라, 협박이 실패했을 때 해야 할 일에 거리낌이 없다는 뜻이니까. 그런 녀석은 우리와는 전혀 다른 세상에 속한 부류다…. 한때 조니 그리핀은 그 '다른 세상'이 대체 어떤 곳일지 궁금해했고, 조금은 동경하기도 했다. 이제는 아니었다. 그는 결국 지하 세계의 변두리에서 심부름 값을 몇 푼씩 챙기는 것만으로 만족할 줄 아는 사람이었다. 행여라도 더 깊은 곳으로 발을 들이고 싶은 생각은 추호도 없었다.

* **

한편 컴컴한 골목에 홀로 남은 여자는 말하자면 그 정반대였다. 단검을 잠시 입에 물고서 매무새를 가다듬는 동안, 여자의 시선은 방금까지 조니가 망을 봐주던 낚싯배에 줄곧 고정된 채였다. 불빛 사이의 그림자를 좇으면서, 물어뜯을 구석을 찾으면서. 배 안의 인원수가 족히 대여섯은 되리란 사실을 확인했음에도 여자는 겁을 먹거나 주저하기는커녕 그저 가볍게 몸을 풀 뿐이었다. 그런 다음엔 숨을 가볍게 들이

쉬고, 나아갈 길을 다시 그려 보고, 속으로 출발 신호를 외치고. 이내 골목을 나선 발끝은 창고 벽의 그늘 속으로 삽시간에 녹아 사라졌다. 검은 형체가 그림자를 타고 부두를 가로질러 낚싯배 난간에 매달릴 때까지, 그 움직임을 눈치챈 사람은 아무도 없었다.

'자, 그러면 차근차근 처리해 볼까.'

갑판에 앉아 맥주 캔을 비우며 빈둥거리던 보초 둘은, 불청객이 난간을 잡고 불쑥 뛰어올라 와 등 뒤를 잡는 비상사태에 그리 잘 대처하지 못했다. 말이 좋아 보초지, 그들은 거래가 이뤄질 선실에 자리가 부족하단 이유로 쫓겨 나온 말단 부하에 지나지 않았다. 불청객은 먼저 뒤를 돌아본 보초의 배에 칼날을 꽂아 넣은 뒤, 당황해 엉거주춤 일어나려던 다른 하나의 목을 펼친 손으로 밀치듯이 힘껏 강타해 쓰러뜨렸다. 치명타는 아니었다. 하지만 쏟아지는 피를 멈추겠다고 상처를 부여잡느라, 또 숨이 막혀 콜록대고 발버둥을 치느라 두 보초는 자신들을 지나쳐 나가는 불청객을 막아설 생각조차 하지 못했다. 여자에게는 그 정도면 충분했다. 딱히 녀석들과 더 싸우고 싶은 것도, 확인 사살에 수고를 들이고 싶은 것도 아니었으니까.

소란을 눈치채고 하나둘씩 선실에서 뛰쳐나온 밀수꾼들을 상대할 때도 마찬가지였다. 일당이 우왕좌왕 모여 있는 조타실과 난간 사이의 복도를 향해 쏜살같이 달려 나간 여자는, 좁은 공간의 이점을 이용해 적을 한 번에 하나씩 상대해 나갔다. 맨 앞 사람은 다리를 걸어 균형을 무너뜨린 뒤 난간 기둥에 머리를 내리찍고, 다음은 발길질을 한두 방쯤 맞아 줬다가 틈을 봐 나이프로 무릎을 쑤시고, 멀리서부터 괴성을 지르며 달려온 놈은 그 기세를 역이용해 몸을 통째로 넘겨서 바다에 던져 버리고. 대단히 매끄러운 연계 공격은 아니었다. 그보다는 중국 전통 무예부터 현대 군용 근접전 교범에 이르기까지 온갖 잡다한 격투기에서 유용한 동작을 하나씩 가져와 짜깁기한 모양새에 가까웠다. 여자는 다만 각각의 동작을 잘 다져진 근육으로 정확하게, 그리고 오직 상대를 단번에 무력화하기 위해 쓰고 있을 뿐이었다.

"너, 너 대체 뭐야! 어디서 보낸 자식이냐!"

그렇게 외친 건 복도 끝에서 가장 마지막으로 모습을 드러낸, 아마도 밀수꾼 일당의 대장인 듯한 사람이었다. 여자는 그의 이름을 사전에 들은 적이 있었다. 약력과 범죄 전과, 복잡한 가정사, 좋아하는 술 종류에 대해서도. 하지만 막상 얼굴을 맞닥뜨리고 보니 그중에 기억나는 건 하나도 없었다. 품에서 허둥지둥 권총을 꺼내려는 기색을 눈치채고서야 겨우 떠오르는 게 하나 있긴 했지만, 상대방에 대한 정보는 아니었다.

"솔리테어가 그랬는데. 상대가 아직 총을 못 뽑았고, 거리가 이만큼 가까우면…."

거기까지 떠올리고서 여자는 약진했다. 나이프가 상대의 목에 꽂힐 때까지.

"칼이 총보다 더 빠르다고. 진짜네?"

신기하다는 듯 그렇게 중얼거리면서도 시체에는 눈길조차 주지 않은 채, 여자는 피투성이 꼴로 유유히 선실 안쪽을 향해 걸음을 옮겼다. 밖에 널브러진 밀수꾼들이 방금까지 한창 거래를 벌이던 현장이었다. 바로 그 거래 내용이야말로 여자가 이 외딴 항구에 찾아온 두 가지 목적 중 하나였다. 방에 들어서자마자 보이는 건 차곡차곡 쌓인 플라스틱 상자 수십 개. 마약을 채운 상자는 아니었고, 위조품이나 장물이 들어 있지도 않았다. 상자의 내용물은 조금 더 귀중하고 특별한 상품이었다. 서로 속삭이듯 연신 바스락거리며 축축한 냄새를 풍기는, 엄연히 살아 움직이는 상품.

조심스레 상자의 뚜껑을 열어젖힌 여자의 손길이 마침내 그 상품의 정체를 드러냈다. 꽉꽉 들어찬 젖은 흙 위를 꼬물꼬물 기어다니는 색색의 딱정벌레였다. 선실 전구의 희미한 불빛을 받아 금속광택을 발하는 등딱지가 과연 보석처럼 아름다웠지만, 여자는 이 딱정벌레들의 상품 가치가 그 아름다움에서만 나오는 게 아님을 알았다. 상자에 담긴 곤충은 전부 멸종 위기종이었다. 그중에서도 특히 기후변화의 영향으로 서식지가 심각하게 파괴되고 있어, 얼마 전 국제자연보전연맹이 보전 등급을 상향 조정한 종. 휴대전화를 꺼내

든 여자의 목소리가 그 내용을 누군가에게 조용히 보고해 나갔다.

"여기는 로키. 밀수되던 애들 확인했고, 우리 예상도 맞았어. 곧 야생에서 멸종할지도 모른다고 하니까, 나중에 수집가들한테 비싸게 팔려고 미리 잡아들였겠지. 무슨 주식 투자하듯이."

그렇게 말하고서 '로키'라고 자칭한 여자는 가만히 쓴웃음을 지었다. 만일 동료들을 데려왔다면 그중 누군가는 틀림없이 분노를 참지 못했으리라고 생각하면서. 그러면 얼굴에도, 옷에도 지금보다 피가 훨씬 더 묻었을 터였다. 그런 건 로키가 선호하는 상황이 아니었다. 과연 전화 너머의 목소리는 예상대로 화를 쏟아 내기 시작했다. 그 요란한 열변을 흘려들으며 로키는 왼팔 소매 아래의 문신을 가만히 쓰다듬어 보았다. 검은 단검 무늬 양옆에 알파벳 'L'과 'C'를 각각 새긴, 지구상에서 가장 악명 높은 과격파 지하 야생동물 보호 단체의 상징이었다.

*
**

사람이 굳이 범죄를 저지르며 살아가겠다고 결심하는 데엔 다 그럴 만한 이유가 있는 법이다. 딱정벌레 밀수업자들에게 그 이유는 물론 돈이었다. 보기 드문 상품에 거금을 턱턱

내는 수집가가 세상에 한둘이 아니건만, 멸종 위기종 매매는 국제적으로 엄격하게 규제되고 있으니 돈을 벌려면 먼저 법부터 어기는 수밖에. 이러한 결론에 다다른 사람은 물론 그들뿐이 아니었다. 이것이 바로 암시장에서 야생동식물이 마약, 무기, 인간 바로 다음간다고 일컬어질 만큼 묵직한 지분을 차지하게 된 이유였다.

한편 바로 그러한 탐욕의 손길로부터 멸종 위기종을 지키려면 법이 허락하는 수단만으론 부족하다고 느껴 범죄에 투신한 자들도 있었다. 무력감에 사로잡힌 생태학자와 화가 머리끝까지 치민 환경 운동가, 고향의 자연이 밀렵꾼들의 발길 아래 만신창이가 되는 꼴을 두고 볼 수 없었던 세계 각지의 원주민들이 하나의 상징 아래 속속 모여들었다. 생물학에서 절멸한 종을 표시하는 기호인 검은 단검, 그리고 정반대로 인간처럼 별 위험에 처하지 않은 종에게 국제자연보전연맹이 부여하는 보전 등급인 '최소 관심'(Least Concern)의 머리글자~'LC'라는 이름의 지하조직은 그렇게 태어났다.

갖가지 배경을 지닌 사람이 모인 만큼 LC의 활동 범위는 매우 넓었다. 어떤 조직원들은 학계에 남아 보호구역 설립이나 법안 제정 과정에 꾸준히 은밀한 영향력을 행사했다. 이에 반대하는 지역 정치인을 무릎 꿇리려 해킹과 협박에 손을 댄 조직원도 있었다. 탈법적인 구조 작전도, 국경을 몰래 넘나드는 정보 수집도 곳곳에서 이루어졌다. 한편으로는 그런 활동들이 무장한 밀렵꾼 집단, 거대 카르텔, 부유한 수집가의 방해 공작 따위에 맞닥뜨렸을 때를 대비한 더욱 극단적인 방법론도 필요했다. 무력 충돌, 파괴 공작, 암살… 하지만 그중 무엇도 로키의 본업은 아니었다. 수화기에서 들려온 재촉이 그 본업의 내용을 다시금 일깨웠다.

"안 잊었거든? 곤충들 살았는지 확인만 해 본 건데, 네가 벌컥 화내면서 얘기를 질질 끄니까 그렇지. 뒤처리할 애들이나 보내 줘. 일 끝내고 다시 연락할게."

전화를 끊은 로키의 시선이 선실 안을 빙글빙글 맴돌았다. LC의 창립 인원 중 하나에다가 문신까지 새긴 과격파임에도, 로키는 야생동물 밀수업자들을 손수 찾아내 도륙하는 일엔 별로 흥미가 없는 편이었다. 그런 놈들과 굳이 엮이며 치고받고 싸우느니, 차라리 조직이 관리하는 뉴질랜드 슈튐프케 섬의 파충류 보호시설에서 연구원으로 조용히 지내는 게 훨씬 좋았다. 그런 로키가 특별히 지령을 받아 섬에서 나왔단 건, 눈앞의 적을 전부 도륙할 때와는 다른 형태의 결단력이 필요해졌다는 의미였다. 구체적으로는 조직의 배신자를 찾아내 그 처분을 정하기 위한 결단력이.

모든 범죄 조직에는 배신자를 심판하기 위한 시스템이 있다. 법과 규칙이 작동하지 않는 곳에서 사람을 한데 묶어두려면 어느 정도의 공포가 필수적이니까. 하지만 그 공포가 억울하게 오해를 산 조직원까지 무차별적으로 덮친다면 조직은 오히려 흔들리기 마련. 그렇기에 LC에는 본격적인 심판에 앞서 진위를 파악하고 변명을 들어 주는 절차도 마련되어 있었다. 바로 그것이 로키의 역할이었고, 그 역할은 이번 일에서도 다르지 않았다. 신입 조직원이 지금껏 뒤쫓던 업자들과 역으로 손을 잡고선, 영국의 수집가에게 딱정벌레를 대신 팔아넘겨 주는 대가로 중개비를 챙기려 했다는 신빙성 있는 제보 때문에 로키는 이곳 플리샌드에 발을 들였다. 거래 현장에 정말 용의자가 나타날지부터 확인하기 위해서. 잠시 오락가락하던 로키의 시선이 이윽고 선실 구석의 낡은 철제 캐비닛에 가 닿았다.

"그런 데 숨어 있을 거면 숨소리라도 죽였어야지. 슬슬 나와."

속으로 딱 5초만 세고서 끌어낼 작정이었건만, 캐비닛은 겨우 2초 만에 덜컹 열리며 내용물을 바닥에 우당탕탕 토해 놓았다. 여러 갈래로 땋아 색색의 작은 리본으로 묶은 갈색 머리, 어느 메탈 밴드의 로고인 듯한 해골 그림이 박힌 까만 티셔츠, 몸집에 비해 큰 운동화, 그리고 무엇보다도 동그란 안경과 주근깨가 특히 인상적인 자그마한 여자였다. 바닥에 꼴사납게 엎어진 채로 비뚤어진 안경을 허둥지둥 고쳐 쓰며, 문제의 배신 용의자는 입가에 어색하기 짝이 없는 미소를 띠어 보였다. 더듬더듬 주워섬기는 목소리가 요란하게 떨렸다.

"뭐냐, 그, 이런 식으로 만나 뵙게 되어서 송구스럽습니다만…."

"일단 네 방으로 가서 얘기하자. 거기도 어차피 둘러봐야 하니까. 플리샌드 시사이드 호텔 116호 맞지?"

로키의 말에 그러잖아도 어색했던 용의자의 미소가 더욱 부자연스럽게 굳어 갔다. 지금껏 대면해 온 녀석들과 비교해도 유난히 부자연스러운 표정이라고 로키는 문득 생각했다. 정말로 배신했다는 뜻일까, 아니면 정말로 억울하다는 뜻일까? 그쯤이야 이야기를 듣다 보면 절로 알게 될 일이었다. 로키는 그 이야기가 너무 따분하지 않기를 바랐다. 뻔한 레퍼토리나 늘어놓는 녀석을 처분하느라 힘을 쓰는 일에는 별로 흥미가 없었으니까. 겨우 그런 일이나 하려고 섬에서 나온 건 아니었으니까.

**

배신 용의자의 방은 116호가 아니라 616호였으며, 비좁고 컴컴한 데다가 바다 냄새까지 났다. 시트를 언제 빨았는지 감도 잡히지 않는 침대에 적당히 걸터앉은 채, 로키는 옷가지며 젖은 수건 따위가 어지러이 널브러진 바닥 곳곳을 적당히 둘러보았다. 그 난장판 한가운데 무릎을 꿇고 앉아선 자신을 반짝이는 눈으로 빤히 올려다보기만 하는 용의자의 모습도. 신기한 태도였다. 보통 이런 상황에서는 자기가 먼저 억울함을 토로하거나, 아니면 어쩔 수 없었다면서 목숨을 구걸하거나 하기 마련인데. 결국에 먼저 입을 연 것은 로키였다.

"코드네임이 뭐였더라? 분명히 들었는데 잊어버려서."

"아, 네! 마모입니다!"

묘하게 활기찬 그 대답을 듣자마자, 샛노란 꽁지깃을 가진 까만 새의 모습이 로키의 눈앞에 선명히 떠올랐다. LC의 조직원은 입단할 때 인간에 의해 멸종한 동식물 중 하나를 고르고, 조직 내에서만큼은 인간으로서의 이름 대신 그 종을 뜻하는 코드네임으로만 불리는 게 규칙이었다. 로키가 고른 종은 로키산메뚜기였다. 한편 마모는 한때 하와이 제도에 서식했던 새의 이름이었다. 하와이 왕족의 모자와 망토를 노란 깃털로 물들였던 권위의 상징. 유럽인들이 가져온 조류 말라리아와 탐욕스러운 총알에 휩쓸려 지금은 영영 사라져 버린 종. 로키는 마모라는 새의 생태와 멸종에 관해서라면 뭐든 잘 알았다. 한편 마모라는 사람에 대해서는, 글쎄, 지금으로서는 예상보다 좀 더 이상한 녀석이라는 인상 정도가 전부였다.

"그래서 마모, 조직을 배신하고 밀수업자들이랑 놀아난 이유를 말해 줬으면 하는데."

"음, 로키 씨 만나 뵈려고요?"

이건 예상보다 훨씬 더 이상한 대답이었다. 갑자기 큰돈이 필요해졌다는 하소연도 아니고, 배신한 게 아니라 잠입 수사 중이었다는 변명도 아니고, 도대체 무슨 소린지…. 그 진의가 조금 궁금해졌기에 로키는 아직 칼을 뽑지 않기로 했다. 그 호기심을 눈치채기라도 했는지 마모는 신나게 부연 설명을 늘어놓았다.

"로키 씨가 평소에 어디 사시는지는 몰라도, LC에서 배신자 색출을 담당하신단 건 들어서 알았거든요. 그래서 생각한 겁니다. 아, 일단 LC에 잠깐 들어갔다가 일부러 눈에 띄게 배신하면 되겠다! 그럼 찾아와 주실 테니까! 그리고 뭐, 보시다시피 멋지게 성공했고요."

"일부러 LC에 들어와서 배신한 거라고? 나 불러내고 싶어서? 왜?"

"그야, 제가 원래 이런 일 하는 사람이거든요."

그렇게 말하며 마모가 갑자기 권총이라도 꺼내는 건 아닐지 로키는 잠깐 긴장했지만, 정작 마모가 꺼낸 건 지갑 안의 명함이었다. 까만 바탕에 'MEDEA HERALD'라는 노란 글씨, 그리고 QR코드 하나가 박힌 게 전부인 명함. 즉시 휴대전화를 꺼내 확인해 보니 QR코드는 딥 웹에 개설된 한 사이트로 이어졌다. 게시판 하나에 근래의 범죄 업계 소식이 중구난방으로 올라와 있는 조잡한 회원제 뉴스 사이트였다. 지하 세계 주민으로서 로키는 그 의미를 모르지 않았다. 이 사이트가 진짜라면 눈앞에서 싱글싱글 웃는 녀석의 정체는 다름 아닌 기자였다. 그것도 범죄자들에게 최신 정보를 중계해 주며 구독료를 챙기는 지하 세계 전문 기자.

"시작한 지는 얼마 안 됐고 구독자도 적어요. 그래서 슬슬 특종을 하나 잡으려고 애쓰는 중인데, 마침 로키 씨가 도와주실 수 있을 것 같더라고요!"

"저기, 만에 하나 네 말이 사실이라도 취재는 좀 곤란한데…."

"앞서 나가시긴. 지금은 취재하려는 게 아니라, 전문가한테 자문을 얻으려는 거예요."

자문이라고? 이건 더더욱 흥미로운 소리였다. 어느새 귀를 쫑긋 곤두세운 로키 앞에서, 마모는 목을 몇 번 가다듬은 뒤 마이크를 갖다 대는 몸짓까지 해 보이며 이렇게 물었다.

"로키 씨, 요새 자연사박물관들이 수상하게 많이 털리고 있단 사실을 혹시 아십니까?"

  **

마모가 뒤이어 설명해 준 바에 따르면, 상황은 이러했다.

최근 몇 달 동안 유럽 전역의 자연사박물관 총 아홉 군데에서 도난 사건이 일어났다. 피해를 겪은 곳 가운데는 베를린 자연사박물관처럼 규모가 크고 유서 깊은 시설도 있었지만, 한편으로는 대학 내의 소규모 박물관이나 자그마한 지역 박물관도 표적이 되었다. 도둑맞은 물건은 주로 19세기 말에서 20세기 초에 수집된 희귀한 동물 표본, 각종 문서와 고지도, 낡은 마이크로필름 따위. 범인의 실력이 꽤 출중했는지 경찰들은 아직 용의자의 신원은커녕 정확한 범행 수법조차 파악하지 못한 채였다. 여기까지는 범죄 업계 소식을 뒤적일 것도 없이 신문만 읽어도 알 수 있는 사실. 진짜 문제는 마모가 이 사건을 취재하기 시작한 뒤에 일어났다.

"딱히 중요한 사건이라고 생각해서 취재한 건 아니에요. 유명한 그림이나 비싼 도자기라면 모를까, 옛날 책이랑 박제 좀 털린 일에는 다들 별 관심도 없을 테고. 하지만 반대로 생각하면 남들이 취재 안 하는 사건을 파헤쳐야 그나마 배후를 제일 먼저 알아낼 가능성이 커지는 거잖아요? 단독 특종 노리고서 도박 한번 걸어 본 거죠. 그런데, 뭐냐, 발을 들이고서 보니까 아무래도 이게 생각보다 훨씬 큰 건수 같더라고요."

처음에는 익명의 협박 메일이 도착했다. 다음은 전화였고, 그다음은 편지였다. 포위망을 좁히듯 서서히 다가오는 협박의 내용은 전부 같았다. '사건에서 손을 떼라.' 현관에 편지가 꽂혀 있었을 땐 정말로 깜짝 놀랐다면서 마모는 너스레를 떨었다.

"당연히 무서웠죠. 제가 어디 사는지 안다는 소린데! 그렇지만 처음 있는 일도 아니었고, 협박 좀 당했다고 쫄아서 발을 빼면 이 업계에서 기자 노릇 어떻게 하나요. 오히려 더 오기가 생겨서 계속 파고들어 봤더니, 어느 날 시내에 영화 보러 나갔을 때….”

“거주지까지 협박당하는 와중에 굳이 영화를? 왜 그랬대.”

“다큐멘터리는 상영관 금방 없어진단 말이에요! 아무튼, 마트 앞 건널목 지나는데 갑자기 승합차가 달려와서 저를 깔아뭉개려고 하지 뭐예요. 누가 봐도 일부러 한 짓이었죠. 간신히 피하긴 했지만, 이쯤 되면 더 수상하잖아요? 자연사박물관 좀 터는 게 얼마나 중요한 일이라고 이렇게까지 열심히 입막음하려 드는지. 범인이 얼마나 대단한 놈이기에 저한테까지 손을 뻗칠 수 있었는지. 말하자면 완전 대박 특종의 예감! 동의하시죠?”

마모의 호들갑에까지 동의하는 건 아니었지만, 로키가 생각하기에도 과연 미심쩍기는 했다. 그야 자연사박물관에 소장된 낡은 연구 자료를 훔쳐 내고 싶어 할 만한 수집가들도 세상에는 여럿 있었다. 플라이 낚시용 미끼에 쓸 깃털을 구하겠다고 트링 박물관에서 귀중한 새 박제 수백 점을 훔쳐 낸 플루트 연주자 이야기는 따로 책이 나올 만큼 유명했다. 하지만 그런 부류 가운데 자길 뒤쫓는 딥 웹 기자의 신원을 알아내 협박하고 목숨까지 노릴 놈은 드물었다. 범죄 세계에 영향력을 행사하는 데 어지간히 익숙한 사람이 아니고서야.

다시 말해 이 사건의 배후에는 단순한 수집가나 좀도둑이 아니라 업계의 거물이 있는 게 분명했다. 그런 거물이 왜 돈도 안 되는 골동품이나 훔치고 있는지는 몰라도.

"알아내고 싶거든요. 범인이 누군지, 자연사박물관 소장품을 탐내는 이유는 뭔지, 그리고 무엇보다도 왜 그깟 일로 저를 죽이려고까지 했는지. 전부 알아내다가 기사로 써서 사방팔방에 다 소문내 버릴 거라고요! 하지만, 그, 아무래도 혼자서는 무리 같더라고요. 실제로 취재 내내 결정적인 단서는 하나도 못 잡았으니까요."

"그래서 조력자를 구하려고 한단 것까진 이해했어. 그런데 왜 하필 나한테?"

"네? 그야 로키 씨는 원래 동물학 전공자셨으니까 도둑맞은 물건들에 대해서도 저보다는 잘 아실 테고, 대학이나 연구소 연줄도 있으시니까 피해자들이랑 만남 주선해 주실 수도 있고, 수집가나 암거래상은 물론 대형 범죄 조직이랑 맞붙어 본 경험도 있으시고…. 지난번 센티넬라 신디케이트 붕괴 건도 다 로키 씨가 뒤에서 꾸미셨다고 들었고요. 그러니 이번 사건에서 로키 씨만큼 믿음직한 조력자가 어딨겠어요!"

"도대체 어디까지 알고 있는 거야…."

로키가 눈가를 가볍게 찌푸리며 중얼거렸다. 실제로 마모가 자랑스레 쏟아 낸 개인 정보 중에 틀린 건 없었다. 과거에 대학에서 동물학을 공부한 것도 사실이었고, 현재도 LC에 소속된 현직 연구자들을 통한다면 얼마든지 학계와 접촉할 수 있기도 했다. 범죄자들 쫓아다니는 게 전문은 아니었지만, 그렇다고 경험이 전혀 없지는 않았다. 무엇보다 지금으로부터 약 3년 전, 로키는 당시 야생동물 밀수업계를 지배하던 범죄 조직 연합체 '센티넬라 신디케이트'를 무너뜨리는 데에 결정적으로 이바지한 적이 있었다. 로키가 그 일에 뛰어든 건 어디까지나 LC 내부자가 연루되어 있었기 때문이었고, 신디케이트를 무너뜨리는 과정이 꼭 로키의 생각대로만 진행된 것도 아니었지만, 아무튼 사실이긴 했다. 하다 하다 새내기 딥 웹 기자한테까지 알려졌으리라곤 생각지도 못한 사실이란 점이 문제였지만.

"에이, 여기서 기자 노릇 하려면 이 정도는 기본이죠. 이래 봬도 여기저기에 친한 정보원이 꽤 있거든요! 그래서, 도와주실 거죠?"

"미안. 거절할래."

"어째서요!?"

마모가 과장되게 놀란 표정을 지으며 외쳤다. 그러거나 말거나 로키는 딱 잘라 말했다.

"별로 관심 없으니까."

"하지만 동물이 도둑맞은 사건인데요!"

"백 년도 더 전에 죽은 동물이잖아. 그러면 우선순위에서 밀리지. LC는 살아 있는 동물 지키려고 만든 조직이니까. 게다가 네 말이 전부 진짜라는 보장도 딱히 없고."

기자 명함이나 홈페이지는 누구나 간단히 꾸며 낼 수 있다. 한편 마모가 늘어놓은 도난 사건 이야기 중 얼마만큼이 사실인지도 아직은 불명확했거니와, 협박이니 살해 미수니 하는 소리로 들어가면 더더욱 검증이 필요했다. 극단적으로는 이 모든 장광설이 조직 배신 혐의를 벗고자 미리 준비해 둔 지나치게 거창한 거짓말일지도 모르는 일이었다. 설령 그렇지 않더라도 마모가 자기 이득을 위해 딱정벌레들을 위험에 빠뜨린 녀석임은 마찬가지였고. '별로 관심 없다'라는 건 아무래도 거짓말이었지만, 지금으로선 사건은 사건대로 알아보고 눈앞의 자칭 기자는 따로 처리하면 그만이었다. 겨우 이 정도 호기심 때문에 LC 일을 그르칠 것까지는 없었다. 그래, 이 정도 호기심이라면야.

"지금 칼 뽑으시려는 건가요!?"

"혹시 모르니까 준비만 해 두려고. 네가 협조를 안 해 줄 수도 있으니까."

"저 지금까지도 엄청 협조적이었는데요! 아는 것도 다 말씀드렸고, 저항도 안 했고⋯. 잠시, 잠시만요. 분명히 뭐가 더 있을 텐데."

마모가 허둥지둥 휴대전화를 꺼냈다. 하지만 로키는 그렇게까지 기다려 줄 생각이 없었다. 더 흥미로운 일이 벌어지지 않을 거라면야 빨리 임무를 마치고서 슈튐프케 섬의 안락한 연구소로 돌아가고 싶었다. 거기엔 돌봐야 할 파충류들도 있고, 기다리는 사람도 있으니까. 칼날에 덕지덕지 묻은 채 굳어 가던 피를 소매로 문질러 닦으며 로키는 천천히 침대에서 일어났다. 아무래도 상대가 가만히 있진 않을 듯했지만, 그래도 아주 오래 걸리지는 않을 터였다.

"안 돼. 저 착하게 살았단 말이에요. 소리도 잘 지르거든요? 아, 진짜! 하필 이럴 때!"

"와이파이 끊겼어? 이 호텔 계속 그러더라. 나중에 네 몫까지 별점 남길게."

"아뇨, 그게 아니라⋯. 아무래도 꼬리를 잡혔나 봐요."

그렇게 말하며 마모가 쭉 내밀어 보인 휴대전화 화면에는 익명으로 온 메일 한 통이 떠올라 있었다. 칼을 들고 다가가는 동안 곁눈질로 읽을 수 있을 만큼 짧은 메일이었다. 하지만 그 내용은 적어도 로키의 걸음을 멈출 정도는 되었다.

손을 뗀 줄 알았더니, 기어이 제삼자한테 털어놓았군. 함께 수장시켜 주지.

로키와 마모의 시선이 순간 마주쳤다. 놀람, 당혹감, '제가 뭐랬어요', '대체 왜 나까지' 등의 감정이 둘 사이의 어두컴컴한 공간을 화살처럼 빠르게 오갔다. 하지만 창밖 저 아래에서 희미하게 울리는 수십 갈래의 거친 발소리가 귀에 들어올 즈음, 그 갖가지 감정은 두 사람의 머릿속에서 아주 명쾌하기 그지없는 하나의 의지로 말끔히 정리되어 있었다.

'일단 튀자.'

*
**

"맞다! 노트북 두고 나왔어요! 취재한 자료 거기 다 있는데!"

"클라우드 썼어야지. 이쪽이야."

전구 하나 안 달린 비상구 계단 쪽으로 마모를 끌고 들어가며, 로키는 이 갑작스러운 사태의 전모를 나름대로 파악하려 애썼다. 설마 마모 녀석의 휴대전화가 해킹당한 채였나? 그랬다면 로키를 자기 일에 끌어들이겠단 계획을 미리 파악한 미지의 거물급 범죄자가 둘의 대화를 도청하며 기회를 엿보고 있었을 가능성은 충분했다. 얼핏 들은 발소리로 파악하건대 호텔로 몰려온 무리는 딱히 잘 훈련된 조직 같진 않았으니, 정체는 아마도 돈으로 고용한 인근 지역 갱단 정도. 그래도 수가 많았고, 무엇보다 호텔 상층에서 포위당한 상황인 게 문제였다. 그나마 다행스러운 일이라면 상대의 최우선 목표물인 마모를 아직 처분하지 않은 덕택에, 미끼로든 협상 카드로든 한 번쯤 유용하게 써먹을 수 있으리라는 사실 정도일까.

하지만 나갈 길이 비상구 계단뿐이고, 상대가 돈에 눈이 돌아간 불량배 무리일 땐 미끼도 협상도 아직 상책이 아니었다. 마모를 던져 놓고 반대쪽으로 도망치든, 상대편 두목을 찾아 대화를 시도하든 하려면 일단 밖으로 나가야 했다. 불행히도 인기척은 이미 계단실을 따라 올라오고 있었다. 층계 중간쯤에 멈춰 선 로키가 천천히 숨을 골랐다. 나이프를 쥔 손에 힘이 들어갔고, 두 눈은 아직 아무것도 보이지 않는 어둠 속을 뚫어질 듯 응시했다. 이윽고 그곳에서 큼지막한 형체 몇 덩어리가 발을 쿵쿵 울리며 나타날 때까지.

"일단 셋. 이런 거 별로인데…."

그런 불평과 함께 로키는 오른손을 가슴 쪽으로 당겨 펜싱하듯 자세를 잡았다가, 이내 발을 크게 내디디면서 가장 앞장서 온 남자의 어깨에 사정없이 칼날을 후벼 넣었다. 위쪽에서 비스듬히 꽂혀 들어간 나이프가 어깨뼈 사이를 정확히 꿰뚫자 계단실에 비명이 울려 퍼졌다. 그 공격의 기세에 체중을 더해 로키가 계단을 달려 내려가니, 방금까지 선봉이었던 사내의 역할은 곧 비명이 나오는 고기 방패로 바뀌었다. 뒤이어 올라온 두 불량배는 미처 상황을 눈치채기도 전에 동료의 몸에 치여 넘어졌다. 그런 다음엔 마모에게 밟히기라도 했는지 등 뒤에서 외마디 절규가 꽥꽥 튀어나왔지만, 로키는 눈길조차 주지 않고 계속 나아갔다. 귀찮은 일은 이제 막 시작일 뿐이었다.

일단 셋을 처리했지만 적은 수십 명. 계단을 따라 줄지어 올라올 놈들을 뚫고 여섯 층을 꾸역꾸역 내려갈 수는 없었다. 그랬기에 로키는 방금 도착한 층계참에 뚫린 쪽창을 힐끔 쳐다보고는, 그대로 창틀에 매달려서 몸을 밀어 넣었다. 다행히도 창의 너비는 눈대중대로 아슬아슬하게 괜찮았다. 다음으로 할 일은 외부 배관과 벽의 요철을 발판 삼아 한 발짝씩 천천히 내려가는 것. 로키는 요령 좋게 발을 옮겼고, 마모는 다 죽어 가는 거미처럼 바들바들 떨면서도 어떻게든 뒤따라갔다. 미리 다리라도 찔러서 위쪽에 내버려뒀으면 적을 분산시킬 수 있었을 텐데, 하고 아깝게 생각하면서도 로키는 일단 침착하게 입을 열었다.

"내려가서 골목 지나면 바로 차 세워 둔 공터거든? 그쪽으로 달릴 준비해."

"네네, 네! 로키 씨도 조심하세요! 열심히 응원할게요!"

대체 네가 응원해서 뭘 어쩔 거야⋯. 무의식적으로 튀어나오려는 말을 삼키고서 로키는 쓰레기봉투가 아무렇게나 굴러다니는 골목 바닥으로 펄쩍 뛰어내렸다. 다행히도 웅성거리는 소리가 멀찍이서 들려올 뿐 골목 자체는 텅 비어 있었다. 이대로 차까지 뛰어가면 되겠다고 마음을 굳히려던 찰나, 깡통 굴러가는 소음과 요란한 비명이 연달아 로키의 귀를 찔렀다. 뒤를 돌아보았더니 아니나 다를까, 엎어진 쓰레기

통 근처에 마모가 주저앉아 울상을 짓고 있었다.

"살짝 밟고 착지할 생각이었는데…. 아, 옷에도 다 묻었어요!"

"작게 좀 말해! 아니다, 이미 틀렸네. 마음껏 소리 질러."

둘의 존재를 눈치챈 불량배들이 골목 양쪽 끝에서 우르르 몰려왔다. 대다수가 이미 호텔에 들어가 버렸기 때문인지 수는 많지 않았지만, 그래도 좁은 골목을 틀어막기엔 충분한 인원이었다. 여기서 사람이 더 늘었다간 더더욱 버거워지리란 건 당연지사. 로키는 칼을 뽑아 들고서 공터 방향으로 최대한 빨리 달렸다. 여기서부턴 어쩔 수 없이 난전이 되리라는 사실을 통감하면서.

가장 먼저 로키의 눈에 띈 놈들은 각목과 쇠파이프를 들고 있었다. 작고 고립된 마을의 갱단다운 임시방편 무장이라고나 할까. 갱이라고 해도 매일 동네 사람들과 부대껴야 하니, 날붙이나 총처럼 너무 본격적인 흉기를 꺼리는 건 당연했다. 반면에 로키에겐 그럴 이유가 전혀 없었다. 그리고 물론 좁은 골목에서라면 길쭉한 막대기보다 짧은 칼이 휘두르기 편했다.

벽에 막혀 공격 각도가 제한된 쇠파이프를 피하며 팔을 연달아 찔러 주고, 고통에 웅크린 상대의 얼굴에다가 무릎 차기를 먹이고, 어떻게든 옆으로 비집고 들어와서 각목을 힘껏 치켜든 두 번째 상대의 목덜미에 주저 없이 칼날을 밀어 넣고. 피를 쏟으며 쓰러지는 동료의 몰골이 적들을 동요시키지 않을까 싶어 굳이 벌인 퍼포먼스였건만, 안타깝게도 불량배들은 뭔가에 취하기라도 했는지 더더욱 눈을 뒤집으며 달려들 뿐이었다. 로키에게는 최악의 상황이라 할 만했다. 상대가 수적 우세를 믿고 밀어붙인다면 이쪽에서도 똑같은 짓을 되풀이할 수밖에 없었으니까. 한 번에 하나씩, 착실하게, 수가 충분히 줄어들 때까지.

"저기서 더 와요! 뒤에 뒤에 뒤에!"

뒤에서도 적이 온다는 것쯤이야 로키도 당연히 알고 있었다. 한편 마모가 그냥 경고해 주는 데서 그치는 대신, 굳이 도와주겠다고 사이에 대뜸 난입해 버린 건 다소 예상 밖이었다. 힐끔 돌아보니 마모는 제 나름대로 싸울 각오를 다지는 듯했다. 뭐, 본인이 방패 역할을 자처하겠다면야… 마모에게서 시선을 뗀 로키의 신경이 다시 앞쪽으로 집중되었다. 현재 위치와 자세에서 찌르기 가장 좋은 부위를 찾아, 최대한 깊이 찔렀다가 힘주어 뽑고, 쓰러뜨린 상대가 차지했던 공간만큼 한 발짝 나아가며 다음으로 찌를 부위를 찾는 단순한 반복 작업을 계속하기 위해. 그 과정에서 주먹에 몇 번 스치기는 했으나 다행히도 고통은 대단찮았다. 공터로 통하는 골목 출구가 천천히, 하지만 꾸준히 가까워져 왔다.

그럼 슬슬 마지막 카드를 던져야겠지.

로키의 작전은 간단했다. 출구에 도달하자마자 차를

향해 달리는 것. 물론 등 뒤에서 킥복싱인지, 컴뱃 삼보인지 알기 힘든 동작으로 분투 중인 마모는 내버려두고서. 의외로 잘 싸워 주고 있긴 했지만, 그래도 로키가 생각하기에 마모는 미끼로서의 가치가 가장 컸다. 여전히 미심쩍은 구석이 있는 데다가 딱정벌레들을 위협하기까지 한, 무엇보다 딱히 흥미롭지도 않은, 따라서 굳이 더 엮일 이유가 없는 녀석이니까. 그런 녀석일지라도 골목 어귀에 던져 놓으면 추격자들의 주의 정도는 충분히 끌어 주리라는 것이 로키의 기대였다.

물론 작전이 잘 돌아가려면 미끼의 상태는 멀쩡할수록 좋았다. 죽었거나 움직이지 못하는 미끼라면 갱들도 얼마든지 던져 놓고 쫓아올 수 있을 테니까. 로키가 탈출구를 서너 발짝 앞두고서 마지막으로 마모를 돌아본 건 오로지 그 때문이었다. 그리고 그런 로키의 눈앞에서, 마모는 왠지 오른쪽 옆구리를 감싸안고서 비틀거리는 중이었다. 뒤쪽에 있던 갱들이 주춤주춤 물러나는 모습도 보였다. 마모가 걸친 까만 셔츠가 한층 더 검은 얼룩으로 서서히 물들어 가는 모습도. 겨우 로키의 시선을 눈치챘는지, 심하게 헐떡이던 마모의 숨 사이로 희미한 미소와 더듬거리는 목소리가 함께 새어 나왔다.

"괘, 괜찮습니다. 제가 막았어요. 저놈들이 로키 씨를, 찌, 찌르려고 했는데…."

아마도 이런 일까지 저지를 작정은 아니었는지, 선명하게 뚝뚝 떨어지는 핏방울 앞에서 불량배들은 죄다 창백해진 얼굴로 머리만 절레절레 흔들 뿐이었다. 혼란스러운 건 로키도 마찬가지였다. 날붙이를 든 놈이 있었다고? 이 정도 상처를 낼 만한 물건을? 그런 걸 자기 몸으로 막아 줬단 말이야? 출혈이 멎을 기미가 없는 마모의 배를 멍하니 내려다보며, 로키는 반쯤 무의식적으로 이렇게 중얼거릴 수밖에 없었다.

"왜 그랬어?"

"그야, 겨우 찾아냈으니까요. 제 조력자…. 특종도 못 잡았는데, 벌써 잃을 순, 없다고요."

간신히 거기까지 말하고서 마모는 자그마한 몸을 고통스레 웅크렸다. 그리고 로키는, 도대체 자신이 언제 특종 잡는 걸 도와주기로 했다는 건지 물으려던 걸 그만두고, 그런 마모의 몸을 왼팔로 단단히 감싸 붙들었다. 상황이 이렇게 되었다고 한들 어차피 나아갈 방향은 똑같았고, 할 일도 큰 폭에서는 별로 다르지 않았다. 달라진 건 작전의 세부 사항뿐이었다. 로키는 품 안에서 바들바들 떠는 이 자칭 기자란 녀석을 시시하게 미끼로 소모하는 대신, 빨리 차에 태워서 함께 여기를 뜨기로 마음먹었다.

"나중에 또 한 소리 듣겠네. 이런 습관 고쳐야 하는데, 진짜."

두 사람의 무게를 짊어진 다리에 힘이 단단히 들어갔다.

온몸으로 퍼지는 더운 피에 귓바퀴가 살짝 달아오르는 게 느껴졌다. 명상하듯 살짝 다물었던 입술 사이로 숨을 길게 한 번 내뱉은 다음, 로키는 오른손으로 능숙하게 나이프를 고쳐 쥐었다. 지루한 반복 작업이 앞으로 몇 번이나 더 남았을지 가늠하면서.

*
**

해변 도로에 세워 둔 승합차 안은 온통 피 냄새로 가득했다. 열린 창문을 통해 들어오는 바닷바람의 소금기가 조미료처럼 느껴질 정도로. 그 무거운 공기를 간신히 뚫고 뒷자리에서 들려온 희미한 신음에, 운전석에 앉아 수건으로 얼굴을 문지르던 로키가 백미러를 힐끗 올려다보았다. 거울 속의 마모는 부주의하게 몸을 일으키려다 찌르는 듯한 통증에 "깍!" 하고 새된 비명을 지르는 중이었다. 일단 핀잔부터 주지 않을 수 없는 꼬락서니였다고나 할까.

"가만히 있어야지. 대충 응급처치만 했고, 날 밝으면 아는 병원까지 데려다줄게."

"저기, 저! 로키 씨는 괜찮으신가요? 피가 잔뜩….."

"잔뜩 묻었지. 닦는다고 닦긴 했는데, 바지는 빨아도 얼룩 남겠더라."

심각한 문제였다. 여벌 바지를 딱히 안 가져왔단 것도,

플리샌드에 남겨 둔 피범벅을 어떻게든 청소해야 한단 것도. 후자를 위해 인연이 있는 범죄 현장 전문 청소업체를 불러 두긴 했으나, 그 알코올 중독자 놈들이 제때 와 줄지는 또 다른 문제였다. 물론 가장 큰 골칫거리는 따로 있었지만.

"너 자는 동안에 도난 사건 얘기 좀 알아봤어. 진짜던데? 보도만 크게 안 됐지, 베를린 자연사박물관 안에서는 아주 난리가 났대."

"제가 그랬잖아요! 어라, 그 말씀은 혹시?"

"조사할 필요는 있겠더라. 수백 년간 쌓인 귀중한 동물학 연구 자료를 탐내는 범죄 조직이 정말 있다면, 그건 나름대로 심각한 사안이란 말이야. 그러니까 일단 치료 잘 받고, 그런 뒤엔 일단 지금까지 취재한 내용부터 하나하나 공유해 줬으면 좋겠는데."

로키가 그 말을 입 밖으로 내기가 무섭게, 거울 속 마모의 만면에 해맑기 짝이 없는 함박웃음이 떠올랐다. 솔직히 말해 반쯤은 거짓말이었음에도. 그야 도난 사건을 조사하는 데에 지하 세계 기자가 도움이 되기는 하겠지만, 플리샌드 시사이드 호텔 뒷골목을 빠져나오던 도중 로키가 마음을 고쳐먹은 결정적인 이유는 그런 사소한 계산 따위가 아니었다. 마모의 배에 뚫린 상처의 깊이와 각도였고, 로키를 '조력자'라고 부르는 목소리의 대책 없는 뻔뻔함이었으며, 그 순간 살며시 고개를 치켜든 한 줄기의 호기심이었다.

왜 이렇게까지? 특종 때문에? 이해가 안 되네.

하지만 뭐, 그런 점이 흥미롭긴 해.

희귀 동물 한 마리의 생존이 인간 몇 명의 목숨보다 중요하다고 생각하는 조직의 일원답게, 로키는 사람을 그다지 좋아하는 편이 아니었다. 인간관계에 전혀 흥미를 느끼지 못했다. 얼굴도 이름도 딱히 기억하고 싶지 않았다. 종종 따분함에 짓눌려 구역질이 올라올 정도였다. 동물학자로 진로를 정한 것도, 학계 생활에 적응하지 못하다가 결국 LC에 들어간 것도 전부 같은 이유에서였다. 다만 로키가 예상하지 못했던 건, 지하 세계란 자신처럼 도저히 양지에서 살아가지 못하고 굴러떨어진 자들이 모이는 장소일 수밖에 없단 사실이었다. 물론 그곳에서도 여전히 대다수는 따분한 족속이었다. 하지만…. 그렇지 않은 사람도 있었다. 이 세계에서 일하다 보면 가끔 엄청나게 흥미로운 사람이 눈앞에 나타나곤 했다.

로키는 LC의 동료들에게 돌아가면서 지겹도록 들었던 말을 떠올려 보았다. "제발 아무하고나 좀 어울리지 말아라"라고 했던가. 자각이 없는 건 아니었다. 흥미로워 보이는 사람을 마주치면 그냥 두지 못하고 지켜보다가, 조금 가까워져서 이야기도 몇 번 나눴다가, 정신을 차려 보면 필요 이상으로 밀접히 엮여 버리는 경우가 다반사였으니까. 덕분에 전에는 꽤 큰 사건에 휘말린 적도 있었다. 그리고 지금도, 로키는 이미 숱하게 저질러 온 실수를 똑같이 반복할 작정이었다. 타고난 성격이란 도무지 어쩔 수가 없다는 평계로.

"보자, 그러면 정리해 둔 자료부터 바로⋯. 아, 로키 씨! 노트북! 노트북 두고 왔어요!"

"치료 끝나면 시작하자고 그랬잖아. 지금은 잠깐 눈이나 붙이자, 마모."

그렇게 말하고서 의자를 뒤로 살짝 젖힌 뒤에도, 로키의 시선은 여전히 백미러를 떠나지 않았다. 마음속에 싹튼 흥미도 물론 그대로였다. 저렇게나 순진해 보이기만 하는 녀석이 이 어두컴컴한 지하 세계에서 과연 얼마나 멀리 나아갈 수 있을지, 그 뒤를 적어도 당분간은 계속 따라가 보고 싶었다. 과연 그 끝에는 또 얼마나 골치 아픈 일이 기다리고 있을까? 로키가 생각하기에, 그건 적어도 지금 단계에서는 고민하지 않아도 될 문제였다.

Chapter 2 :

이기적인 무리
(Selfish Herds)

"교수님! 수장고에서 찾습니다! 간밤에 누가 침입한 것 같다는데요!"

노크도 없이 사무실 문을 벌컥 열어젖힌 행정실 직원의 외침을 듣자마자, 에리카 보겔 교수는 방금 벗어 둔 외투를 어깨에 둘러메고 급히 사무실을 뛰쳐나갔다. 오스트리아 빈의 클레멘트 호프바우어 자연과학대학에서 꼬박 33년간 진화생물학을 강의해 온 보겔 교수는 대학에 소장된 조류학 컬렉션의 관리 책임자이기도 했다. 그 말은 즉 이곳 생물학부 건물 지하의 서늘한 수장고 서랍마다 차곡차곡 쌓인 죽은 새들의 가치를 누구보다도 잘 아는 사람이라는 의미였다. 보겔 교수가 조금의 시간조차 낭비하지 않고 필요한 조치에 나설 수 있었던 것은 오로지 그 덕분이었다.

직원에게는 일단 경비업체를 불러 달라고 부탁해 둔 다음, 전력으로 수장고까지 달려간 보겔 교수는 먼저 신경 쓰이는 소장품들의 상태부터 확인했다. 그가 보기에 수백 년 동안 지구상의 방방곡곡에서 수집된 조류 표본들은 그 하나하나가 수십억 년 진화의 역사와 머나먼 땅의 생태 기록을 품은 도서관이나 마찬가지였고, 특히 이미 세상에서 사라져 버린 새들의 마지막 남은 표본 몇 점은 그 무엇으로도 대체 불가능한 보물이었다. 그런 보물을 노리는 범죄자들이 최근 횡행한다는 소문도 학계 동료들에게 들어서 익히 아는 바였다. 그렇다면 가장 먼저 확인해야 할 소장품은 정해져 있었다. 최근에 베를린에서도 도난당했다고 알려진, 19세기 말에 탐험가들이 아프리카 곳곳에서 보내온 희귀한 박제와 기록물들이 분명 이쪽 캐비닛에….

"아, 그게 거기 있었습니까? 알려 주셔서 감사합니다."

서랍을 열자마자 들려온 목소리에 화들짝 놀란 보겔 교수가 뒤를 돌아보자, 거기에는 익숙한 얼굴과 차림새의 경비원이 서 있었다. 교수의 어깨 너머로 고개를 내밀어 서랍의 내용물을 뚫어지게 쳐다보면서. 가벼운 미소까지 띤 그 모습에 짧은 안도의 한숨을 흘리면서도 교수는 해야 할 일에 대해 생각하기를 멈추지 않았다. 보안 담당자가 왔으니 이제부터는 대체 간밤에 무슨 일이 일어났단 건지, 귀중한 소장품이 도둑맞은 게 아니라면 혹시 다른 피해는 없었는지 최대한 자세히 물어보아야 했다. 하지만 첫 번째 질문을 던지려던 찰나, 아무래도 무언가 이상하다는 자그마한 위화감이 교수의 머릿속을 퍼뜩 스쳤다.

여기 담당 경비가 원래 저렇게 웃는 사람이었나?

그 위화감의 의미를 미처 깨닫기도 전에 교수의 입은 이미 틀어막히고 있었다. 공포에 질려 휘둥그레진 두 눈에 비치는 건 여전히 낯익은 얼굴 하나뿐이었지만, 문 앞과 환기구에서 하나둘씩 다가오기 시작한 발소리는 그 낯익음이 얼마나 잘못된 감각인지를 확실하게 알려 주었다—이제부터 캐비닛 안의 표본들이 어떤 재난을 맞이할지도.

**

"교수가 말해 준 내용은 여기까지야. 어떻게 생각해?"

사건 발생 일주일 뒤, 클레멘트 호프바우어 대학 정문을 나서던 로키가 마모에게 대뜸 물었다. 가볍게 시험해 보려는 뉘앙스가 담긴 질문이었다. 비록 흥미가 동해 잠시나마 같이 움직이겠다고 마음먹기는 했지만, 그게 마모라는 사람의 이모저모를 온전히 신뢰하게 되었단 뜻은 아니었으니까. 무엇보다 함께 범죄 업계를 들쑤시고 다니려면 먼저 상대가 얼마나 쓸 만한 녀석인지 정도는 파악해 놓아야 했다. 그런 의도를 아는지 모르는지 마모가 태연히 답했다.

"보겔 교수님께서 안 다치셨나 보네요! 출근도 하셨고, 말씀하시는 데에도 지장 없으셨던 것 같고. 다행이지 뭐예요."

"어, 뭐. 그렇긴 하지. 다른 건?"

"네? 보자, 교수님이 멀쩡하셨으니까…. 범인들이 생각보다 착했나 봐요!"

마모가 자신만만하게 내놓은 대답에 로키가 무심코 헛웃음을 내뱉었다. 아주 황당한 대답이라고 생각했기 때문은 아니었다. 범죄 업계에서 기자를 하겠단 주제에 범인들의 행동 양상을 '착하다'라는 단어로 표현해 버렸단 점이 우스웠을 뿐. 대담한 범행 수법에도 불구하고 피해자가 조금도 다치지 않았단 점은 확실히 주목할 만했지만, 로키는 그게 선의 때문이리라곤 조금도 생각하지 않았다.

"그냥 실력이 좋았던 거야. 사람을 다치게 하면 흔적도 남고, 수사 규모도 훨씬 커지니까. 무장 강도는 무력밖에 기댈 게 없는 놈들이나 하는 짓이지. 이번 일에 엮인 건 진짜배기 프로 도둑이야."

"오오!"

"누가 감탄하래? 됐다. 네가 구해 오기로 했던 정보나 내놓아 봐."

로키의 핀잔에 마모는 한번 '아!' 하는 표정을 지어 보인 다음, 멈춰 서서 한참 배낭을 뒤적인 끝에 자그마한 USB 메모리 하나를 꺼내 보였다. 아마도 저것이 로키가 보겔 교수를 만나는 동안 마모 본인이 확보하겠다고 호언장담한 바로 그 물건일 터. 과연 제대로 가져온 게 맞을지 미심쩍어하는 로키의 얼굴에다 문제의 USB 메모리를 내밀며 마모가 당당히 말했다.

"사건 발생 당일의 교내 CCTV 영상 전체, 거기에 경찰의 관계자 면담 기록도 추가! 이래 봬도 합법적인 기자 신분쯤은 항상 가지고 다닌다고요. 범인이 어떤 부류인지는 알아냈으니, 이것만 잘 살펴보면 사건의 배후쯤은 금방 나오겠죠?"

이건 솔직히 감탄할 만한 성과였다. 기자를 사칭해 정보를 얻어 내는 공작이라면 로키도 한두 번 해 본 게 아니었기에, 수사 중인 사건에 대한 자료를 이만큼 짧은 시간 내에 확보하는 일이 웬만큼 숙련된 사람한테도 쉽지 않음을 잘 알았다. 지적할 만한 부분이래야 딱 하나 정도일까.

"확인해 보면 알겠지. 그래서 사 온다던 노트북은 어딨어?"

"아, 맞다! 봐요, 제가 그때 챙겨 나오자고…."

"역 근처에서 하나 사 줄게. 따라와."

그 말과 함께 짧은 한숨을 내뱉고서 로키는 다시 나아가기 시작했다. 가방을 도로 둘러메고 허둥지둥 따라오는 마모의 발소리가 그 등 뒤에서 요란하게 울렸다. 박자라곤 조금도 맞지 않는 두 걸음걸이가 도시의 소음 속으로 이내 어지러이 섞여 들었다.

*
**

결론부터 말하자면, 마모가 확보한 정보만으로 범인의 정체를 알아내는 건 무리였다.

기차 안에서 노트북을 펼쳐 놓고 몇 번씩 돌려 본 CCTV 영상에서는 일단 별다른 단서를 찾을 수가 없었다. 교직원인 듯한 인물이 보겔 교수의 사무실로 달려가는 모습, 경비원 차림을 한 누군가가 수장고 주변 복도를 서성이는 모습까지는 확인했지만, 그게 전부였다. 사건 현장 주변의 CCTV는 결정적인 순간에 전부 꺼졌고, 그 전후의 다른 장소에서는 두 사람의 모습이 전혀 확인되지 않았다. 마치 둘 다 감시카메라의 사각 속 허공에서 갑자기 나타나기라도 한 것처럼.

더욱 혼란스러웠던 건 경찰의 면담 내용이었다. 보겔 교수가 언급한 행정실 직원은 교수를 부르러 간 기억이 전혀 나지 않는다고 증언했다. 수장고 담당 경비에게는 확고한 알리바이가 있었다. 그렇다면 대체 교수를 습격하고 소장품을 털어 간 건 누구란 말인가? 시작부터 막다른 길에 부딪히자 마모는 '범인이 여럿이었으니 누군가는 카메라에 찍혔을 것'

이라며 수상한 사람을 찾아보겠다고 무작정 나섰지만, 캠퍼스 안의 건물이란 건물을 온종일 드나드는 학생과 학교 관계자 수백 명 중에서 누가 가장 수상한지 알아낸다는 건 애당초 의욕만으로 되는 작업이 아니었다.

그래서 로키는 일단 조금 더 가망이 있어 보이는 단서에 집중하기로 했다. 바로 보겔 교수에게 따로 건네받은 도난물품 목록이었다. 도둑의 정체가 어디 사는 누구든 결국 목적은 훔친 물건을 팔아 한몫 잡는 것일 터. 그리고 놈들이 거래하기 쉬운 보석이나 미술품 대신 오래된 자연과학 연구 자료처럼 수요가 적은 물건을 훔쳤단 건, 그런 물건을 비싼 값에 사 줄 고객도 이미 확보해 두었으리라는 의미였다. 바로 그 고객이 도둑들을 고용했을 가능성도 컸다.

그만한 짓을 저지를 만한 인물이라면 자연히 수집가로, 그중에서도 한 분야에 어마어마한 열정을 품은 전문가여서 동료들 사이에도 잘 알려져 있을 것이 분명했다. 이번에 도둑맞은 소장품 하나하나를 학계 곳곳의 지인들이 보내 준 각 자연사박물관의 도난 물품 목록과 비교하면 놈의 주된 관심사를 알아낼 수 있을 테고, 이 정보를 가지고 수집가 커뮤니티에 수소문을 좀 해 본다면 신상을 캐내는 것도 어렵잖게 가능하리란 것이 로키의 판단이었다. 하지만 오랜 경험에 근거해 내린 이러한 판단은 도난품 목록을 제대로 들여다보기가 무섭게 와르르 무너져 내리고 말았다.

'흠, 역시 이건 좀 이상한데.'

한동안 휴대전화 화면을 차분히 응시하던 로키의 눈가가 살짝 찌푸려졌다. 분야를 막론하고 수집가라면 누구나 수집품의 가치와 보존 상태에 온 신경을 쏟는 법이건만, 클레멘트 호프바우어 대학의 조류학 컬렉션에서 도둑맞은 물건들은 도무지 그 기준에 들어맞지 않아 보였다. 어느 부호가 기증한 오듀본의 《북미의 새》 초판본도, 카롤루스 린나이우스의 제자들이 직접 쓴 희귀한 원고도, 아름다운 라기아나극락조 박제도 전부 내버려둔 채 범인은 19세기의 조류 박제가 가득 들어찬 캐비닛에서도 딱 한 서랍에만 손을 댔다. 문제의 서랍에 들어 있던 건 심하게 세월을 타 훼손된 데다가발견 일시와 장소를 적은 라벨까지 떨어져 나가 어디서 온것인지 전혀 알 수 없는 가죽 표본 몇 점뿐. 세상에 그런 물건을 비싸게 사 줄 수집가가 있을 리 없었다.

다른 자연사박물관의 도난품 목록도 사정은 비슷했다. 누르스름하게 변한 어류 액침 표본, 말라비틀어진 식물 씨앗, 낡아 부스러지기 직전인 탐사 일지… 이런 것들은 해당 분야의 연구자에게나 조금 의미가 있을 뿐, 결코 고가에 팔릴만한 수집품은 아니었다. 정체와 흔적을 완벽하게 감추고서사라진 프로 도둑들 주제에, 설마 돈 될 만한 물건이 뭔지는제대로 알아채지 못한 걸까? 이건 지나치게 무리한 가정이었다. 하지만 이 사건의 배후에 도사린 범인이 희귀한 보물에 집착하는 수집가가 아니라면, 대체 왜 은행도 보석상도 아닌 자연사박물관을 골라 노린단 말인가? 그 의도를 추측하려 이리저리 머리를 굴려 보던 로키는, 이내 눈을 질끈 감고서 양 뺨을 툭툭 쳐 생각을 강제로 끊었다. 퍼즐 조각이 모이지도 않았는데 전체 그림을 그려 보는 것만큼 헛된 짓도 없었다. 눈에 보이는 단서가 아무리 희미하든, 지금은 일단 그걸 무작정 따라가 볼 때였다.

"그럼 이것밖에 없네. 다음 역에서 갈아타자, 마모."

"네? 갑자기요? 저 아직 영상 보고 있는데요?"

"지금까지 도난당한 물품 중에, 눈에 띄는 게 딱 하나 있어. 큰박쥐태양새. 19세기 말에서 20세기 초에 딱 세 점 만들어진 박제로만 학계에 알려진 새인데, 공교롭게도 그 세 점이 전부 도둑맞았단 말이지. 마지막 남은 표본은 클레멘스 호프바우어 대학에 있었고."

유명한 새는 전혀 아니었다. 로키조차 기나긴 멸종 조류 목록을 읽던 중 'Vespertiliornis eulenwaldii'라는 학명을 몇 번 지나가듯 눈에 담은 게 전부였다. 그처럼 인지도 없는 새의 낡은 박제를 탐내 도둑질까지 계획할 사람이 있으리라곤 로키도 전혀 생각하지 않았다. 다만 하필이면 그런 새의 박제 세 점이 전부 도난당했다는 게 우연은 아닐지도 모른다고 추측했을 뿐. 유럽 전역의 자연사박물관 곳곳에서 새 박제 이외에도 온갖 연구 자료를 굳이 털어 갔으니 큰박쥐태양새만이 범인의 목표는 아니겠지만, 어쩌면 그 눈에 띄지 않는 새가 범인의 진짜 목적과 밀접하게 연관되어 있을지도 모르는 일이었다. 한번 파고들어 볼 가치는 충분했다.

"그렇군요! 그러면 이제부턴 그 박쥐새 전문가를 찾아서 대학이나 연구소로⋯."

"아니, 프라하로 갈 거야. 친구의 친구가 그 근방에 살거든. 솔직히 좀 많이 까다로운 애긴 하지만, 박제에 대해 알고 싶다면 그 어떤 대학 교수보다도 얘한테 묻는 게 나아."

그렇게 설명하자 마모의 눈이 금세 휘둥그레졌다. 발갛게 상기된 뺨에도, 노트북을 허둥지둥 가방에 집어넣는 손동작에도 하나같이 흥분이 묻어났다. 자기 앞에 있는 녀석의 직업이 이래 봬도 범죄 업계 기자임을 로키는 그때야 떠올렸다. 이쪽 세상에 발을 어느 정도 담근 사람이라면 자신이 말한 '친구'가 누구인지 벌써 눈치챘으리란 사실도.

"설마 우리 지금 솔라라 델쿠르트를 만나러 가는 거예요?"

'그렇다고 저렇게 소풍 가는 아이처럼 들뜰 필요까진 없는데' 하고 생각하면서도, 로키는 기대감을 가득 품은 마모의 물음에 말없이 고개를 한번 끄덕여 주었다. 아무튼 보기 드물게 흥미로운 사람을 만나러 가는 건 로키에게도 제법 기대되는 일이었으므로.

*
**

솔라라 델쿠르트는 아홉 살 때 삼촌에게 처음으로 박제술을 배웠다.

가스 폭발 사고로 죽은 양친 대신 솔라라를 떠맡아 기른 삼촌은 꽤 괴팍한 성격의 소유자였지만, 동시에 애리조나주 내에서 어느 정도 이름이 알려진 솜씨 좋은 박제사이기도 했다. 인적 없는 숲속 조용한 작업실에서 솔라라는 매일같이 그런 삼촌의 일을 거들며 자랐다. 죽은 짐승의 가죽을 벗겨 화학약품으로 처리하고 틀에 씌우는 일련의 작업 절차를 어린 솔라라의 손은 금방 익혔고, 삼촌이 수십 년에 걸쳐 터득한 박제술의 핵심 원칙 또한 그 마음속에 깊이 스며들었다.

"완성품은 이미 자연에 있다. 자연을 관찰해서 그대로 옮겨라. 다른 마음가짐은 필요 없어."

열한 살 때 솔라라는 자신의 첫 작품을 완성했다. 나무를 타고 오르는 수컷 회색다람쥐였다. 열세 살이 되던 해에는 솔라라가 만든 오리 박제 한 점이 지역 자연사박물관에 정식으로 전시되었고, 이듬해에는 그게 다섯 점으로 늘어났다. 그때쯤 솔라라의 삼촌은 작업을 하는 날보다 조카에 대한 열등감을 안주 삼아 술을 벌컥벌컥 마시는 날이 훨씬 많아져 있었다. 솔라라는 신경 쓰지 않았다. 어느새 오롯이 자신만의 공간이 된 숲속 작업실에서, 박제를 판 돈으로 하나 하나 사 모은 동물 해부학 서적과 자연 다큐멘터리 DVD에 파묻힌 채 자연을 눈에 담아 손끝으로 옮기는 일에만 하염없이 집중할 뿐이었다.

그렇게 몇 년이 더 흐른 어느 겨울날 밤의 일이었다. 17세의 솔라라 델쿠르트가 자기 첫 작품이 놓인 바로 그 박물관의 창문을 깨고 들어가려던 모습이 지역 주민에게 목격되었다. 들켰음을 깨닫고 허둥지둥 도망치던 그 손에 휘발유 통이 들린 채였다는 제보자의 증언이 아무래도 심상찮았기에, 경찰은 솔라라의 작업실을 찾아가 조사해 보기로 했다. 그곳에서 경찰들이 본 광경이 정확히 무엇이었는지는 결코 외부에 공개되지 않았다. 다만 전해지는 이야기에 따르면, 오두막집 안에서 엉망진창으로 때려 부수어진 채 발견된 사슴과 부엉이와 곰과 삼촌과 왜가리 박제 무더기에는 전부 빨간 물감으로 똑같은 단어 하나가 적혀 있었다고 한다.

'불완전해.'

빛과 법과 질서의 세계에 솔라라 델쿠르트가 남긴 행적은 여기에서 끝난다. 하지만 그 이면의 그림자 속에서는 여전히 비밀스러운 작업이 계속되고 있었음이 분명하다. 언젠가부터 내로라하는 범죄 조직 보스들의 응접실마다 수상하리만치 정교한 맹수 박제가 하나씩 놓이기 시작했으니까. 밀매 현장을 단속하러 들이닥친 마약단속국 요원들이 금방이라도 살아 움직일 듯한 호랑이에 깜짝 놀라 총을 난사했다거나, 눈을 깜박이고 고개를 돌리는 새장 속 모형 참매를 압수하기 위해 야생동물 전문가가 불려 왔다거나 하는 소문도 곧 퍼져나갔다.

그 모든 소문이 암흑가에서 솔라라 델쿠르트라는 브랜드의 가치를 더욱 드높이는 조미료가 되었음은 물론이다. 이제 거물급 범죄자들은 누구든 솔라라의 박제를 손에 넣길 원했다. 돈과 연줄을 총동원해 간신히 주문을 넣고 수년을 더 기다려서라도, 가끔은 경쟁 조직의 아지트에 쳐들어가 강제로 빼앗아서라도.

"그 북극곰 박제가 맥크래니 패밀리를 궤멸시켰잖아요! 친구 말로는 웬만한 청부업자보다도 그 사람 박제 때문에 죽어 나간 목숨이 더 많을 거라던데요. 이번 일 때문에 그런 유명한 분까지 만나 보게 될 줄은 정말 몰랐어요."

프라하 근교의 주택 건물 사이에 난 좁은 골목을 지나는 동안 마모는 끊임없이 재잘거렸고, 로키는 딱히 대꾸하지 않았다. 솔라라의 박제가 얼마나 많은 사람을 죽였는지 따위는 단 한 번도 로키의 관심사였던 적이 없었다. 지금껏 박제 작업을 위해 희생당한 야생동물의 개체수라면 모를까. 솔라라 델쿠르트는 환경운동 관련으로 사귄 지인이 아니라, 로키가 센티넬라 신디케이트를 무너뜨리는 과정에서 어쩌다 보니 목숨을 구해 주게 된 전직 상아 밀매상 리 펭란이 소개해 준 사람이었다. 살아남아 신디케이트의 자원과 네트워크를 독차지한 펭란은 야생동물 밀수업을 완전히 청산한 뒤 일종의 범죄 업계 중개인 사업을 시작했고, 덕분에 로키도 펭란과 별 거리낌 없이 가까워질 수 있었다. 하지만 펭란에게 소개받은 여러 사업상 관계자는 또 별개의 문제였다. 로키에게 솔라라는 틀림없이 흥미로운 사람이었으나, 동시에 잠재적인 제거 대상이기도 했다.

"만나 볼 수 있게 돼서 다행이지. 밀렵꾼한테 검은코뿔소 사려던 걸 뜯어말리고 동물원에서 자연사한 개체 얻어다 주지 않았으면 지금쯤 LC에서 손을 써서…. 아무튼 주소는 여기야."

한때 무슨 공장이었던 듯한 낡은 건물 뒤쪽, 지하실로 통하는 철문 앞에 도착한 로키가 벨을 꾹 눌렀다. 낡은 사이렌 소리가 귀청을 찢으며 삐익 울렸다. 그 뒤를 황급히 이어 들려온 건 누군가의 목소리였다. 그것도 뜬금없이 굉장히 구차하게 변명하는 목소리.

"죄송합니다, 죄송합니다! 제가 진짜 거의 다 끝내 가거든요? 요즘 건강이, 아니, 날씨가 습해서 가죽이 잘 안 마르는 바람에 작업이 약간 지연되기는 했는데, 아무튼 금방! 늦어도 다음 주중에는 완성해서 보내 드리겠습니다!"

"솔라라, 나야. 마감 독촉하러 온 사람 아니야. 아까 연락했잖아."

잠시 침묵이 흘렀다. 얼마 지나지 않아 문이 안쪽에서 철 컹 열리자, 로키는 고개를 절레절레 젓고서 그 너머의 삐걱거 리는 나무 계단을 따라 천천히 걸음을 옮겼다. 훨씬 복잡한 잠금장치가 잔뜩 달린 두 번째 문은 이미 살짝 열려 있었다. 환풍기 돌아가는 소리와 옅은 소독약 냄새가 흘러나오는 문 틈으로 조심스레 발을 들인 두 사람의 눈 앞에 펼쳐진 광경 은, 바깥에서 봤을 땐 상상하기 힘들 만큼 밝고 널찍하고 어 지러운 공간이었다.

커다란 스크린과 화이트보드, 화학약품이 빼곡히 들어 찬 시약 보관장, 빈백 두세 개, 먹다 남은 피자 따위가 아무 렇게나 놓여 있는 새하얀 방. 그 생경한 공간을 이리저리 둘 러보던 마모의 시야 한쪽 구석에서, 드디어 소문으로만 들어 온 이곳의 주인이 그 모습을 드러냈다. 안쪽 방에서 스테인리 스 커피잔을 들고 비틀비틀 걸어 나오는, 긴 갈색 머리를 아 무렇게나 늘어뜨린 잠옷 차림의 깡마른 여자였다. 피곤함에 찌든 여자의 얼굴에는 웬지 위태로운 웃음기가 반짝반짝 빛 나고 있었다.

"마감 독촉이 아니라면야 언제나 환영이지! 그러잖아도 본격적인 작업에 들어가기 전에 기분 전환이 좀 필요하던 참 이었거든. 자, 자, 편하게 있어. 이 내가 뭘 도와주면 돼?"

솔라라 델쿠르트가 태연히 실실거리며 말했다. 한껏 품 었던 기대가 단번에 와르르 무너져 버린 마모의 황당함 따위는 전혀 눈치채지 못했다는 듯이.

**

"흐으으음…. 그러니까 이 박제에 대한 의견을 들으러 찾
아오셨다 이거지."

지하실 한쪽을 전부 차지한 대형 스크린에 큰박쥐태양
새 박제 사진을 몇 장 띄워 놓고서, 솔라라는 빈백에 반쯤 드
러누운 채 리모컨을 까딱이며 입을 열었다. 로키의 귀가 쫑
긋 곤두섰다. 비록 실물은 전부 도둑맞았을지언정 각 자연
사박물관에서 여러 각도로 찍어 둔 기록용 사진까지 사라진
건 아니었으니, 전문 박제사인 솔라라라면 그 사진만 보고서
도 박제에 대해 지금껏 알려지지 않았던 사실을 찾아내 가
르쳐 줄 수 있을지 모른다는 것이 로키의 계산이었다. 큰박
쥐태양새 박제가 비록 겉으로는 보잘것없어 보였어도 실은
어마어마한 가치를 숨기고 있었던 게 아닐까, 그 때문에 범
인들이 노린 건 아닐까…. 말하자면 이런 이야기를 듣길 기
대했건만, 정작 이어진 솔라라의 말은 그런 기대마저 간단히
무너뜨려 버렸다.

"진짜 못 만들었네. 당장 제작자란 놈을 찾아가서 때려
죽이고 싶은걸."

"그게 다야? 뭐, 뭐 다른 거 없고?"

"사진만 봐도 저 꼴인데 뭘 더 바라. 원형이 하나도 안 남았잖아. 깃털은 말라서 부서졌지, 다리는 색이 바랬지, 약품 처리를 잘못해서 가죽 전체가 뒤틀렸지…. 최악인 부분이 뭔지 알아? 분명히 저거 만든 자식은 살아 있는 개체를 제대로 본 적도 없을 거야. 까만색이니까 대충 쪼끄만 까마귀처럼 만들면 되겠거니, 하고 자세를 억지로 뒤틀어서 진짜 까마귀처럼 잡아 놓았을 게 분명해. 부리 모양만 봐도 꿀 먹고 사는 새인데 저렇게 고기 뜯으려는 모양새로 서 있겠어?"

솔라라가 줄줄이 쏟아 낸 지적 자체는 감탄이 나올 만큼 정확했다. 아시아와 아프리카의 더운 지역에 널리 분포하는 태양새의 주식은 꽃꿀과 작은 절지동물. 아무리 큰박쥐태양새가 몸집도 크고 깃털도 새까매서 까마귀를 연상시킨다고 한들, 실제 생태는 휘어진 가느다란 부리로 꽃꿀을 빨아먹는 훨씬 작은 크기의 동족들과 별반 다르지 않았을 터였다. 적어도 까마귀처럼 시체를 뜯어먹거나 설치류를 사냥할 리는 없었다. 그런 기초적인 생태조차 왜곡해 놓은 박제라면 수집가들에게도, 연구자들에게도 그다지 매력적이지 못한 흉물일 뿐. 그건 물론 로키의 추측이 완전히 빗나갔다는 뜻이기도 했다.

"그, 그러면 혹시 주변에 이런 박제를 좋아할 만한 사람은?"

"저딴 걸 좋아할 놈이 있겠냐? 아, 하기야 모르는 일이긴 하다. 박제 기법 공부하러 유럽 다 돌아다니던 시절에, 딱 저 수준의 물건을 박물관 여기저기서 보긴 했거든. 똑같이 약품 못 쓰고, 똑같이 자세 무리하게 잡고, 자기 새가 조금이라도 더 커 보이길 바랐는지 가죽에 열 가해서 팽팽하게 잡아 늘인 꼬락서니도 똑같고. 보이는 족족 불태워 버렸어야 했는데."

스크린 속 박제의 목 부위에 드러난 가죽을 레이저 포인터로 가리키며 솔라라가 빈정거렸다. 그 빈정거림을 들은 로키의 눈이 순간 번뜩였다. 어쩌면 방금 지나간 말 속에 단서가 있을지도 모른다는 직감이 머릿속에서 소용돌이치기 시작했다.

"솔라라, 그런 물건이 어디어디 있었는지 기억해?"

"글쎄, 베를린이랑 브링튼앤호브랑 그 외 여기저기? 정확한 건 옛날 일기라도 뒤져 봐야 알겠는데. 그보다 갑자기 그건 왜…"

반사적으로 되물으려던 솔라라의 혀끝에도 이내 같은 직감이 스쳤다. 둘의 시선이 잠시 교차했고, 입가에는 자그마한 미소가 차례차례 떠올랐다. 줄곧 둘 사이에 어리둥절하게 앉아만 있던 마모에게 이 기적적인 이심전심의 내용을 먼저 설명해 준 사람은 솔라라였다.

"자연은 완벽하지만 인간은 어설퍼서 저지른 실수를 되풀이하지. 지문을 남기듯이 말이야. 그러니까 똑같은 실수를 저질러 놓은 박제가 여럿 있다면, 사실 전부 똑같은 사람의 손이 닿은 물건일 가능성도 있단 말씀. 뭐, 그런 물건들이 왜 유럽 전역에 흩어져 있었을지는 나도 모르겠지만."

"원래는 큰 박물관 한두 군데에 모여 있었을 거야. 그런데 유럽의 주요 도시들은 2차대전 때 공습을 많이 당했으니까, 그런 곳의 박물관에서는 폭격을 대비해 소장품을 다른 지역 박물관에 분산해 놓는 경우가 잦았거든. 베를린 자연사박물관도 그랬고, 브링튼앤호브의 부스 박물관에도 런던에서 보내온 소장품이 있다고 들은 것 같고."

"둘 다 이번에 도둑이 들었던 곳이네요."

로키가 덧붙인 설명을 마모가 끝맺었다. 그와 함께 흐릿하기 짝이 없었던 단서에 조금이나마 형태가 깃들었다. 여전히 범인의 목적을 정확히 알 수는 없었지만, 적어도 그 목적을 알아내기 위해서 어느 자료 더미를 파 봐야 할지 정도는 대강 알아낸 셈이었다. 그렇다면야 지체할 이유는 어디에도 없었다.

이후의 조사는 순조롭다면 순조롭게, 막막하다면 막막하게 흘러갔다. 솔라라는 온종일 작업실 창고를 다 뒤집어엎은 끝에 옛날 일기 꾸러미를 몇 개나 찾아냈고, 그걸 하나하나 읽어 보며 추억에 잠기려다가 마모에게 몇 번이나 붙잡혀 나왔다. 그러면서 겨우겨우 알아낸 '엉망으로 만들어진 박제가 보관된 박물관' 목록은 과연 도난 피해를 본 곳의 목록과

거의 겹쳤지만, 독일 프라이베르크의 작은 연구 시설 한 군데만큼은 예외였다.

"내가 이런 데를 가 봤던가? 아, 기억난다. 광산 마을이었고, 경찰이 엄청 불친절했지. 별로 대단한 짓 하려던 것도 아니었는데."

"거기서 대체 무슨 짓을 저지르려던 건지는 안 물어볼게, 솔라라. 네가 다녀온 시설이 프라이베르크 자연과학 기록보관소 맞지? 인터넷에 적혀 있기론 폴스트뢰어의 광물표본 컬렉션을 소장한 지질학박물관 '테라 미네랄리아'의 부대시설인데, 실제론 지역 토착 동식물 표본이나 베를린에서 보내온 소장품처럼 지질학박물관에 같이 전시하기 애매한 물건을 쌓아둔 곳인 모양이네. 구인 공고 보아하니 인력도 부족하고."

"우리 범인들이 다음으로 노릴 만한 곳 같네요. 일단 그쪽에 연락부터 해 둘까요?"

그게 그리 간단한 문제가 아니었다. 단순하게 생각하자면 마모가 제안한 대로 프라이베르크에 이 사실을 귀띔해 줘서 경비를 강화해야겠지만, 도둑들이 언제쯤 들이닥칠지도 모르는 마당에 철통 경비 태세만 하염없이 유지할 순 없는 노릇이었다. 미지의 수법으로 침투해 흔적조차 남기지 않고 물건을 털어 가는 도둑질의 프로가 상대라면 더더욱. 게다가 지금은 문을 단단히 걸어 잠가 도둑질을 막아 내는 것만이 능사가 아니기도 했다. 다음 목표를 한발 앞서 알아냈다는 건 그야말로 절호의 기회. 이참에 도둑들을 현장에서 붙잡아 그 배후와 목적을 실토하게 만들 수만 있다면 더할 나위가 없겠지만, 그러기 위해서는 더 많은 정보와 철저한 준비가 필요했다.

"최소한 상대가 몇 명인지, 어떤 수법으로 나올지 정도는 먼저 알아두고 싶어. 정면으로 맞붙을 거라면 사람도 한둘쯤 더 구하는 게 좋고. LC 쪽에 말 정도는 해 둬야겠다."

"아, 그 문제라면 저한테 맡겨 주세요!"

고민에 잠긴 로키를 향해 마모가 갑작스레 선언했다. 밑도 끝도 없는 그 당당함이 어쩐지 불안했지만, 그래도 로키는 일단 마모가 하려는 말을 잠자코 들어 보기로 했다.

"지난번에 확보한 CCTV 영상을 제 정보원한테도 다 보내 줬는데, 방금 메시지가 와서…"

"지금 누구한테 뭘 보내 줬다고? 나한테는 말도 없이?"

"에이, 사소한 건 됐고요. 아무튼 정보원이 말하길, 어떤 놈들 짓인지 알 것 같으니까 혼자만 재미 보지 말고 자기도 좀 끼워 달라네요. 여기로 부르면 되죠?"

이건 잠자코 듣고 있기엔 아무래도 당황스러운 이야기였다. 누군지도 모르는 사람을 일에 끼워 주자고? 그게 심지어 마모의 정보원이라고? 구독자라곤 몇 명 되지도 않는 뉴스 사이트나 운영하는 주제에 전속 정보원까지 두고 있단 말이야? 생각하면 할수록 불안감은 가라앉기는커녕 더욱 부풀기만 했다. 하지만 그와 함께 부풀어 오르는 또 하나의 감정이 있었다. 바로 호기심이었다.

"프라이베르크로 오라고 해. 낭비할 시간 없으니까."

인간관계 측면에서의 나쁜 버릇이 다시금 고개를 치켜드는 순간, 로키는 가벼운 자기혐오를 느끼면서도 그렇게 대답할 수밖에 없었다. 아무래도 조금은 궁금했으니까. 저 대책 없는 자칭 기자 녀석의 동료라면 또 얼마나 흥미진진한 사람일지.

*
**

그로부터 이틀이 지난 뒤의 이른 아침에, 로키와 마모는 독일 작센주 프라이베르크 시내의 카페에 앉아 문제의 정보원이 도착하기만을 기다리는 중이었다. 좁은 카페에는 손님들이 쉴 새 없이 들락거렸고, 그때마다 로키의 시선은 힐끔힐끔 문 쪽을 향했다. 마모를 집요하게 추궁해 들은 바에 따르면 '정보원'은 원래 중남미의 대형 마약 카르텔에서 인재 관리를 전담했던 인물. 카르텔 출신 프리랜서 범죄자라면 로키도 아는 사람이 몇 있었기에, 여기에 오기로 한 사람이 대충 어떻게 생겼을지 아주 짐작이 안 가는 건 아니었다. 무엇보다 독일 광산 마을의 카페에서 전직 갱 같은 손님은 곧바로

72

눈에 띨 터였다. 그러니까 지금 도넛 주문한 남자는 아닐 테고, 방금 들어온 무리 중 하나일 리도 없고, 저쪽에서 전화하는 사람도 아마….

"사장님, 위험한 놈들 만나러 다닐 땐 제발 얘기라도 해달라고 말씀드렸잖습니까."

인기척 없는 허공에서 별안간 낮고 탁한 목소리가 들려왔다. 신경이 퍼뜩 흔들린 로키가 고개를 홱 돌려 보니, 방금까지는 분명 비어 있었던 테이블 건너편의 마모 옆자리에서 웬 낯선 사람이 태연히 의자를 빼는 모습이 보였다. 새카만 머리를 단정하게 빗어 한 갈래로 질끈 묶은, 훤칠한 키와 얇은 금속 테 안경이 돋보이는 고급 정장 차림의 여성이었다. 전직 갱보다는 변호사나 투자 분석가에 가까운 인상착의라고나 할까. 하지만 그보다도 더욱 두드러지는 건 여성의 주위를 휘감은 고요였다. 길쭉한 팔다리를 의자와 테이블 사이에 차곡차곡 접어 넣으며 앉을 때도, 어느새 손에 들려 있던 에스프레소 잔을 단숨에 비울 때도 여성의 몸짓은 소리를 거의 내지 않았다. 마치 혼자만 무성영화 속에서 살아 움직이고 있다는 듯이.

"인사가 늦었습니다. 루치 부스토미보사입니다."

숙련된 은행원과 같은 동작으로 여성이 로키에게 명함을 건넸다. 언젠가 마모에게 받았던 것과 똑같이 'MEDEA HERALD'라는 글자와 QR코드가 박힌 단순한 명함이었다. 차이점은 아래쪽에 은색으로 휘갈겨 적힌 서명뿐. 그렇다면 기척을 감추는 데 수상하리만치 능한 이 루치 부스토미보사라는 인물이야말로 마모가 말한 '정보원'이 틀림없었다. 호기심 가득한 로키의 시선이 위압감을 뿜어내는 루치의 무기질적 눈동자에 가 닿았다.

"만나서 반가워. LC의 로키야."

"그러잖아도 한 번쯤 만나 뵙고 싶었습니다, 로키 씨. 더불어 우리 사장님 때문에 고생이 많으십니다."

예의 바른 인사였다. 마모가 옆에서 짐짓 뾰로통한 얼굴을 해 보였지만, 거기에 신경 쓰는 사람은 없었다. 거의 강박적으로 다듬어진 듯한 루치의 격식에 힘입어 둘 사이의 대화는 빠르게 본론으로 흘러갔다.

"마모가 말하길, 그쪽이 자연사박물관 도둑들의 정체를 알고 있다던데."

"영상으로 확인했습니다. 아니, '확인했다'란 표현은 다소 어폐가 있겠습니다만. 일단 이걸 잠시 봐 주시겠습니까."

아무도 눈치채지 못한 사이, 테이블에 놓여 있던 태블릿 PC가 깜박 켜졌다. 화면에서는 클레멘트 호프바우어 대학에서 얻어 온 CCTV 영상 일부가 띄엄띄엄 재생되는 중이었다. 행정실 직원이 복도를 달려가는 모습, 경비가 수장고 문을 여는 모습, 그 외의 여러 흐릿한 사람 형체들이 주차장과 학생 식당과 강의실 곳곳을 지나가는 모습이 연달아 이어졌다. 전부 여러 번 확인한 장면이었지만 아무 단서도 찾지 못했는데, 대체 여기서 뭘 보면 된다는 걸까? 고개를 갸웃하는 로키를 향해 루치가 말을 이었다.

"지금 보여 드린 모든 영상에, 실은 범인 중 하나가 찍혀 있습니다."

"뭐어? 하지만 절반 정도는 한 사람밖에 안 찍혀 있었잖아."

"전부 같은 사람입니다. 겉옷과 머리 모양, 걸음걸이가 약간씩 달라져서 다른 사람처럼 보이는 것뿐입니다. 일종의 즉석 변장술이라고 이해하시면 되겠습니다만."

그렇게 설명하고서 루치가 다시 틀어 준 영상을 로키는 다시 한번 유심히 들여다보았다. 처음에는 루치의 말을 전혀 수긍할 수 없다는 생각밖에 들지 않았다. 행정실 직원도, 경비도, 영상에 나온 다른 사람들도 모두 같은 인물이라기엔 확연히 차이가 나는 모습을 하고 있었으니까. 외모나 걷는 동작은 물론 팔과 고개를 움직이는 사소한 버릇조차도 마찬가지였다. 하지만 그렇게 의심 가득한 눈초리로 그런 버릇들을 하나하나 살피던 도중, 문득 어떤 어색한 점 하나가 로키의 눈앞을 흐릿하게 스치고 지나갔다. 얼핏 터무니없게 들리는 루치의 주장이 아니었더라면 결코 눈치채지 못했을 만큼 사소한 어색함이었다.

"이 경비원하고 그 다음다음 장면에 나오는 학생, 걸어가면서 왼쪽 뒤꿈치 살짝 끄는 모습이 완전히 똑같아. 어느 한쪽이 다른 한쪽을 일부러 흉내 내고 있는 것처럼."

"아마 담당 경비의 실제 습관일 겁니다. 보겔 교수를 속이기 위해 이미 완벽하게 모방해 둔 몸짓을, 다른 곳의 감시 카메라 앞에서도 한 번 더 활용했으리라 생각합니다."

"특정한 학생을 따라 하려던 게 아니라, 그냥 불특정 학생으로 위장해서 정체를 숨기려 했다는 말이네. 하지만 카메라를 지날 때마다 겉모습은 물론 버릇까지 완전히 바꾸다니…. 이런 일이 가능하리라곤 생각도 못 했어."

"이런 일이 가능한 사람은 제가 아는 바로도 하나밖에 없습니다. 중국 공산당에 소속되어 국외 미술품과 문화재 회수 임무를 주로 맡은, '후어슈'라는 코드명으로 알려졌던 인물입니다."

후어슈, 즉 불쥐(火鼠). 그 이름이라면야 로키도 들어 본 적 있었다. 유럽 각국의 미술관에 전시된 중국 도자기나 불상이 언젠가 연달아 도난당했는데, 그 배후에 과거 불법으로 반출된 자국 문화유산을 되찾길 원하는 중국 정부의 의도가 있으리란 소문 속에서였다. 당시에도 사법 당국은 물론 범죄 업계의 전문가들조차 도난 수법을 짐작조차 하지 못했다고 했던가. 그야말로 전설 속 등장인물인 셈이었다.

"그럼 중국 공산당이 배후에 있단 얘기야? 그쪽에서 자기네 토착종도 아닌 새 박제를 탐낼 것 같진 않은데…."

"물론 아닙니다. 후어슈는 몇 년 전에 프리랜서로 전업하면서 '선번'이라는 새 이름을 내걸었고, 현재는 타 분야 전문가 셋과 손을 잡고서 도둑 팀 쥐의 왕을 결성해 활동하는 중입니다. 여러 아시아 국가 부호들의 의뢰로 고가의 미술품이나 보석 종류를 훔치는 일이 전문이라고 들었습니다만."

그렇다면 상대의 인원수는 합쳐서 넷. 그것도 전부 철저한 보안을 뚫고 물건을 훔쳐 내는 데에 도가 튼 프로들뿐. 설상가상으로 놈들의 다음 목표일 프라이베르크 자연과학 기록보관소는 보안이 그렇게까지 대단한 시설도 아니었고, 보안 전문가를 섭외할 만한 여유도 없었다. 새로운 정보를 입력 받은 로키의 머릿속이 격렬하게 핑글핑글 돌기 시작했다. 어쩌지, 어쩌지, 막막한데. 그러기를 수십 초, 밑그림으로나마 어떻게든 완성된 결론이 로키의 입술 사이로 가만히 스며 나왔다.

"뭐, 그 정도라면 방법이 없진 않겠는데 말이야."

*
**

한밤중의 서늘한 문서실 안은 낡은 종이 냄새로 가득했다. 형광등 불빛 아래의 대형 복합기가 뿜어내는 소음이 냄새 사이사이의 모든 순간을 가득 채우며 울렸다. 그 가운데서 한동안 연구원 세 사람과 보조 인력 둘은 산더미처럼 쌓인 고문서를 아무 말도 없이 하나씩 집어 들어 스캔하는 데에만 집중했다. 한 시간, 두 시간, 대여섯 시간이 신기루처럼 하염없이 흘러갔다. 그러던 도중의 어느 한순간, 줄곧 쭈그려 앉아 있던 보조 인력 하나가 비명 같은 신음을 지르며 자리에서 일어나 외쳤다.

"해도 해도 안 끝나!"

"말씀드렸잖아요."

"금방 끝날 일이었으면 진작에 끝냈죠."

함께하던 연구원들이 연달아 내뱉은 핀잔에, 보조 인력 중 하나인 마모는 기나긴 한숨을 쉬며 도로 자리에 털썩 주저앉았다. 한숨은 그 옆에서 함께 작업에 몰두하던 로키의 입에서도 함께 토해져 나오고 있었다. 그야 쉽지는 않으리라고 시작부터 예상한 일이기는 했다. 오래도록 보관소에 쌓아둔 채 손댈 엄두조차 내지 못하고 있던 방대한 양의 자료를 며칠 내에 모조리 전산화한다니. 그 전산화 작업을 돕는 일이야말로 로키 일행이 LC의 연줄을 통해 이곳 기록보관소에 정식으로 들어온 표면적 이유였고, 그게 단순한 핑계이기만 한 것도 아니었다. 과거 연구 기록 및 문헌 전산화가 과학사 연구자들에게 실제로 굉장히 중요한 과제임을 로키는 잘 알았다. 원본 자료가 도둑들에게 위협받고 있는 지금 같은 상황에서는 더더욱.

"그래도 힘들긴 엄청 힘드네. 잠깐 바깥바람 좀 쐬고 올 테니까, 마모 년 연구원분들 잘 도와드리고 있어."

그렇게 말하고서 로키는 비척비척 몸을 일으켜 문서실을 나섰다. 비상등만이 드문드문 밝혀진 어두컴컴한 복도 저편에서는 마침 두 사람이 마주 보고 서서 뭔가 뜨겁게 이야기를 나누는 중이었다. 둘 중 하나는 이곳의 표본 관리 담당자였고, 나머지 하나는 표본 라벨링 작업을 맡은 솔라라였다. 가까이 다가간 로키에게 표본 관리 담당자가 잔뜩 들뜬 표정으로 말을 걸어 왔다.

"아니, 이분 도대체 어디서 온 누구세요? 빅토리아 시대 박제 기법을 이렇게까지 꿰고 계신 분은 처음이에요!"

"세상에 은둔 고수가 참 많거든요. 그건 그렇고 솔라라, 너 정말 괜찮아? 마감 급하면 돌아가 봐도 되는데."

로키의 걱정은 진심이었다. 세계 유수의 범죄 조직에 만들어 줘야 할 박제가 몇 개씩 밀려 있는 사람한테, 며칠 내내 낡은 표본에 이름표만 달고 있길 요구할 수는 없는 노릇이었으니까. 하지만 피곤에 짓눌릴 대로 짓눌린 꼬락서니에도 정작 솔라라가 내놓은 대답은 실로 당당하기 그지없었다.

"뭘 모르는구나. 작업실에만 주저앉아 있는다고 마감이 되는 게 아니라고. 이렇게 새로운 자료 접하면서 아이디어를 얻는 일이 사실은 더 중요하단 말씀."

"그래서 아이디어는 좀 얻었어?"

"야, 그게 쉬우면 예술이겠냐?"

이 어처구니없는 대꾸에 로키는 그만 헛웃음을 토하고 말았다. 솔라라의 예술론은 항상 이런 식이었다. 이해가 전혀 되지 않고, 말은 매번 바뀌고. 아니면 실은 이 모든 예술론이 전부 마감을 미루기 위한 핑계에 불과한 걸까? 그렇게 멍하니 의심하며 자리를 뜨려던 로키의 귓가에, 전혀 다른 의심으로 이뤄진 솔라라의 속삭임이 환청처럼 슬며시 흘러들어왔다.

"그보다 루치란 녀석, 조심하는 게 좋겠어. 눈빛이 소름 끼쳐 죽겠더라고."

한편 바로 그 루치 부스토미보사로 말할 것 같으면, 다른 세 사람이 연구원들을 도와 전산화 작업을 진행하는 동안 혹시 수상한 움직임은 없는지 감시하고자 시설 주변을 배회하는 중이었다. 특유의 기척 없는 움직임은 그러는 동안에도 여전했다. 기록보관소 뒷문으로 나오자마자 왼편에서 들려온 바람 소리에 로키가 무심코 고개를 돌린 순간, 이미 루치는 길쭉하게 뻗은 몸으로 오른쪽에서 그림자를 드리우며 가만히 서 있었다. 이제는 그 모습을 눈으로 좇을 시도조차 할 생각이 들지 않았기에, 로키는 그냥 눈앞의 벽돌담을 바라보며 목소리를 낮춰 슬며시 물었다.

"아직 특별한 일은 없었지? 언제쯤 들이닥칠지 귀띔이라도 들을 수 있으면 좋겠는데. 업계 정보원이라기에 그 정도 소식은 물어와 주지 않을까 살짝 기대했단 말이야."

"정보원 일을 시작한 것은 최근부터라서 말입니다. 죄송합니다."

"괜한 트집에 사과하지 마. 전에는 인재 관리 맡았댔나? 컬럼비아 쪽 카르텔에서 비슷한 일 하는 사람한테 잠깐 권투 배운 적 있는데, 혹시 네가 알지도 모르겠다. 그 사람이 하던 '인재 관리'는 그냥 청부 살인을 돌려 부르는 거긴 했지만."

넌지시 던진 마지막 말에 그림자가 눈에 띄게 흔들렸다. 로키가 그때야 비로소 쳐다본 오른쪽에서는 루치의 두 눈이 차갑게 빛나고 있었다. 처음 본 순간부터 이미 기억에 아로새겨졌던 저 위압적인 눈빛은, 담담히 대답하는 동안에도 흔들림 없이 로키를 향한 채였다. 구체적으로는 아마도 로키의 목덜미를, 아니면 심장을, 당장이라도 목숨을 빼앗을 수 있는 인체의 치명적 급소 어딘가를.

"알고 계셨습니까. 이런, 그럼 제 본업도 진작 들켰다고 생각해야겠습니다."

"사실 아까까진 전혀 몰랐어. 그런데 오는 길에 슬쩍 듣기론, 나 말고 솔라라도 막 무섭게 쳐다봤다면서? 그 얘기 때문에 알아챘지. 원래 살인 청부업자였고, 거물 도둑들에 대해서도 잘 알고, 나나 솔라라처럼 업계에 이름깨나 알려진 사람은 괜히 소름 끼치게 노려보고. 그럴 부류는 역시 '빅 게임 헌터'밖에 없잖아."

엄밀히 말해 빅 게임 헌터는 범죄 업계에서조차 직업이

라고 인정받을 만한 분류가 아니었다. 지하 환경 운동가, 딥웹 언론인, 불법 박제사나 살인 청부업자처럼 생계나 특정한 목적 때문에 범죄를 저지르는 사람을 뜻하는 말이 아니니까. 원래 빅 게임 헌터란 대형 동물을 전문적으로 사냥하는 사람을 가리키지만, 범죄 업계에선 오직 유명인이나 거물의 목숨만을 노리는 살인자를 일컫는 말이기도 했다. 돈이 아니라 표적의 이름값을 기준으로 일을 받는 청부업자거나, 아니면 살인이 가져오는 악명과 스릴에 특히 중독된 연쇄살인범이거나…. 어느 쪽이든 그다지 신뢰할 수 있는 부류가 아님은 명백했다. 특히나 로키처럼 여태껏 이것저것 저지른 일이 많은 범죄자에게는 더더욱.

"어쩐지 이런 돈도 안 되는 일에 냉큼 끼어들더라니. 노리는 건 쥐의 왕이야? 아니면 혹시 내 쪽?"

"걱정하시는 것은 이해합니다만, 저는 일단 사장님께 고용되어 일하는 몸입니다. 거물급 범죄자 소식을 들으려면 사장님 같은 사람을 주변에 두는 것이 무엇보다 유리하고, 현재로서는 그 관계를 흔들 생각은 추호도 없습니다."

루치가 딱 잘라 대답했다. 대단히 안심되는 대답은 아니었지만, 지금은 이걸로도 충분하겠다고 로키는 생각했다. 어차피 로키에게 중요한 건 눈앞의 과제였다. 그 과제에 함께 몸을 던져 주는 사람들의 속셈이 특종이든, 영감이든, 아니면 취미든 아무래도 좋았다. 비록 각자의 목적 때문에 일시적으로 모였을 뿐이라 한들, 상호 이득에 기반한 공생 관계란 그 이득이 어긋나기 전까지는 무엇보다도 단단하니까. 믿을 수 있으니까. 그렇기에 로키는 이렇게 말할 수 있었다.

"이해했어. 그럼 당분간 잘 부탁해."

어둠 속의 눈이 가볍게 깜박였다. 알았다는 뜻일까? 적어도 지금 목숨을 앗아가려 들겠다는 뜻이 아님은 확실했다. 몸을 돌려 기록보관소로 되돌아가는 로키의 귓가에서, 루치의 희미한 발소리는 이미 고요한 어둠 속으로 흩어져 사라져 가고 있었으니까.

*
**

더디게 흘러가는 시간에 박자를 맞추듯이, 프라이베르크 자연과학 기록보관소의 소장품 전산화 업무는 느리지만 꾸준하게 진행되었다. 커피로 밤을 지새우고 또 지새우는 동안 20세기 초에 작성된 탐사 일지, 보고서, 지역 학회 발표 자료 대부분이 컴퓨터 안에 꾸역꾸역 정리되어 담겼다. 베를린에서 급히 옮겨지는 동안 자세한 기록이 소실되어 출처를 알기 힘들게 된 문헌도 적지 않았지만, 로키와 연구원들이 직접 읽어 보고 머리를 맞대면 대략의 정체쯤이야 어떻게든 추측해 낼 수 있었다. 그러는 동안 부족해지는 일손을 채우는 건 단순 반복 작업에 어느 정도 익숙해진 마모의 몫이었다.

한편 표본 정리 쪽은 또 나름대로 고충이 많은 듯했다. 복도에 가끔 출몰하는 솔라라의 모습만 봐도 짐작할 수 있는 사실이었다. 어느 날에는 비소로 방부 처리된 옛날 조류 가죽을 다루기 위해 고글과 마스크와 장갑을 둘둘 두른 채 나타나는가 하면, 또 어느 날에는 곰팡이가 핀 나방 표본을 제때 복구할 수 있을지를 두고서 담당자들과 뜨겁게 논쟁을 벌였으니까. 그랬기에 작업에 착수한 지 열흘이 막 지난 이른 아침, 식당으로 쓰는 지하 1층 홀 구석 자리에서 고개를 푹 숙이고 밥을 입안으로 밀어 넣는 솔라라를 발견했을 때 로키는 적잖이 반가워할 수밖에 없었다.

"뭐야, 솔라라. 드디어 건강하게 끼니 챙겨 먹어야 한다는 영감이라도 내렸어?"

"아침에 이런 소시지 먹는 게 건강한 끼니겠냐. 밤을 꼴딱 넘겼더니 배고팠을 뿐이야."

"쉬엄쉬엄하라고 말해 주곤 싶은데, 루치 말로는 며칠 전부터 돌아다니던 흰색 밴이 아무래도 수상하대. 쥐의 왕 놈들이 벌써 도착해서 준비 중일지도 몰라."

솔라라는 대답 대신 스크램블드에그를 우물거리며 고개를 힘없이 까딱였다. 흘러내린 머리카락이 얼굴을 반쯤 가린 채 제멋대로 춤을 췄다. 그 모습을 보니 아무래도 말을 더 얹을 생각이 들지 않아, 로키는 그냥 솔라라 반대편에 앉아서 빵이나 조금 집어 먹기로 했다. 악명 높은 '선번'이 연구원 중 누군가로 변장해 잠입할지도 모른다는 추측에 사로잡혀, 같이 일하는 사람들의 얼굴을 몇 분에 한 번씩 노려보는 건 로키와 루치 둘 정도면 충분하리라. 나머지는 그냥 계획대로만 열심히 움직여 주면 더 바랄 나위가 없었다.

"로키 씨, 좋은 아침이에요! 어, 박제사 씨는 언제 여기까지 오셨어요?"

마모의 활기찬 목소리에 로키가 고개를 돌려보니, 마침 다른 사람들도 우르르 식당으로 몰려오는 중이었다. 작은 리본을 꼼꼼히 묶어 둔 곱슬머리가 지친 표정의 연구원들 사이에서 가장 먼저 눈에 띄었다. 아침에 일어나자마자 저 연구원들의 일거수일투족을 주시하고 있었을 루치의 눈빛도 안경알 아래에서 변함없이 번뜩였다. 그리고 또 한 사람, 일행 맨 끄트머리에서 조금 간격을 두고 비틀비틀 걸어오는 긴 머리의 누군가가 있었다. 섬뜩할 만큼 익숙한 그 누군가의 모습을 보고서 가장 먼저 반응한 사람은 식당에 앉아 있던 솔라라였다.

"언제 여기까지 왔냐는 게 무슨 헛소리야. 아까부터 계속 있었⋯. 저거, 저거 잡아!"

솔라라의 비명 같은 외침에 시선이 홱 집중된 끝에서, 또 하나의 솔라라 델쿠르트는 불안하게 주위를 두리번거리다가 이내 주춤주춤 물러났다. 당혹감에 찬 뒷걸음은 곧 전력 질주로 바뀌었다. 복도 저편으로 도망치기 시작한 두 번째 솔라라를 뒤쫓아 루치가 앞장서 달려 나갔고, 로키 또한 눈이 휘둥그레진 연구원들을 헤치며 힘껏 달음박질해 그 뒤를 쫓았다. 어느새 허둥지둥 로키를 따라잡은 마모가 곁에서 횡설수설하며 상황을 설명했다.

"복도에서 드러누워 자고 계시기에 깨웠더니, 세, 세수만 하고 금방 따라오겠다고 하셨거든요! 가짜란 생각은, 전혀, 안 들었어요!"

"내가 보기에도 완전히 똑같았어. 마침 진짜 솔라라가 식당에 있어서 망정이지…."

허를 찔렸다는 생각밖에 들지 않았다. 당연히 연구원으로 위장해 들어오리라고 생각했건만, 설마 우리 중에서도 가장 유명한 녀석을 대담하게 고를 줄이야! 잘 아는 사람보다는 낯선 사람을 우선 의심하는 사람의 본능을 파고든 수였다. 그런 수를 둘 수 있었다는 말은, 즉 이미 이쪽 일행의 구성과 역학 관계가 전부 들통난 채라는 뜻. 자칫 잘못했더라면 손도 못 쓰고 놀아날 뻔했다는 감각이 등줄기를 타고 오싹하게 흘렀다. 다행스럽게도 그토록 대단한 연기자조차 뜀박질만큼은 그리 빠르지 않은 모양이었다. 복도 모퉁이를 미처 돌기도 전에 루치의 손아귀는 이미 상대의 머리채를 붙잡아 바닥에 내동댕이치고 있었다. 물 흐르듯 자연스러운 제압 동작이 이어져 자그마한 몸뚱이를 힘껏 짓눌렀다.

"잘했어요, 루치!"

"전혀 아닙니다. 완전히 당했습니다."

마모의 칭찬에 새파래진 얼굴로 그렇게 답하고서, 루치는 바닥에 엎어진 상대의 머리채를 잡고 끌어올려 그 얼굴을 나머지 두 사람에게 보여 주었다. 처음에 마모와 로키 두 사람은 대체 코피가 줄줄 흘러내리는 그 얼굴이 뭐가 전혀 아니라는 것인지 이해하지 못했다. 그야 겉보기엔 울먹이는 솔라라 그 자체였지만, 선번이라는 놈의 변장술은 원래 이만큼 대단하다는 모양이었으니까. 눈물과 핏줄기와 머리를 잡아당기는 손아귀에도, 심지어는 이렇게 직접 얼굴을 문질러도 끄떡하지 않을 만한 특수 분장쯤은 얼마든지….

'아니야. 즉흥 연기가 전문이라는 녀석이 지우기 힘든 특수 분장에 의존하겠어?'

생각이 거기에 스치는 순간, 솔라라의 뺨을 잡아당기던 로키의 손에서 힘이 탁 풀렸다. 그러기가 무섭게 묻지도 않은 변명이 복도를 타고 쩌렁쩌렁 울려 퍼졌다.

"아, 아니, 갑자기 다들 막 의심하니까! 루치 저것도 무섭게 노려보고! 그러니까 무심코 튀었지! 이것부터 놓고 나 휴지, 휴지도 좀."

"미안. 휴지 가져다줄 시간은 없을 것 같아."

루치의 팔 밑에서 기어 나오며 우는 소리를 내는 저게 진짜 솔라라 델쿠르트라면, 쥐의 왕의 리더인 선번이 누구일지는 뻔했다. 식당에 앉아 있던 바로 그 솔라라. 고개를 숙이고 머리카락으로 얼굴을 자연스레 가린 채 태연하게 로키와 말을 주고받다가, 진짜가 나타나자 오히려 저쪽이 가짜인 것처럼 당당히 몰아감으로써 의심받지 않고 시야에서 벗어나 버린 자식. 그 순간부터 이곳 기록보관소는 이미 선번의 무대나 마찬가지였다. 뒤늦게야 그 사실을 눈치챈 배우들의 눈앞에서, 쥐의 왕의 범죄극이 화려하게 그 막을 올리려 하고 있었다.

복도를 밝히던 형광등이 차례차례 꺼졌다. 술렁이는 어둠에 집어삼켜진 네 사람을 조롱하듯 보이지 않는 위협이 시시각각 다가왔다. 하지만 예상치 못하게 뒤통수를 맞은 상황일지언정 로키 일행에겐 손 놓고 당해 줄 생각이 추호도 없었다. 최악의 상황을 염두에 둔 작전쯤이야 이미 짜둔 지 오래였다. 그 작전에 따라 가장 먼저 행동에 나선 사람은 루치였다.

"놈들은 찾는 물건이 어디에 있는지 이미 알 겁니다. 곳곳에 분산해 두었으니, 각자 하나씩 맡도록 합시다. 제가 문서실로 가겠습니다."

급조된 팀으로 프로 집단과 맞붙을 때는, 상대가 팀워크를 발휘하기 힘들도록 갈가리 찢어 놓는 게 최선의 전략. 이에 따라 로키도 자신이 담당하기로 한 표본실 쪽으로 재빨리 움직이기 시작했다. 그때까지도 얼떨떨하게 주저앉아 있던 나머지 두 사람에게 계획을 일깨워 주는 일 역시 잊지 않았다.

"솔라라는 창고로! 마모 넌 밖을 맡아! 빨리!"

루치로부터 들은 쥐의 왕 구성원들의 신상정보를 머릿속으로 되새기며, 네 사람은 그렇게 각자 맡은 위치를 향해 흩어졌다. 진짜 승부는 이제 막 시작된 참이었다.

*
**

표본실의 건조한 공기 속으로 막 발을 들이려던 로키의 귓가에, 방금 지나온 복도 저편에서 누군가 후다닥 달려오는 기척이 느껴졌다. 온 힘을 다하는 것 같기는 한데 정작 기력이라곤 하나도 없이 가볍기만 한 그 발소리의 주인이 누구일지 짐작하기란 그리 어렵지 않았다. 뒤이은 헐떡임에 섞여 들려온 목소리도 마찬가지였다.

"마, 맞다, 거기 표본실에 거, 건드리면 안 되는 거 있는데 들은, 들은 적 없지!"

이건 그야말로 솔라라밖에 하지 않을 법한 말이었다. 그러니 수상쩍은 구석이라고는 오직 하나뿐이었다. 진짜 솔라라였다면 로키가 고개조차 돌리기 전에 품에서 뽑아 내지른 칼끝을 이렇게까지 재빨리 피할 수 없었을 터. 방금까지만 해도 시종일관 맥없던 뜀박질이 삽시간에 땅을 박찼다가 능숙하게 내려앉았다. 그때야 비로소 어둠 속에서 자신을 쳐다본 로키에게, '솔라라'가 완전히 낯선 말투로 물었다.

"대단하네요~! 어떻게 눈치챘어요~?"

"눈치 못 챘어. 그래서 일단 살짝 찔러 보려던 거야."

"가짜라면 순순히 찔려 주진 않을 테니까요~? 무서워라~!"

그렇게 너스레를 떠는 사람의 겉모습을 로키가 자세히 보아하니, 과연 솔라라와 대단히 닮은 것까진 아니었다. 그늘과 가발로 최대한 숨기고 있던 얼굴이 드러났기에 더더욱 그랬다. 하지만 똑같은 옷을 갖춰 입고 구부정한 자세와 힘 빠진 걸음걸이를 모방해 솔라라 본인이라는 첫인상을 심어 준 뒤, 뻔뻔한 연기로 그 첫인상을 의심할 생각조차 들지 않게 못 박아 버리는 기술만큼은 과연 보고도 믿기 힘든 수준이었다. 이런 상황에서 만나지 않았더라면 느긋하게 대화라도 나누면서 한번 배워 봤을 텐데, 하고 생각하며 로키는 칼을 똑바로 쥐고 자세를 잡았다.

"그 자세 좋네요~! 보자, 이렇게 하면 되나~?"

먼저 움직인 건 예상외로 솔라라, 아니, 선번이었다. 순식간에 로키와 똑같은 나이프 격투 자세를 잡고선 한발 앞서 팔을 쭉 뻗어 왔기에, 이번에는 로키가 황급히 몸을 틀어서 공격을 피할 수밖에 없었다. 방금의 '공격'이 실은 칼조차 쥐지 않은 손으로 내지른 속임수였음을 깨달은 것은 그 직후였다. 반대쪽 손에 들린 날붙이가 순간의 빈틈을 노려 로키를 향했다. 그것도 어떻게든 피할 수 있으리라 생각했건만, 아슬 아슬하게 몸을 뒤로 빼려던 순간 예기치 못한 날카로운 통증이 로키의 배를 엄습했다.

"뭐야, 팔이 생각보다 길잖아…."

"그야 계~속 움츠리고 있었으니까요~? 말이 나와서 말인데, 델쿠르트 양한테 허리 좀 똑바로 펴라고 전해 주세요~! 이러고 다니면 늙어서 고생해요~!"

"진작에 여러 번 말했어. 도대체가 들어야 말이지."

다행스럽게도 통증은 일시적이었다. 선번이 든 무기는 기껏해야 종이나 자를 수 있을 스위스 아미 나이프였고, 근력이 그다지 강한 것도 아니었으니까. 정통으로 맞았으니 멍쯤은 들겠으나 적어도 로키의 뱃가죽은 무사했다. 이 정도라면야 상대가 아무리 교묘한 블러핑을 계속한들 표본실에 들어가지 못하도록 붙잡아 놓는 데는 문제가 없을 터였다. 문제는 이거였다. 기껏 싸움까지 걸어 온 선번이 과연 이 사실을 모를까? 아니, 어쩌면 처음부터 알았던 게 아닐까? 로키가 그렇게 생각하며 표본실 쪽을 슬쩍 곁눈질하자, 과연 선번이 다시 신속하게 칼날을 뻗어 왔다.

"저기 들여보내면 안 되는 이유라도 있나 봐? 마음이 통했네. 나도 그렇거든."

공격을 피하는 대신에 한쪽 팔로 흘려 받아 내고서, 그대로 거리를 좁혀 선번의 코앞까지 다가간 로키가 속삭이

듯 말했다. 선번은 대답 대신 펄쩍 뛰어서 물러났다가 새로운 자세를 잡고서 달려들었다. 죽거나 붙잡히는 일만큼은 피하기 위한 혼신의 회피, 그러면서도 상대가 자신으로부터 눈을 돌리지 못하도록 계속해서 걸어 오는 승부. 이런 싸움 방식이 의미하는 바를 로키는 잘 알았다. 기만, 시간 끌기, 마술에서 말하는 미스디렉션. 진짜 작전이 진행되는 동안 상대의 전력을 묶어 두기 위한 미끼 역할. 이를 간파했다 한들 선번을 그냥 내버려둘 수도 없는 노릇이었기에, 로키는 살짝 혀를 차고서 긴 공방에 들어설 각오를 했다.

'그래, 놀아 달라면 놀아 줘야 예의지.'

어차피 시간 끌기가 목적인 건 로키도 마찬가지였으니까.

*
**

같은 시각, 나무 상자가 산더미처럼 쌓인 창고 안에서 솔라라 델쿠르트는 잠긴 문을 가만히 응시하고 있었다. 언제 적이 튀어나올지 몰라 잔뜩 긴장한 와중에도, 상자 쪽으로 눈을 돌리는 것보다야 차라리 이쪽을 보는 게 마음이 놓인다고 생각하면서. 상자에 담긴 건 대부분 아직 제자리를 정하지 못한 박제였다. 일단은 적당히 분류해 담아 두기는 했지만, 솔직히 솔라라는 그 대부분을 그냥 불태워 버리길 원했다. 제대로 만들어진 게 저렇게까지 없을 일인가? 대단한 예술적 창의성을 발휘하라는 게 아니라, 그냥 자연 그대로의 모습을 똑같이만 베끼라는 건데…. 그런 불필요한 생각에 잠겨 있었기에 솔라라가 다가오는 상대의 존재를 눈치채지 못한 건 결코 아니었다. 단지 상대가 솔라라로서는 예상키 힘든 방식으로 나타났을 뿐이었다.

"이욥."

환풍구 덮개를 힘차게 날려 버리며 천장에서 몸을 불쑥 끄집어낸 형체는, 솔라라가 미처 고개를 들기도 전에 이미 형광등 틀에 매달려 발차기를 날리고 있었다. 침입자의 양발에 가슴을 정통으로 얻어맞은 솔라라는 그대로 창고 끝까지 데굴데굴 굴러가 철문에 쾅 부딪혔다. 솔라라의 몸과 사방의 상자들이 일제히 파르르 떠는 가운데, 예상을 뛰어넘은 여파에 놀란 침입자가 천장에 매달린 그대로 조심스레 중얼거렸다.

"아차. 너무 세게 찼을지도. 죽었나?"

"안 죽었거든! 내가 갓 태어난 사슴이냐!"

"다행이다. 아, 그런데 코피."

가뿐히 바닥으로 뛰어내린 상대의 지적에, 솔라라는 간신히 멈췄다가 다시 줄줄 흐르기 시작한 핏줄기를 문질러 닦으며 비척비척 몸을 일으켰다. 그러고 나니 비로소 자신을 뻥 걷어찬 녀석의 모습이 눈에 제대로 들어왔다. 맨손과 맨발을 빼고는 전부 까만 타이츠에 감싸인 길쭉한 몸, 노랗게 물들인 짧은 머리, 무심한 표정. 확실히 루치에게서 저런 모습이 어울릴 만한 쥐의 왕 구성원에 대해 들은 적이 있었다. 원래 필리핀에서 혼자 활동하며 부유층의 저택을 골라 털다가, 선번에게 발탁되어 지금은 잠입 전문가로 활약 중이라는 인물. 코드명이 아마 '옐로테일'이었던가?

"이게 하필이면 몸 쓰는 놈이 걸리네. 재수가 없으려니까."

"안 도망가? 의외다."

그 중얼거림을 입 밖으로 전부 내뱉기도 전에, 옐로테일의 발차기는 이미 솔라라의 얼굴을 향해 날아가고 있었다. 선 자세로 허리를 홱 젖히며 반발력을 이용해 화살처럼 쏜 일격이었다. 안면을 적중당한 솔라라가 도로 힘없이 나동그라지려 했지만, 옐로테일은 그런 솔라라의 옷깃을 발가락으로 붙잡고서 이번엔 반대쪽으로 힘껏 끌어당겼다. 이어진 동작은 두 다리로 상대의 양팔과 몸을 동시에 옭아매는 조르기였다. 삽시간에 붙들려 바닥에서 발버둥 치는 꼬락서니가 된 솔라라가 간신히 외쳤다.

"너 무슨 컨토셔니스트 그런 거냐? 관절 엄청 유연하네!"

"이 정도로 뭘. 그럼 항복?"

"그냥 칭찬한 거거든! 내가 이래 봬도…."

순간 당혹스러울 정도로 짜릿한 격통이 옐로테일의 다리를 타고 흘렀다. 경련하듯 반사적으로 힘을 풀어 버린 종아리 사이로 솔라라가 기어 올라왔다. 그 입가에 걸린 비뚤어진 미소의 의미를 대강 알겠노라고 옐로테일은 문득 생각했다. 범죄자들에게 작품을 파는 장인인 만큼 웬만한 협박과 납치 시도쯤은 격퇴할 만한 실력이 있다는 뜻이거나, 아니면 해부학 전문가로서 인체에 타격을 주는 방법에도 나름대로 숙련되어 있다는 뜻이리라고. 하지만 정작 솔라라가 이어 내뱉은 말은 그런 예측과는 다소 동떨어져 있었다.

"동물의 신체가 움직이는 방식엔 관심이 아주 많다는 말씀이야. 일종의 직업병이지."

"와. 기분 나빠."

"암흑가에서 예술 하는 사람한텐 칭찬이거든, 그거?"

반쯤은 거짓말이었다. 암흑가에서 예술 하는 사람으로서, 솔라라는 단지 남들이 예술가란 직업에 대해 갖는 환상을 이용해 위험한 미치광이 행세를 하는 데에 도가 텄을 뿐이었다. 탐조 취미에 푹 빠지는 바람에 마감을 대책 없이 미뤄야 했을 때도, 주문하지도 않은 작품을 뜯어 가려 우르르 몰려온 쓰레기들에게 둘러싸였을 때도 솔라라의 목숨과 경험을 구해 주었던 바로 그 얄팍한 환상이 지금은 귀중한 시간을 벌어 주고 있었다.

솔라라는 옐로테일에게 붙잡혀 있는 동안 시야 끄트머리에서 힐끗 본 물체를 생각했다. 놈이 환풍구 입구에 놓아두고 온 불룩한 배낭. 그건 옐로테일이 이미 표본실이든 어디든 벌써 들렀다가 온 것일지도 모른다는 암시였다. 이 짐작이 사실이라면 이제부터 솔라라가 해야 할 일은 명확했다. 절도 작전의 주된 실행범일 이 녀석이 창고까지 재빠르게 털고서 유유히 빠져나가게 둘 수는 없었다. 그렇기에 다시 몸을 옭아매어 오는 허벅지의 압력에 신음하면서도 솔라라는 지지 않고 이렇게 말했다.

"왜 그래? 팔다리 더 꺾어 봐. 어디까지 구부러지나 보여 달라고."

역시 반쯤은 거짓말이었다. 반쯤은 진심이기도 했지만.

**

한편 루치 부스토미보사는 막 추격전을 시작한 참이었다. 눈앞에 정밀 확대경을 대롱대롱 매단 채 문서실을 뛰쳐나간 상대의 정체는 '브라우니'란 이름으로 통하는 한국계 감정사. 쥐의 왕에 들어오기 전부터 딥 웹에서 밀수품 감정 의뢰를 받으며 이름을 날린 인물로, 특히 감정용 첨단 장비를 직접 설계하고 제작하는 능력이 뛰어나다는 정도가 루치의 기억에 남은 정보였다. 사전에 알 수 없었던 건 브라우니의 신체 능력이었다. 한 손으로는 기계장치로 가득 찬 커다란 트렁크를 끌고, 반대쪽 손에는 훔친 문서가 담긴 묵직한 서류 가방까지 든 채였지만, 상대의 발은 꽤 빨랐다. 그래 봐야 루치만큼은 아니었지만.

"아, 진짜아아악! 오늘은 아침 운동 쉴 생각이었다고오오오!"

세 발짝마다 진땀을 흘리며 뒤를 힐끗 돌아보던 브라우니가, 십여 초 전보다 한층 가까워진 루치의 얼굴을 보고 절규하듯 외쳤다. 딱히 혼잣말은 아닌 듯했다. 절규가 끝나기 무섭게 브라우니와 루치 사이로 갑자기 방화벽이 내려오려 했으니까. 하지만 그게 루치의 앞을 가로막을 만한 장애물은 아니었다. 몸을 날려 바닥을 굴렀다가 그대로 일어나 아무 일 없었다는 듯 다시 달려오는 루치의 모습에 브라우니는 거의 울 것 같은 얼굴이 되었다.

"어떻게 좀 해 보라니까아아! 아, 아아, 나 이제 진짜로 잡혀어어어!"

"잡힌다고 딱히 죽는 것도 아닙니다만. 얘기만 들으려는 겁니다."

"아아아아악, 뭐야, 목소리도 완전 무서워어어어어!"

루치는 브라우니의 그 말이 조금 지나치다고 생각했지만, 굳이 지적하지는 않았다. 단지 달리던 기세 그대로 다리를 쭉 뻗어, 브라우니가 끌던 캐리어의 바퀴를 구두 끄트머리로 화풀이하듯 힘껏 찼을 뿐. 순간적으로 균형이 무너진 캐리어는 안에 든 장비의 무게에 힘입어 곧 좌우로 마구 휘청이기 시작했다. 그 움직임에 따라 함께 비틀대는 바람에 브라우니의 속도가 조금 떨어졌다. 금방이라도 따라잡힐 위기에 처한 브라우니에게, 이번에는 비상구 코앞에서 갑자기 켜진 형광등이 구세주가 되어 주었다. 사전에 후드티를 눌러 썼던 브라우니와는 달리 루치는 눈 앞을 가리는 새하얀 섬광에 잠시 주춤할 수밖에 없었다. 하필이면 계속 힐끔거리는 상대에게 눈치채이지 않도록 은밀히 꺼내 든 권총을 써먹으려던 찰나에.

'역시 감시 카메라로는 보이고 있었습니까. 성가시게 됐습니다.'

루치는 자신을 딱히 명사수라고 생각해 본 적이 한 번도 없었다. 적당한 거리에서 적당히 큰 목표물을 맞히는 것 정도에나 겨우 자신이 있었으니까. 목표를 확실하게 처리하는 것이 최고 미덕인 청부업자 출신답게, 경계하지 않는 상대에게 접근해 얼굴을 확인하고 급소를 노리는 편을 훨씬 선호하기도 했다. 무엇보다 장거리 저격은 아무래도 상대를 직접 죽인다는 기분이 들지 않았다. 그 기분 때문에 빅 게임 헌터가 된 건데…. 하지만 다시 브라우니와의 거리가 벌어져 버린 이상, 루치는 그런 사소한 기분이나 실력 문제는 잠시 접어두기로 했다. 지금은 뭐든 맞히는 것이 못 맞히는 것보다 나았다.

"그래도 서류 가방엔 맞지 않길."

비상구 문을 지나 달려가는 브라우니를 향해 권총탄 세

발이 곧장 날아갔다. 결과는 왼팔에 하나, 트렁크에 둘. 상대가 더 이름값 높은 범죄자였다면 조금 욕심을 부려서라도 머리를 노렸겠지만, 오늘의 루치는 그럴 작정으로 총을 뽑은게 아니었다. 문 너머에서 드높이 울려 퍼지는 비명, 장비가완전히 망가졌다고 꺼이꺼이 우는 소리. 이 정도면 소기의목표는 달성한 셈이었다.

그래도 역시 재미는 없었다고 불만스러워하며, 루치는조용히 총을 도로 집어넣었다.

*
**

"야! 야! 브라우니! 빠져 빠져 빠져! 진작 좀 나오랬잖아.진짜 말 좀 들어라, 아오!"

기록보관소 근처의 길가에 세워진 흰색 밴 안에서 '더스키'가 마구 소리를 질러댔다. 브라우니가 설계한 최첨단 방음 설비 덕택에 그 고함이 바깥으로 새는 일은 다행히 없었지만, 그 반대급부로 차 안은 컴퓨터의 방열 팬 소리까지 더해 그야말로 소음의 도가니였다. 한때 인도네시아의 금융 범죄 업계에서 천재 해커 소리를 들었던 더스키는 쥐의 왕에서도 똑같이 시설 해킹을 도맡아 했지만, 그보다 더 중요한 역할은 현장 사령탑이었다. 감시 카메라 시스템에 접속해 동료들의 위치와 현황을 파악하고 적절한 지시를 내리는 것이 바로 더스키의 몫. 그런 중차대한 임무를 짊어지고 있으니 급박한 상황에서는 고래고래 소리치게 되는 것도 당연했다. 동료들이 뭐라고 불평하든.

"불 켠다, 셋, 둘, 하나! 괜찮아? 많이 다친 거 아니지? 아, 장비는 그냥 버려, 좀! 선번 너도 슬슬 빠지고, 옐로테일은 거기서 대기! 좀 이따가 내가 데리러…."

"저기, 죄송한데 너무 시끄럽거든요. 아직 이른 아침인데."

처음에 더스키는 자신이 환청을 들었다고 생각했다. 하루 종일 헤드셋을 끼고 게임을 한 뒤에는 종종 겪는 일이었으니까. 그 생각을 고쳐먹은 계기는 피부를 스치고 지나가는 찬바람이었다. 잔뜩 긴장한 시선을 모니터로부터 떼어 바람이 들어오는 쪽으로 천천히 옮기자, 이내 환한 빛이 더스키의 눈을 마구 찔렀다. 틀림없이 굳게 잠가 두었던 트렁크 쪽 문이 활짝 열려 있었다. 그 한가운데서 아침의 햇빛을 등지고 선 사람의 그림자가 더스키의 몸 위로 불길하게 드리웠다.

"야, 비상, 비상. 여기 들켰어. 금방 해결하고 올게."

침을 꿀꺽 삼키며 더스키가 천천히 헤드셋을 벗었다. 다행히 상대는 하나. 그것도 자그마한 여자였다. 한편 더스키는 체구도 꽤 컸거니와, 밤샘 게임이 취미인 사람치고는 몸싸움에 자신이 있는 편이었고, 만약의 사태를 대비해 각종 호신용품과 방탄복까지 갖춘 채였다. 크게 걱정할 일은 아닌 셈이었다. 그런데도 더스키가 완전히 마음을 놓을 수 없었던 이유는 두 가지였다.

첫째, 상대는 잠겨 있던 문을 태연히 열고 들어오는 기술을 지닌 놈이었다. 둘째, 며칠 동안 적진을 자유자재로 드나들며 정보를 수집한 선번조차도 저 '마모'란 놈이 저런 기술을 지녔으리란 사실을 알려 주지는 않았다. 미지는 자연스레 두려움을 낳았다. 그 두려움에 가볍게 사로잡힌 채로 마모의 얼굴을 쳐다보는 순간, 더스키의 무의식은 마음을 놓을 수 없는 세 번째 이유를 즉시 떠올려 냈다.

저 얼굴. 저 미소.

뭔가 저지르고 싶어 몸이 근질거린다는 듯한 표정.

더스키는 비로소 자신이 마모라는 인물에 대해 전혀 모르고 있었음을 깨달았다. 그것은 앞으로 벌어질 싸움의 표면적인 승패와는 별개로, 마모가 기어이 저질러 버릴 사태의 규모를 조금도 짐작할 수 없다는 의미이기도 했다.

**

"아야, 이거 오래 가겠는데. 다들 괜찮으세요?"

눈가에 큼지막하게 든 멍을 문지르며 기록보관소 지하로 돌아온 마모의 물음에, 나머지 세 사람은 저마다 고개를 끄덕이거나 어깨를 으쓱해 보였다. 꽤 격렬한 싸움이 벌어졌음에도 천만다행으로 크게 다친 사람은 없었다. 마모가 세게 몇 번 얻어맞은 데 더해 팔다리 여기저기를 잔뜩 긁혔고, 솔라라가 갈비뼈에 금이 간 채 잠깐 기절했다가 깨어났고, 로키와 루치가 각자 아주 가벼운 상처를 입었을 뿐이었다. 진짜로 큰 피해를 본 부분은 따로 있었다. 사태가 진정된 뒤 시설 곳곳을 점검하러 떠났던 연구원들이 하나둘씩 돌아와 그 중대한 피해 현황을 일행에게 알려 주었다.

"말씀하신 대로네요. 정리해 뒀던 문서, 표본, 박제 죄다 깔끔하게 털렸어요."

"백 년 넘게 보존되어 온 귀중한 자료들인데, 이렇게 한순간에…."

망연자실하는 연구원들의 말에 로키가 고개를 절레절레 저었다. 과연 쥐의 왕이었다고나 할까. 나름대로 대비한다고 대비했건만, 선번이 솔라라로 변장해 이곳에서 모습을 드러냈을 때 이미 나머지 인원들은 본격적인 도둑질을 시작한 뒤였다. 이후에 일어난 소동은 전부 일을 마치고 안전하게 빠져나가기까지의 과정이었을 뿐. 로키 일행은 결국 도난을 막아내지도, 놈들을 붙잡아 진짜 목적을 실토하게 만들지도 못했다. 인명 피해만 없었다 뿐이지 이 정도면 대실패라고 평할 만했다~대실패를 상정한 두 번째 작전이 없었더라면.

"위안이 될지는 모르겠지만, 피해액만으로 따지면 저쪽이 여기보다 훨씬 손해 봤을 거예요. 루치 네가 감정용 장비

트렁크 부쉈다고 했지? 솔라라는 상대랑 골절을 주고받은 모양이고."

"저는 말씀하신 대로 차 안에 든 컴퓨터를 죄다 박살 냈고요! 아, 개운하다."

"개운해지라고 시킨 거 아냐. 도둑질하러 온 놈들이 장비값이며 병원비까지 잔뜩 날리게 생겼으니, 조만간 손해를 벌충하려는 움직임이 있겠지. 내 예상대로라면 이번 주 내로 뭐든 눈에 띌 거야."

처음부터 이런 사태를 염두에 둔 작전이었다. 핵심은 전산화와 라벨링 작업을 핑계 삼아 기록보관소의 소장품을 제자리로부터 죄 끄집어내 놓은 뒤, 들이닥친 쥐의 왕이 원하는 물건만 느긋하게 골라 갈 수 없도록 최대한 몰아붙이며 피해를 누적시키는 데에 있었다. 그렇게 하면 놈들은 정리되지 않은 무더기를 통째로 훔쳐 급히 도망쳐야 할 터. 덕분에 시설의 피해는 늘었지만, 한편으로는 낚싯바늘이 제대로 걸린 셈이기도 했다. 큰돈을 벌 요량으로 뛰어든 일 때문에 당장 돈 나갈 일만 잔뜩 생겼는데, 마침 손안에는 필요하지도 않은 골동품이 한 아름이나 있다면 다음으로 할 일은 뻔하니까.

기다림은 길지 않았다. 도난 사건으로부터 딱 나흘째 되는 날, 기록보관소에 남은 물품을 정리하던 로키의 연락망에 예상 그대로의 소식이 차례차례 걸려들었다. 유럽 각지의 대학과 연구소 여섯 곳으로부터 온 소식이었다. 그 내용은 전부 거의 같았다.

"귀중한 연구 자료를 비싸게 팔고 싶다는 연락이 왔대. 전부 여기서 도둑맞은 물건이야. 일단 출처는 세탁한 것 같지만, 딱히 숨길 생각은 없어 보이네."

"일종의 인질극이네요. 우리가 훔친 물건을 도로 사서, 주인한테 돌려주든지 너희가 가지든지 해라…."

"쥐의 왕이 직접 파는 건 아냐. 추적당하지 않게 암시장 브로커를 썼겠지. 어차피 추적할 생각도 아니었고, 원하던 단서는 벌써 얻었으니까."

중요한 건 판매자의 신원 따위가 아니었다. 이번에 프라이베르크에서 도난당한 소장품 중 쥐의 왕이 팔아치우지 않은 물건의 목록이었다. 바로 그것들이야말로 쥐의 왕에 도둑질을 의뢰한 배후 인물이 진정으로 원하는 목표물일 테니까. 그리고 바로 이 순간을 위해 며칠 밤을 꼴딱 새워 소장품 대다수를 전산화해 둔 덕에, 로키 일행은 도둑맞아 되찾을 수 없게 된 그 물건들이 정확히 무엇이었는지도 훤히 파악할 수 있었다.

"탐사 일지 세 권하고 보고서 하나. 전부 19세기 말에서 20세기 초에 쓰인 문서야. 거기에 어류와 곤충 표본 합쳐서 스물여덟 점, 박제 두 개…. 대체로는 같은 시기에 독일령 동아프리카에서 채집된 것 같아."

"로키, 표본 사진에 찍힌 라벨 보여? 이건 고생해서 달아 놓은 보람이 있겠는데."

"그러게. 역시 이름만큼 결정적인 단서는 없지."

표본마다 새로 깔끔히 달아 놓은 라벨에 적힌 건 생물의 학명이었다. 병 속의 물고기, 상자에 든 나비, 그리고 털북숭이 쥐 박제까지. 비록 채집 일자와 장소 정보는 소실되었을지라도 최초로 보고되었을 때 붙은 이름만큼은 여전히 남아 있었고, 생물학계의 지엄한 명명 규칙에 따라 그 이름 각각은 결정적인 단서를 저마다 하나씩 품은 채였다. 속명과 종명으로 이루어진 생물의 학명 뒤에는 최초 발견자의 성과 학계에 보고된 연도를 함께 표기하도록 되어 있으니까.

물고기는 Garra albus Eulenwald, 1908. 나비는 Catopsilia carybdis Eulenwald, 1910. 쥐는 Lophiomys troglodytes Eulenwald, 1911. 이 이름들만으로도 로키는 세 종의 생물이 '오일렌발트'(Eulenwald)라는 인물에 의해 비슷한 시기에 발견되었다는 사실을 알 수 있었다. 클레멘스 호프바우어 대학에서 도둑맞은 큰박쥐태양새의 학명이 '오일렌발트의 박쥐새'를 의미하는 'Vespertiliornis eulenwaldii'였던 사실도 곧장 머릿속에 떠올랐다. 그렇다면 과연 오일렌발트라는 사람은 누구이기에 이처럼 여러 동물의 학명에 이름을 남겼을까? 해답은 마모가 스캔해 둔 탐사 일지 속표지에 적혀 있었다.

"리하르트 오일렌발트. 이름을 써 놓은 걸 보니까 이 사람이 저자겠죠? 검색해 보니까 조금 나오네요. 당시에 독일령 동아프리카에 외교관으로 파견되었던 인물인데, 아마추어 동물학자기도 했고, 지금의 탄자니아 지방 오지를 탐사하면서 학계에 신종을 여럿 보고했대요."

"그냥 신종이 아냐."

인터넷을 이리저리 뒤지던 로키가 의미심장하게 중얼거렸다.

"오일렌발트가 명명한 종들에 대해서 방금 대충 확인해 봤어. 물고기, 나비, 박쥐, 새…. 대부분은 처음 보고된 이후로 다신 발견되지 않은 것 같아. 리하르트 오일렌발트 본인이 발견한 모식표본 말고는 다른 표본이 거의 없거든."

"뭐야, 그럼 그 동물들을 직접 본 사람이 딱 하나뿐이란 소리야? 아마추어 혼자 어류에서 곤충까지 온갖 신종을 다 찾아냈는데, 다른 사람들은 여태껏 그걸 아무도 못 찾았다고?"

"오일렌발트 이후로 한 세기가 지났는데도 말입니다."

루치의 말대로 한 세기가 꼬박 흘렀다. 최초로 학계에 보고된 이래 줄곧 문서실 구석과 표본 더미 사이에 고요히 파묻혀 있던 오일렌발트의 성과들을, 누군가가 갑작스레 극단적 수단까지 동원해 가며 긁어모으기 시작하기까지. 대체 누가, 어째서 하필이면 지난 세기에 잊힌 지 오래인 한 아마추

어 동물학자의 업적에만 눈독을 들이고 있는 걸까? 그 이유
까지는 지금으로선 알 수 없었다. 다만 로키는 추측할 수 있
을 따름이었다. 어쩌면 지금까지 도둑맞은 물건들은 단순히
낡은 박제나 일지 따위가 아니라, 숨겨진 세계로 통하는 보
물 지도일지도 모른다고.

Chapter 3 :
사악한 사중주
(The Evil Quartet)

'어떤 불꽃은 절대 꺼지지 않는다. 한번 타오르기 시작하면 물에도 모래에도 굴하지 않고 사방으로 번져 나가, 더는 불태울 것이 없게 되었을 때야 비로소 사그라진다.' 프라이베르크를 떠나온 지 보름이 지난 날의 오전 1시 41분, 여태껏 임시 아지트로 삼았던 솔라라의 작업실 문을 나서면서 등 뒤를 돌아보는 순간 이 교훈이 문득 로키의 머릿속을 스쳐 지나갔다.

딱히 깊은 의미나 통찰이 담긴 교훈은 아니었다. 로키에게 그 말을 해 준 사람은 가석방 없는 종신형을 선고받아 호주 뉴사우스웨일스주 골번의 교도소에 갇힌 연쇄 방화범이었으니까. 자산 피해 규모로 계산하면 혼자서 중소 규모의 도시 하나를 잿더미로 만든 셈인 여자답게, 삼림 연쇄 방화

사건에 대해 의견을 구하려 신청한 면회 시간 내내 그는 정말로 불꽃 얘기밖에 하지 않았다. 비유도 상징도 아닌 진짜 불꽃. 뜨겁고, 매캐한 연기를 뿜고, 작업실 전체로 탐욕스레 번지며 박제와 화학약품과 각종 장비를 집어삼키는 중인 바로 저 불꽃.

"아, 아하, 아하하하….."

불길 한가운데서 로키에게 막 끌려 나온 참인 솔라라가 별안간 너털웃음을 터뜨렸다. 웃음은 금방 재 냄새가 나는 격렬한 기침으로 변해 계속되었다. 그런 솔라라를 둘러업고서 올라가기에 바깥으로 통하는 나무 계단은 까마득히 가파르게만 보였다. 열과 연기가 시시각각 다가왔다. 저 위에 활짝 열린 철문 너머에서 다급히 손짓하는 마모의 실루엣이 아지랑이처럼 어른어른 흔들렸다. 그 모습이 눈에 들어왔을 때야 비로소 로키는 방화범이 늘어놓은 갖가지 끔찍한 불꽃 이야기를 잊어버릴 수 있었다. 새로운 생각 하나가 모락모락 떠올라 머릿속을 삽시간에 가득 채워 버렸으니까.

'저 녀석이 대체 나를 무슨 일에 끌어들인 거야?'

*
**

재난의 징조는 천천히 다가왔기에, 네 사람이 프라하 근교의 구시가지 골목 안쪽 작업실에 자리를 잡고 본격적인 조

112

사를 시작할 즈음에는 아직 눈에 띄지 않았다. 당시에 로키의 온 신경은 오로지 한 세기 전의 탄자니아 동식물 발견사에만 쏠려 있기도 했다. 커다란 검은색 태양새, 눈이 퇴화한 허연 메기, 잿빛 나비, 쥐, 꽃, 풍뎅이, 버섯. 전부 독일 외교관 리하르트 오일렌발트가 보고한 종이었고, 전부 오일렌발트의 표본으로만 학계에 알려졌으며, 지금은 쥐의 왕에게 도둑맞아 행방이 묘연해진 채. 당장 손에 들어온 퍼즐 조각은 이게 전부였다. 솔라라가 어리둥절해하는 것도 당연했다.

"여전히 의도를 모르겠네. 그냥 희귀한 박제나 연구 자료를 탐내는 것도 아니고, 웬 식민지 시대 놈이랑 관련된 물건만 콕 찍어서 훔친다고? 대체 뭘 하는 변태람."

"사람의 열정이 어디에 꽂힐지는 아무도 모르는 일 아니겠습니까. 예전에 알던 마약상 하나는 우표 수집이 취미였는데, 자기 어머니가 태어난 해에 발행된 우표라면 무엇이든 수단 방법을 가리지 않고 손에 넣었지만, 나머지에는 눈길조차 주지 않았습니다."

"그런 경우라면 차라리 다행이긴 한데…. 내가 걱정하는 건 범인한테 수집 이상의 목적이 있을 가능성이야. 생각해봐. 아마추어 학자가 단시간 내에 같은 지역에서 신종을 여럿 채집했는데, 그 뒤로 다시는 같은 종을 발견한 사람이 없어. 그게 무슨 뜻인지 알겠어, 마모?"

멀뚱히 앉아 있다가 갑작스레 질문을 받은 마모의 눈이

휘둥그레졌다. 그 모습이 다소 안쓰러워 보였기에, 로키는 힌트를 조금 더 얹어 주기로 했다.

"종은 혼자서 존재하지 않잖아. 태양새는 꽃꿀을 먹고, 나비는 꽃가루를 옮기고, 쥐는 곤충과 열매를 먹지. 오일렌발트는 단순히 신종을 여럿 발견한 게 아니야. 그가 진짜로 찾아낸 건…."

"아, 생태계예요! 어디에도 없는 종으로 이루어진, 그래서 아마추어라도 얼마든지 신종을 찾을 수 있는 생태계. 오일렌발트는 혹시 그 위치를 알았던 거 아닐까요?"

"제법인데? 적어도 내 추측은 그래. 고립된 지역의 생태계는 외부하곤 전혀 다르게 진화하니까, 오일렌발트 혼자서 그 많은 신종을 발견한 것도 이상하지는 않지. 그렇게 될 만큼 오래 고립되어 있었다면 엄청나게 외딴 장소였을 테니 다른 학자들이 몰랐던 것도 당연해."

"그리고 그만큼 비밀스레 감춰진 생태계라면, 아직 훼손되지 않고 남아 있을지도 모르겠네요."

마모가 조심스레 덧붙인 말에 로키가 고개를 끄덕였다. 물론 황당무계한 소리로 치부하겠다면 얼마든지 그럴 수 있는 이야기였다. 아틀란티스, 에덴동산, 엘도라도…. 보물로 가득한 잃어버린 세계 이야기가 으레 그러하듯이. 하지만 오일렌발트의 생태계는 그것들과는 조금 다르기도 했다. 존재했다는 증거라면 대학과 박물관에 고스란히 모셔져 있었고,

정확히 어디를 뒤져 봐야 할지도 명백한 편이었다. 돈과 시간이 넘쳐 나는 누군가의 열정에 불을 붙이기 충분할 만큼.

"그렇다는 말씀은, 일련의 사건을 꾸민 것이 일종의 보물 사냥꾼이라는 뜻입니까."

"아마도? '잃어버린 도시 Z'를 찾으러 브라질 밀림으로 떠난 퍼시 포싯 비슷한 부류 아닐까 싶어. 더 부유하고, 양심이 없고, 수단 방법을 가리지 않는다는 걸 제외하면."

"지금까진 보물 지도를 훔쳐 내려고 그 소동을 벌였단 소리네. 오일렌발트가 남긴 기록에 생태계의 위치가 적혀 있을지도 모르니까. 그리고 이제 녀석의 손엔 지도가 있지."

돈과 시간과 지도를 전부 갖춘 보물 사냥꾼이 다음으로 벌일 일을 예상하기란 어려운 일이 아니었다. 과연 며칠 지나지 않아 로키는 탄자니아의 LC 멤버로부터 수상한 정보를 하나둘씩 전달받기 시작했다. 탄자니아 곳곳의 국립공원에 정확한 소속을 알 수 없는 '탐사대'가 몇 팀이나 돌아다니고 있다는 정보였다. 오지를 탐험할 만한 장비를 갖춘 자들도 있었고, 현지 원주민들을 대상으로 수소문하는 자들도 있다는 듯했다.

이 모든 일을 학계에 알리지도 않고 진행하는 자의 목적이 설마 연구와 보존은 아닐 터. 범인이 정말로 오일렌발트의 생태계를 찾아낸다면, 그 뒤에는 과연 무슨 일이 벌어질까? 로키가 생각하기에 이건 그다지 중요치 않은 의문이었다. 아직 제대로 연구되지 않은 종들로 가득 찬 세계가 어딘가에 존재할지도 모르는데, 마침 그 세계에 개인적인 의도로 손을 뻗으려는 자가 있음을 알아냈다면, LC의 조직원으로서 해야 할 일은 어차피 하나뿐이었으니까.

"우리가 먼저 찾아내야 해. 공식적으로 학계에 알려서 보호해야지. 누군지도 모르는 놈이 손대지 못하게…. 난 LC 애들을 최대한 움직여서 탄자니아 여기저기를 뒤져 볼게. 상대가 꽤 부자인 것 같긴 하지만, 현장에서 뛰는 연구자라면 이쪽이 더 많으니까. 마모 너도 정보원 더 있지? 루치도 이리저리 부탁해 봐."

"어, 정확히 뭘 찾아보라고 하면 되죠? 저랑 루치 친구들은 '생태계' 같은 거 모른다고요."

"현상수배 포스터가 필요하단 소리네. 솔라라, 큰박쥐태양새 박제가 어떻게 잘못 만들어졌는지 전에 설명해 줬잖아. 혹시 원래는 대충 어떤 모습이었을지도 추측할 수 있겠어? 간단한 스케치면 돼."

"스케치? 로키 너 지금 스케치라고 했냐?"

솔라라가 놀라우리만치 까칠하게 되물었다. 그때야 비로소 자신의 말실수를 깨달은 로키였지만, 이미 엎질러진 물이었다.

"완성할 수 있는데 왜 스케치에서 멈춰? 진짜 이해가 안 되네."

"저기, 우리 일단은 시간이 생명인데."

"오래 안 걸려. 혹시 마감 독촉하러 오는 놈들 있으면 쫓아내 주기나 해."

로키가 채 뭐라고 더 말하기도 전에, 솔라라는 벌떡 일어나서 자기 방으로 확 들어가 버렸다. 일단 작업에 꽂혀 버린 솔라라를 멈출 방법은 어디에도 없단 사실을 로키는 잘 알았다. 아마 살아 있는 큰박쥐태양새를 완벽히 재현할 때까지는 결코 저 방에서 나오지 않으리라. 이렇게 된 이상 솔라라가 완성할 그림이 보물 사냥꾼을 앞지를 결정적인 단서가 되어 주길 바라는 수밖에 없었다. 잃어버린 세계를 향해 막 시작된 이 경주의 승패가 어떤 계기로 갈릴지, 그건 아직까진 누구도 예상할 수 없는 일이었으니까.

그런데 정말로 예상하지 못한 일은 그로부터 일주일쯤 뒤에 일어났다. 태양새 해부학 논문이며 3D 모델링 프로그램 따위와 씨름하던 솔라라가 마침내 유의미한 진척을 이뤄 내고, 그런 솔라라의 변덕스럽기 짝이 없는 심부름에 대응하느라 마모가 눈에 띄게 지쳐 갈 때쯤이었다. 그날도 마모는 근처 마트에서 특정 브랜드의 파인애플 통조림을 있는 대로 긁어 온 참이었다. 하지만 커다란 종이봉투를 양손에 들고 아지트에 들어선 마모의 모습에 로키가 깜짝 놀란 건 봉투의 크기 때문이 아니었다.

"너 얼굴이 왜 그래? 옷도 찢어졌네. 넘어졌어?"

"별거 아니에요! 큰길 지나는데 뒤에서 웬 트럭이 따라오다가 갑자기 속도를 내는 바람에…. 전에도 겪은 일이라 제때 몸 날려서 피했다고요!"

"자랑스레 말할 일이 아니잖아! 트럭 번호는? 모델은 기억해?"

로키의 다그침을 듣고서야 마모는 비로소 있었던 일을 자세히 털어놓았다. 그렇게 들은 말만 놓고 보면 아무래도 단순한 사고 같았다. 트럭이 돌진했다는 장소도 원래 사고가 잦은 걸로 악명 높은 곳이었고. 다만 그즈음 로키에게 정보를 전달해 주던 학계 인사 몇몇이 '이번 일에서 손을 떼라'라는 익명의 협박 메일을 받았단 사실이 로키를 불안하게 했다. 막연한 불안감은 바로 다음 날에 현실이 되었다.

"제 정보원에게도 협박 메일이 왔다고 합니다. 어떻게 신원을 알아냈는지는 전혀 모르겠습니다만."

"큰일이네. 우린 저쪽에 대해 아는 게 없는데, 저쪽은 수상하리만치 우리를 잘 알고 있어. 정보 불균형은 치명적이야. 루치, 수고스럽겠지만 앞으론 이 주변 감시를 좀 맡아 줘."

"수고스러울 것까지야. 부족하지만 노력해 보겠습니다."

루치의 감시는 전혀 부족하지 않았다. CCTV 영상에서 선번의 존재를 꿰뚫어 본 눈은 과연 구시가지 일대에서도 수상한 자들을 여러 번 찾아냈다. 그들의 정체가 누군가의 의뢰를 받아 움직이는 지역 갱단임을 알아낸 뒤엔 직접 손봐 주고 오기까지 했다. 갱단 끄나풀을 구체적으로 어떻게 심문했고 또 놈들의 본거지를 어떤 방법으로 급습했는지에 관해 루치는 자세한 설명을 아꼈지만, 아무튼 덕분에 로키는 조금이나마 마음을 놓을 수 있었다.

불길은 그 찰나의 안도감 끝에서 일어났다.

*
**

"대체 뭐야? 왜 갑자기 저 안에서 불이 나는데?"

그을음 자욱한 계단을 올라 간신히 지하실에서 빠져나온 로키는, 아직도 연신 낄낄대기만 하는 솔라라를 내버려두고서 가장 먼저 루치에게 그렇게 물었다. 평범한 화재일 리는 없었다. 특수한 약품을 사용했는지 쉽게 진화되지 않는 불꽃, 코를 찌르는 특유의 냄새, 맨 처음 피어오른 연기의 색깔까지. 골번의 연쇄 방화범으로부터 들은 이야기가 바로 저 계단 아래서 생생히 펼쳐지고 있었다. 마모를 데리고 앞서 탈출해 몸을 추스르던 루치의 대답도 과연 로키의 추측을 크게 벗어나지 않았다.

"화재 직전에 시약 보관함 위쪽 환기구에서 작은 섬광을 보았습니다. 건물 상층 어딘가에 자리를 잡고서, 환기 설비를 통해 폭파 장치를 내려보내 시약을 먼저 깨뜨린 뒤 불을 붙인 것이 아닌가 합니다. 피해를 극대화하기 위해서 말입니다."

"사보타주 전문가 수법이네."

"외츠탈 크라이오닉스나 타웅 갤럭틱스 사건, 셀람 천문대 화재 때도 비슷한 방식이 쓰인 것으로 알고 있습니다. 경쟁 기업이나 조직을 몰락시키기 위해 고용되는 파괴 공작원이 연루되어 있으리라 생각합니다."

"다 들어 본 사건들이야. 닭 잡는 데 소 잡는 칼 쓰기도 정도가 있지, 이렇게까지 일을 크게 벌일 줄이야…."

옷에 잔뜩 들러붙은 재를 툭툭 털어 내며 로키가 대답했다. 그 머릿속에서 소용돌이치던 혼란은 어느새 한마디 결단으로 정리되어 있었다. 그래, 해 주마. 미지의 생태계를 먼저 차지하려는 자들이 정말로 모든 수단을 총동원하겠다면, 이쪽도 똑같이 나가 줘야겠지. 그러니 멀찍이서 안전하게 숨어 자료 수집이나 하는 시간은 슬슬 마무리할 작정이었다. 이제부터는 같은 땅을 밟고 서서 놈들과 직접 칼날을 맞댈 때였다.

"역시 탄자니아로 가야겠어. 난 이제부터 혼자 준비 좀 할 테니까, 따라올 사람은 사흘 뒤에 킬리만자로 국제공항으로 와."

그렇게 말하고서 로키는 화재 현장으로부터 등을 돌렸다. 저마다 고개를 끄덕이는 마모와 루치의 모습이 그 눈동자에 언뜻 비쳤다가 사라졌다. 앞으로 사흘에 걸쳐 꺼지지 않고 타오를, 눈을 깜박일 때마다 점점 세기를 더해 갈 불씨 속으로.

*
**

그로부터 사흘 뒤의 아침, 탄자니아 아루샤주 킬리만자로 국제공항 로비에 도착한 로키는 먼저 와서 자신을 기다리고 있던 두 사람을 곧바로 알아보았다. 마모는 커다란 선글라스를 쓴 채로 벤치에 앉아 관광객처럼 노닥거리는 중이었다. 그 바로 뒤에서 흰 와이셔츠 차림으로 주변을 둘러보던 루치가 로키를 알아보고 살짝 손을 들어 보였다. 벤치 쪽으로 다가간 로키가 대뜸 물었다.

"정말 같이 갈 거야? 이제부턴 LC 일이니까, 외부인들은 슬슬 빠져도 되는데."

"이거 원래 제 특종이었거든요! 드디어 기사의 윤곽이 잡히려는데 여기서 발을 빼다니, 기자로서 있을 수 없는 일이라고요."

"저야 뭐, 사장님만 보내기에는 아무래도 걱정이 돼서 말입니다."

하나같이 고마운 대답이었다. 드넓은 탄자니아를 돌아다니며 미지의 생태계를 찾고 도둑놈들과 싸우려면 인력은 많을수록 좋았으니까. 물론 로키가 끌어모은 인력이 마모와 루치 둘만은 아니었다. 탄자니아에 있는 총 스물두 곳의 국립공원은 온갖 야생동식물뿐 아니라 연구자와 환경 운동가들의 터전이기도 했다. 당연히 LC 일에 힘을 빌려줄 만한 사람도 여럿 있었다. 이번에 로키는 그중에서도 특히 무시무시한 녀석에게 신세를 질 작정이었다.

"슬슬 출발할 준비하자. 여기서 멀지 않은 마냐라 호수 국립공원에 친구가 있어. 밀렵꾼들이랑 싸우느라 바쁘지만 않다면 공항으로 데리러 온댔는데."

"어떤 분일지 벌써 기대되네요! 하지만 잠깐 기다리죠. 아직 안 나온 사람이 있거든요."

안 나온 사람이라고? 올 사람이 더 있었던가? 고개를 갸웃하던 로키의 귓가에 문득 닿은 건, 어디선가 고래고래 소리를 질러대는 희미하고도 익숙한 목소리였다. 소리가 들려온 방향에는 세관 사무실이 있었다. 로키가 상황을 파악하기엔 그 사실만으로 충분했다. 전에도 이런 일이 여러 번 있었다고 들었으니까, 이번 일에 연루된 인원 중 세관에 걸릴 만한 물건을 꾸역꾸역 짐에 쑤셔 넣고서 로키를 쫓아올 만한 사람은 하나뿐이니까. 다만 그 사람이 겨우 사흘 만에 충격을 극복하고서 여기까지 따라오리라곤 로키도 미처 예상치 못했을 뿐이었다. 평소엔 집 밖으로 잘 나오지도 않는 주제에!

"공무원들은 어딜 가나 이렇게 고집불통인가? 물감이랑

공구 좀 가져왔다고 사람을 무슨 범죄자 취급까지 하네! 이번엔 그렇게까지 위험한 것도 없었는데!"

오래지 않아 벌컥 열린 세관 사무실 문밖으로 이렇게 씩씩대며 걸어 나온 건, 바로 며칠 전에 지금까지의 작업물과 작업 공간 전체가 잿더미로 변하는 비극을 겪었다고는 상상하기 힘들 만큼 기력이 넘치는 모습의 박제사 솔라라였다. 아니, 저건 기력이라기보단 차라리 모종의 희열인 걸까? 대체 지난 사흘 동안 어떠한 심경의 변화가 있었던 건지 전혀 감이 잡히질 않아, 로키는 솔라라에게 조심스레 말을 걸어 보았다.

"솔라라, 너 설마 복수라도 하러 따라온 거야?"

"복수? 무슨 복수?"

솔라라가 로키를 빤히 올려다보며 되물었다.

"무슨 복수냐니, 당연히 작업실에 불 지른 놈들 얘기잖아."

"그건 복수할 게 아니라 감사할 일이지. 불완전한 습작 무더기를 세상에서 싹 지워 줬잖아. 용기가 없어서 지금껏 불을 못 지르고 있었던 건데! 난 드디어 해방된 거야. 이제부턴 완전히 새롭게 시작할 거라고. 자유다, 자유! 하하하하!"

"진정 좀 해. 그래서, 복수가 목적이 아니면 왜 여기까지 온 건데?"

"백 년 동안 그 누구도 보지 못한 생태계를 찾으러 간다면서. 새 작업을 위한 아이디어를 얻기에 그보다 좋은 데가 또 어디 있겠어? 그러니까 나도 데려가. 영감이 나를 기다린다!"

뻔뻔하기 짝이 없는 요구였다. 솔직히 말해 솔라라가 완전히 제정신이라는 생각도 들지 않았다. 하지만 아무튼 사람이 하나 늘어서 손해 볼 건 없기도 했다. 그 사람이 현존하는 그 누구보다도 큰박쥐태양새의 원래 모습을 더 잘 알고 있을 동물 해부학 전문가라면 더더욱. 조금 성가시기는 하겠으나 곁에 두면 분명 언젠가 한 번쯤은 도움이 되리라는 게 로키의 결론이었다. 그렇다고 한들 이 정도 충고쯤은 해 두고 싶었지만.

"솔라라, 작업실이 불탔다고 마감이 사라지는 건 아냐. 혹시 잊었나 해서."

"너 사람이 예술 얘기하는데 쪼잔하게 지적질이나 할래? 빨리 출발이나 하자. 나는 진작부터 마음의 준비가…"

하지만 천재 박제사는 그 위풍당당한 선언을 끝맺지 못했다. 녹색 군용 제복 차림의 괴한들이 공항 입구 곳곳을 통해 일제히 몰려오는 게 보였기 때문이었다. 남들보다 조금 일찍 그 사실을 깨달은 루치가 마모를 잡아끌고서 급히 화분 뒤쪽으로 몸을 감췄지만, 그런다고 해서 십수 명의 훈련된 인원에게 포위된 상황 자체가 바뀌는 건 아니었다. 방금까지의 기세는 어디로 갔는지 솔라라는 벌써 사시나무처럼 몸을 바들바들 떨고 있었다. 이 갑작스러운 사태에 동요하지 않은 사람은 로키 하나뿐이었다. 역시 조금 당황하기야 했지만.

"진짜 데리러 오는 방식 하곤. 얘는 바뀌는 게 없다니까."

LC 내의 과격파 중에서도 가장 거침없는 조직원, 이른바 국립공원의 잠들지 않는 눈. 오랜 동료 '엘데이'의 성대하기 그지없는 마중에 로키는 다만 가볍게 쓴웃음을 지을 따름이었다. 제복 입은 무리에게 연행당해 주차장까지 질질 끌려가는 동안에도 그 쓴웃음은 여전히 로키의 입가에 걸려 있었다.

*
**

지프차에 마구잡이로 구겨 넣어진 채 마냐라 호수 국립공원 한복판까지 실려 오는 동안, 로키는 불안해하는 나머지 세 사람에게 엘데이가 어떤 사람인지 간단히 말해 주었다. 딱히 불안감을 덜어 줄 작정은 아니었다. 그냥 앞으로 만날 친구에 대해 다들 조금은 알아 두는 게 좋겠다고 생각했을 뿐. 무엇보다 로키가 LC 결성 초창기부터 가까이서 봐 온 바에 따르면, 엘데이는 남을 안심시키기보다 겁먹게 만드는 데에 훨씬 능한 인물이기도 했다.

표면상의 신분은 야생지 관리인이자 조류 연구가. 하지만 실상은 탄자니아 전역의 보호구역에 감시망을 뻗고서 국립공원 경비대 내의 사병 조직을 움직여 밀수업자들을 말 그대로 사냥하는, 말하자면 환경주의자 버전의 군벌이라 할 만한 인물. 1844년 6월에 마지막 큰바다쇠오리와 그 알이 무참히 살해당한 장소인 아이슬란드의 한 섬에서 코드명을 따온 조직원답게, 엘데이는 수단과 방법을 가리지 않기론 LC에서도 비길 자가 없었다. 부하들을 시켜 일행을 거칠게 맞이한 것도 정말이지 엘데이다운 행동이었다. 필시 출입국사무소와 세관에 심어 둔 끄나풀들을 통해 로키가 데려온 세 사람에 관해 알아내고는, 그게 자기 마음에 안 든다는 이유로 벌인 짓일 테니까.

"아마 솔라라 이름도 알걸. 예전에 쟤가 검은코뿔소 사려고 했던 건 때문에."

"그럼 우리도 다 이분 편이라고 생각하는 거 아니에요? 우리까지 국립공원에 다 묻어 버리면 어떡해요?"

"아니, 일단 솔라라도 묻히진 않을 거야. 그보다 밖에 좀 봐! 홍학 엄청 많은데!"

창밖 물가에 빈틈없이 운집한 분홍색 새 무리를 가리키며 로키가 과장된 탄성을 질렀다. 엇나가기 시작한 화제를 잠깐이나마 돌리기 위한 수작이었지만, 매년 우기마다 마냐라 호수로 되돌아오는 홍학 수천 마리의 군무엔 실제로 꽤 장엄한 데가 있었다. 한편 홍학이 보이기 시작했다는 건 목적지가 근처라는 뜻이기도 했다. 언제 그렇게 벌벌 떨었느냐는 듯이 차창에 코를 박고 새 떼를 뚫어져라 쳐다보던 솔라라의 어깨 너머에서, 로키는 호숫가에 세워진 자그마한 이층 석조 저택 하나가 가까워져 오는 걸 눈치챘다. 틀림없이 저기겠구나 싶었던 예상은 적중했다. 오래지 않아 멈춰 선 지프차 주위를 총으로 무장한 무리가 곧장 에워쌌다. 그들의 손아귀에 거칠게 붙들린 채, 일행은 차례차례 저택 안쪽으로 질질 끌려 들어갔다.

무슨 감옥에라도 집어넣어지는 모양새로 입장하기는 했지만, 저택 안의 분위기는 일행이 예상했던 것보다 훨씬 근사했다. 크기와 양식을 고려하건대 아마 유럽 식민지 시절에 사냥용 별장으로 만들어졌을 법한 건물 곳곳에서는 고풍스러운 가구가 당당히 그 존재감을 과시했다. 바닥에 깔린 붉은 카펫도, 벽난로 위쪽에 높이 걸린 나이 든 백인 남자의 초상화도 전부 요즘 물건은 아닌 듯했다.

하지만 처음 지어졌을 때의 모습을 고스란히 간직했을지언정, 건물의 쓰임새만큼은 당시와 정반대로 바뀐, 호수가 그대로 내다보이도록 커다랗게 뚫린 창문 앞의 책상은 온갖 그래프와 연구 메모로 어지러웠다. 한편 책상 왼쪽의 코르크 보드 벽에는 여러 사람의 사진과 몽타주가 압정으로 꽂혀 있었는데, 그중에는 큼지막한 X표가 쳐진 것도 드문드문 보였다. 그 표시야말로 여기서 주로 사냥당하는 종이 바뀌었음을 알리는 뚜렷한 증거임을 로키는 잘 알았다. 2층으로 통하는 나무 계단을 따라 타박타박 내려오는 발소리가 바로 그들을 사냥한 장본인의 것임도.

"이 아름다운 대자연에 쓰레기들을 또 잔뜩 짊어지고 왔구나, 로키."

카펫 위에 꿇어앉은 일행을 향해 사냥꾼의 냉랭한 목소리가 화살처럼 쏟아졌다. 옅은 쌍안경 자국에 둘러싸인 눈빛도 차갑기는 매한가지였다. 새를 관찰할 땐 언제나 어린아이처럼 천진한 흥분만 찰랑대는 얼굴이, 매일 사파리 셔츠에 반바지 차림으로 습지를 활기차게 뛰어다니는 단단한 몸이 나지막한 분노로 함께 바르르 떨렸다. 그 익숙한 모습에 무심코 미소를 흘리면서 로키가 능청스레 대답했다.

"덕분에 편하게 왔어, 엘데이. 근데 서비스가 살짝 맘에 안 들긴 하더라."

"야생동물 사체 애호가에다가 딱정벌레 밀수꾼 무리까지 대롱대롱 매달고서 뻔뻔하게 고개 들이민 주제에, 내가 무슨 따뜻한 환대라도 해 주길 바랐나? 사람 골라 사귀는 법을 대체 언제쯤이나 배울 생각인지."

"너무해요! 딱정벌레 건은 진심으로 한 것도 아닌데요!"

"곤충 도둑은 발언권 없어."

일행 바로 앞까지 다가온 엘데이가 마모의 무릎을 가볍게 짓밟았다. 아픔에 살짝 찌푸려진 미간 위를 싸늘한 시선이 몇 번 가로질렀다.

"로키 마음에 들었다고 해서 나한테까지 호의를 바라지는 마. 지금껏 저 자식이 마음에 든다고 데려온 녀석들은 모조리 골칫거리였으니까. LC 초창기에는 그것들 뒤처리가 내 주요 업무였지."

"잊은 모양인데, 널 LC로 부른 것도 나거든? 코드명도 내가 지어 줬잖아. 애초에 너도 멸종위기종 보호를 위해 어느 정도의 무력행사가 필요하다는 대의에 공감해서…."

"그땐 네가 피에 굶주린 살인광들을 매주 데려올지는 몰랐으니까. 나는 어디까지나 학자가 본업이야. 예나 지금이나 필요에 따라 가끔 피를 묻힐 뿐인데, '벤저민'이나 '솔리테어' 같은 부류랑 똑같은 취급을 받다니 더없는 굴욕이었다고. 본인은 누구보다도 사람 좋아하는 주제에, 어디서 그렇게까지 뒤틀린 인간 혐오자 놈들이랑 엮이고 다닌 건지."

해묵은 원한이었다. 엘데이와 만날 때마다 듣는 소리기도 했고. 흔해 빠진 인간보다 멸종위기종의 목숨을 더 소중히 여기는 사람들의 모임답게, LC의 과격파 내에는 타인의 기분이나 의사나 고통 따위에 눈 하나 깜짝하지 않는 괴짜들이 우글거렸다. 그 가운데서 유일하게 '사람을 좋아하는' 재능을 지닌 사람이 바로 로키였다. 동지를 데려올 때도, 의견을 취합할 때도, 극단주의자들을 모아 놓으면 으레 생기는 갈등을 중재할 때도 그 재능은 어김없이 빛났다. 적어도 그게 로키가 지금껏 동료 대다수로부터 들어 온 평가였다. 엘데이는 언제나 조금 더 비판적인 편이었다.

"넌 아무한테나 너무 빨리 마음을 줘, 로키. 너하고 친해진 사람들이 모두 나처럼 상식적이고 이성적인 건 아닌데도."

"아무한테나 마음 주는 게 아니야. 고르는 기준이 다 있다니까 그러네."

"사흘마다 낯간지러운 편지 꽂아 놓고 도망간 청부업자도 그 잘난 기준에 포함되나? 지구 생태계의 의지에 따라 인류를 절멸시키는 데 동참하라고 난리를 치던 자칭 환경 운동가도? 바로 지난번 작전 때는 어땠지? 전력이 있으니까 못 믿는 거야, 로키. 네가 여기 데려온 세 사람은 틀림없이 거대한 골칫거리가 될 테지. 그러잖아도 몇 세기 동안 골칫거리가 부족해 본 적이 없는 땅에 말이야."

"바로 그런 골칫거리 중 하나를 없애 주려고 온 거잖아. 엘데이, 옛 추억 얘기는 이쯤 하고 슬슬 이쪽 일 좀 도와주면 안 될까?"

그 말을 듣고서도 엘데이는 한동안 못마땅한 눈초리로 로키와 그 일행을 쏘아보기만 했다. 옛 습관을 버리지 못하고서 또 이상한 놈들과 엮인 채 일방적으로 도움을 요청하는 오랜 동료의 낯짝이 짜증 나 죽겠다는 듯이. 하지만 결국 그 짜증은 현실의 과제 앞에 자리를 내줄 수밖에 없었다. 엘데이 본인의 말마따나 이 땅에는 해결해야 할 골칫거리가 아주 많았다.

"정말이지 내가 어쩌다 저런 거한테 코를 꿰여서…. 알겠어. 다들 일어나서 적당히 자리 잡아. 이야기가 길어질 테니, 나는 먼저 쿠키랑 차를 좀 내오지."

그럴 줄 알았다는 듯이 빙긋 웃는 로키로부터 고개를 홱 돌리며 엘데이가 답했다. 여전히 불쾌감과 미심쩍음을 전혀 숨기지 않은 채로.

**

"여기까지가 현재까지 포착한 쓰레기 목록이야. 질문 있어?"

엘데이의 말에 일행은 각자 고개를 절레절레 저었다. 마모가 갉작이던 쿠키 부스러기가 테이블에 놓인 사진 위로 우수수 떨어졌다. 그 사진에 찍힌 건 다르에스살람의 줄리어스 니에레레 국제공항을 막 나서는 악명 높은 밀렵꾼 스티븐 레스터의 모습이었다. 시간만 주어진다면 공룡조차 잡는 덫을 설치할 수 있다고 해서 '랩터'라는 별명이 붙은, 원래 동남아시아나 남미의 열대우림을 터전으로 삼는 만큼 불법 오지탐사를 위해 고용하기에도 적합할 만한 인물. 하지만 그조차도 최근 탄자니아 곳곳에 얼굴을 비친 수상한 녀석 중 하나에 지나지 않았다. 테이블 한가운데에 똑바로 줄 맞춰 놓인 사진 스물다섯 장 각각에는 전부 다른 인물이 찍혀 있었고,

촬영 장소 역시도 제각각이었다. '탐사대'를 자처하는 놈들이 탄자니아의 국립공원이란 국립공원은 다 들쑤시고 다닌다는 뜻이었다.

"그나저나 이 많은 놈들을 잘도 다 찾아냈네. 역시 너한테 부탁하길 잘했다니까."

"거기선 우리 부하들을 칭찬하도록 해. 조류 관찰이 본업이라 눈도 좋고, 귀도 좋고, 사진도 잘 찍지. 킬리만자로나 세렝게티는 물론 여기서 한참 떨어진 미쿠미나 카타비까지, 설령 '성 삼위일체' 놈들이 살아 돌아오더라도 우리한테 들키지 않을 수는 없어."

"믿음직하네. 놈들이 킬리만자로에서 미쿠미까지 전부 돌아다니고 있단 건 조금 이상하지만…. 오일렌발트가 남긴 문서란 문서는 다 훔쳐 놓고서, 설마 아직 후보지를 전혀 못 좁힌 건가?"

로키가 고개를 갸웃했다. 미지의 생태계로 가는 길이라면 오일렌발트에 대한 자료를 전부 보유한 놈들이 훨씬 잘 알고 있을 테니, 엘데이를 통해 그 움직임을 읽어서 앞질러 가자는 것이 원래 계획이었으니까. 물론 계획이 조금 틀어졌다고 해서 상황이 나빠진 건 전혀 아니었다. 상대가 갈팡질팡하고 있단 사실은 오히려 희소식에 속했다. 문제는 이쪽에도 똑같은 갈팡질팡이 예정되어 있다는 점이었다.

"보내 준 표본 사진은 좀 봤어? 새도 몇 마리 있었으니

까, 어디쯤 살 만한 놈들인지 짚어 주기만 해도 큰 도움이
될 텐데."

"미안하지만 나라고 만능은 아니라서. 서부의 곰베나 마
할리 쪽에 사는 종하고 닮아 보이는 표본이 있긴 했지만, 그
이상으론 확답을 줄 수가 없어."

"하기야 고립된 생태계라면 주변 지역하고 생물상이 완
전히 다를 수도 있으니까…. 그럼 결국 문제의 생태계를 직접
본 사람한테 물어봐야 한단 소리네. 리하르트 오일렌발트 말
이야."

애석하게도 프라이베르크에서 전산화해 손에 넣은 오일
렌발트의 일지는 기껏해야 세 권 분량에 지나지 않았다. 그
나마도 하필이면 외교관 업무에 치이느라 탐사를 거의 떠나
지 못하던 시기의 일지인 모양이었다. 그 안에 결정적인 위치
정보가 없단 건 이미 확인한 뒤였다. 하지만 세상에는 가망
이 희박하단 사실을 알면서도 도전해 봐야 하는 일이란 게
있는 법이었다. 두 번째로 끓여 온 차가 식어갈 무렵, 엘데이
를 포함한 다섯 사람의 눈은 각자의 휴대전화며 컴퓨터 화면
에 고정된 지 오래였다. 어떻게든 아주 작은 단서 하나라도
찾아내기 위해.

똑, 딱, 똑, 딱, 정직하게 흘러가는 시간 속에서 로키와 엘
데이는 일단 장소와 관련된 실마리에 주목해 보기로 했다.
설령 오일렌발트가 미지의 생태계 위치를 대놓고 적어 두진

않았을지라도, 일지에 언급된 도시나 지역 이름을 하나하나 따라가다 보면 혹시 눈에 띄는 게 있을지도 모르니까. 그렇게 따라가야 할 지명은 물론 한두 개가 아니었다. 탄자니아 곳곳의 풍광이 특출난 장소마다 탐험의 거점으로 삼을 별장까지 다 지어 두었건만 외교관 일 때문에 제대로 방문하지도 못했다는 푸념이 다섯 장째 이어지는 가운데, 두 사람은 식민 지배 당시 독일식 지명의 미궁 속에서 헤매고 또 헤매길 되풀이했다.

"스핑크스하펜은 아마 리울리겠지? 스핑크스 모양 바위로 유명하니까. 그럼 그 근처에 있다는 비트하펜은 도대체⋯."

"만다야. 독일 놈들이 이름을 제멋대로들 붙여 놨지. 둘 다 냐사 호수 쪽이니까 그 사이 어디쯤 별장이 있었던 모양인데, 근처를 본격적으로 탐사한 것 같진 않아. 다른 후보를 찾아보는 게 낫겠네."

한편 마모와 루치는 지명 대신 인명에 집중했다. 딱히 그쪽이 더 가망이 있다고 생각해서는 아니었다. 단지 필기체로 적힌 독일어 문서에서 두 사람이 가장 빨리 알아볼 수 있는 단어가 사람 이름이었고, 이번처럼 속도가 중요한 상황에서는 그것도 의사 결정에 영향을 미칠 만한 요소였을 뿐. 일지의 탐사 관련 내용에 반복적으로 등장하는 이름이 있다면, 그것도 혹시 새로운 단서로 이어질 빵 부스러기가 되어 주지 않을까 하는 막연한 기대쯤이야 물론 있었다. 그 기대가 딱히 쉽게 충족되지는 않았다.

"사장님, 전에도 '데르셰트'라는 인물이 언급되지 않았습니까? 이 부분 맥락을 읽어 보니 동료 연구자나 그 비슷한 위치였던 모양입니다. 같이 찾아왔다고 적힌 '바니'란 인물은 그의 하인이라고 합니다."

"오일렌발트가 걔네랑 무슨 얘기 했는지도 나와 있어? 아니지? 대체 일기를 왜 이렇게 듬성듬성 쓴 거야? 난 차라리 조수였다는 '한스'가 뭘 남긴 게 없는지 찾아볼래. 혹시 일기를 제대로 쓰는 사람이었을지도 모르잖아!"

마모의 희망과는 달리 '한스'는 기록을 거의 남기지 않은 사람이었다. 당시의 공식 문건에 이름 정도만 남아 있었을 뿐 언제까지 외교관 조수로 일했는지, 이후에는 어떤 삶을 살았는지 따위는 아무래도 역사에서 완전히 지워진 듯했다. 결국 마모가 한스와 관련해서 찾을 수 있었던 건 빛바랜 사진 한 장이 전부였다. 그것도 비밀스러운 생태계의 위치를 가리키는 단서 따위 담겨 있을 리 없는, 1890년까지 독일령 동아프리카의 수도였던 바가모요에서 열린 외교관 회의 참석자들의 단체 사진. 나이 든 오일렌발트 옆에 뻣뻣하게 선 젊은이의 얼굴은 희고 평범했으며, 굳게 닫힌 입술은 어떠한 의미 있는 진술도 내놓지 않을 것처럼 보였다. 하지만 남들이 고생하는 동안 공연히 저택 안을 서성거리다가 돌아와서 사진을 힐끔 본 솔라라의 의견은 조금 달랐다.

"야, 거기 얼굴 좀 확대해 봐."

"네? 아, 이렇게요? 이게 최대인 것 같은데."

"충분해. 크게 보니까 더 확실하네. 쟤가 쟤야."

그렇게 말하면서 솔라라는 대뜸 벽난로 위쪽 벽을 가리켜 보였다. 마모의 시선이, 이어서 다른 사람들의 시선이 차례차례 같은 방향으로 움직였다. 벽에 걸린 채 정면을 흐리멍덩하게 응시하는 백인 남자의 초상화를 향해서.

"그, 쟤가 쟤라는 게 무슨 소리야?"

"같은 사람이라고, 로키. 딱 보면 모르냐. 나이가 들면 피부는 쭈글쭈글해지지만, 그 아래의 해부학적 구조까지 바뀌는 건 아니잖아."

솔라라의 설명에 일행 전원이 동시에 고개를 갸웃했다. 정말로? 듣고 보니 조금 닮은 것 같기는 한데, 이렇게까지 확신에 차서 말할 정도인가?

"아니, 진짜 모르겠어? 뼈에 근육 붙은 방식이란 게 사람마다…. 맞다, 캔버스 가져왔으니까 그려서 보여 주면 되겠네."

"괜찮아! 안 보여 줘도 돼! 아무튼 해부학적으로 그렇단 거잖아? 네가 말하면 믿어야지!"

"잠깐만요, 왜 오일렌발트의 조수 초상화가 여기에 걸려 있는데요? 이름으로 찾아볼 수 있는 만큼은 찾아봤지만, 무슨 업적을 남긴 건 나오지도 않던데!"

"이름이 달라서지 싶은데. 월터 라이오넬. 그렇게 적혀 있어."

탐조용 쌍안경으로 액자 아래의 이름표를 확인한 엘데이가 말했다. 그 말을 신호탄 삼아 일제히 정보의 바다에 뛰어든 네 사람 중, 가장 먼저 무언가를 건져 올린 사람은 아까부터 줄곧 사람 이름과 씨름하던 마모였다.

"찾았다! 월터 라이오넬, 얼굴 비슷하고, 그런데 독일이 아니라 영국 사람이래요. 1920년대부터 20년 넘게 영국령 탕가니카란 데서 행정가로 일했다는데요."

"영국령 탕가니카가 여기야. 1차대전을 이겨서 독일령 동아프리카 땅을 차지한 영국이 새로 붙인 이름이지. 그러니까 정리하자면 독일 외교관의 조수였던 한스가 1차대전 이후에 영국의 식민지 행정가인 월터 라이오넬로 변신했다는 소리고, 그건 다시 말해서…"

"한스는 처음부터 영국의 밀정이었다, 그렇게 이해할 수 있겠습니다."

로키가 던진 추측을 루치가 받아 마무리했다. 과연 충분히 가능한 결론이었다. 일지에 따르면 한스는 취미인 자연 관찰에 더욱 집중하고 싶었던 오일렌발트가 외교관 업무를 떠맡기려 개인적으로 고용한 인물. 첩보 활동에는 그야말로 최적의 위치에 있었던 셈이다. 아마 1차대전 당시까지 계속

조국을 위해 독일의 외교 정보를 빼돌리다가, 첩보 업무에서 손을 뗀 뒤엔 탄자니아 근무 경험을 살려 식민지 행정가로 전업한 것이리라. 그렇다면 한스의 이후 행적이 전혀 남지 않은 것도 자연스러운 일이었다. 한스라는 인물은 1차대전이 끝난 이후엔 존재하지조차 않았을 테니까.

"아주 잘 됐어. 오일렌발트의 최측근이 사실 영국 첩보원이었다면, 틀림없이 오일렌발트의 행적을 상세히 기록해서 본국에 보내 뒀을 거야. 그중에는 물론 오일렌발트의 '취미'에 대한 내용도 있겠지. 그것만 찾아내면 미지의 생태계도 찾아낸 거나 마찬가지야."

"잘됐네, 로키! 영국 정보부의 기밀 첩보 문서만 손에 넣으면 되는 거 아냐? 말해 두겠는데 MI6 본부 쳐들어가는 것까진 못 도와준다."

"그렇게 지적해 주지 않아도 알거든, 엘데이…. 일단 조금이라도 연줄 있을 만한 데에는 다 연락해 볼게. 전직 MI6 요원이라던 애를 옛날에 하나 알고 지내긴 했는데, 그게 진짜였는지는 확신할 수가 없었단 말이지. 이번 기회에 확인해 봐야겠어."

"답장 올 때까지 하염없이 기다리려고? 여기 죽치고 앉아서? 그것보단 나은 일거리를 내가 하나 던져 주지. 받아."

돌돌 말린 종이가 갑자기 얼굴로 휙 날아오는 걸 로키는 제때 피하지 못했고, 그 결과 이마를 문지르면서 꼴사납게 신음하는 신세가 되었다. 그러는 사이 마모가 주워 펼쳐 본 종이의 정체는 탄자니아의 22개 국립공원이 표시된 지도. 지도 곳곳에는 빨간색 펜으로 별표가 대여섯 개 그려져 있었다. 엘데이의 설명이 이어졌다.

"여기 거랑 비슷한 초상화가 걸린 집을 다른 국립공원에서도 봤어. 전부 식민지 시대 저택인데, 몇 군데는 그래도 관리가 좀 돼서 옛 모습이 남아 있을 거야. 운이 좋으면 당시 물건도 찾을 수 있겠지."

"고맙긴 한데요, 우리가 왜 라이오넬 초상화를 더 찾아봐야 하는 거죠…?"

"너 바보니? 오일렌발트가 탄자니아 땅 곳곳에, 특히 야생을 관찰하기 좋은 곳에 별장을 여럿 지었다잖아. 라이오넬은 그 위치를 전부 알았지. 방치된 적국 자산을 압류해서 자기 것으로 만들 권력도 있었고. 국립공원마다 자기 초상화 걸린 집이 하나씩 있는 걸 보건대, 아마 놈은 그 권력을 적극적으로 행사했을 거야."

마모가 만화였다면 머리 옆에 백열전구가 그려졌을 만한 표정을 짓는 동안, 로키는 이마를 문지르던 걸 그만두고 테이블에 펼쳐진 지도를 내려다보았다. 엘데이가 친절하게 표시해 준 장소들이 그 위에서 새빨갛게 반짝거리고 있었다. 전부 확인할 수 있다면 더없이 좋겠지만 아쉽게도 지금은 그럴 만한 여유가 없었기에, 로키의 눈은 자연스레 당장 가 볼 만한 거리에 있는 별 하나에 꽂혔다.

응고롱고로 자연보존지역.

자연의 성지이자 문명의 성지라 일컬을 만한 장소였다.

*
**

"야, 좀만 더 왼쪽으로 몰아 봐. 더, 더, 더! 이럴 때 아니
면 언제 야생 얼룩말을 가까이서 보겠어?"

"솔라라 씨, 지, 지금 무릎으로 제 배를 누, 누르고 계시
거든요! 숨이 안 쉬어져요!"

"다들 조금 가만히 앉아 있으면 안 될까? 빌린 차 몰다가
사고라도 내면 엘데이한테 혼나는 건 나란 말이야."

"사고 안 냅니다. 로키 씨처럼 창밖으로 고개를 내밀고
계신 경우까지 안전을 보장해 드릴 수는 없습니다만."

비좁은 좌석에 옹기종기 끼어 앉아 아웅다웅하는 네 사
람을 싣고서, 낡아빠진 베이지색 오프로드 SUV는 응고롱고
로의 광활한 초원을 꼬박 한 시간 동안 달리고 있었다. 바빠
서 같이 가 주지 못하는 대신이라며 엘데이가 선심 쓰듯이
내준 차였다. 뒤쪽 트렁크 공간을 한껏 넓혀 금속 컨테이너
를 채워 놓은 개조 탓에 승차감은 저열하기 그지없었고, 차
체의 균형마저 어딘가 잘 맞지 않아 운전을 맡은 루치가 익
숙해지기까지도 시간이 조금 걸렸지만, 그런 교통수단에 실

린 채로도 일행은 어떻게든 목적지 근방까지 도달해 갔다. 점점 더 많은 태양새가 창밖의 나무와 수풀 사이를 날아다니며 꽃꿀을 빨아먹는 곳으로.

"방금 저거 동부쌍목도리태양새[1]였지? 아까 본 게 아마니태양새[2]가 맞았다면 이걸로 다섯 종째네."

"분명히 아마니태양새였다니까. 작업한 적 있는 종이라서 눈에 익었다고. 뭐, 어떤 종이든 우리의 큰박쥐태양새랑 닮은 구석은 없지만 말이야."

그새 차 안으로 고개를 움츠려 넣은 로키의 말에, 마모와의 몸싸움에서 패배해 뒷자리에 구겨져 버린 솔라라가 심드렁하게 대답했다. 과연 그 대답대로 큰박쥐태양새의 두드러지는 몸집이나 날개 형태는 오늘 이곳에서 본 어떠한 조류와도 달랐다. 하지만 드넓은 응고롱고로에 뿌리내린 생태계의 규모에 비하면, 일행이 고작 한 시간 동안 목격한 태양새 다섯 마리는 그야말로 빙산의 일각에 불과한 것 또한 엄연한 사실이었다.

특히 보존지역의 중심인 응고롱고로 분화구는 2만 마리 이상의 대형 포유동물이 서식하는 야생의 보고로, 오스트리아인 탐험가 오스카르 바우만이 방문한 1892년 이전까지 유

1　Eastern Double-collared Sunbird(Cinnyris mediocris).
2　Amani Sunbird(Hedydipna pallidigaster).

럽인의 발이 닿은 바 없는 땅이기도 했다. 분화구 안의 사자
들이 외부와 고립된 탓에 근친교배 문제를 겪는다는 연구 내
용이 로키의 머릿속에 떠올랐다. 이처럼 바깥 세계와 동떨어
진, 그러면서도 이보다 더욱 극단적으로 격리되었기에 완전
히 새로운 생태계를 피워 낸 장소가 옹고롱고로 어딘가에 존
재할 수 있을까? 막연한 기대는 어떠한 답도 알려 주지 않았
다. 분화구를 품은 사화산이 북서쪽으로 멀어져 가는 가운
데 마모의 목소리가 속삭임처럼 들려왔다.

"아, 이 근처가 마침 올두바이 협곡이네요. 모든 악의 발
상지. 어쩌면 세계에서 가장 잘못된 장소."

인간 혐오자들에게 둘러싸여 몇 년을 지낸 로키가 느끼
기에도 이건 꽤 과격한 표현이었다. 대체 어디에서 주워들은
걸까? 하기야 아주 틀린 말인가 하면 또 그렇다고는 생각하
지 않았지만. 세렝게티 평원 동쪽에 48킬로미터 길이로 뻗
은 지형인 올두바이 협곡은 190만 년 전에 살았던 원시 인
류인 호모 하빌리스의 유골과 그들이 쓰던 석기가 최초로
발견된, 고인류학 연구의 역사를 논할 때 결코 빼놓을 수 없
는 곳이니까.

20세기 초부터 협곡 여기저기에서 발견된 흔적을 통해,
고인류학자들은 어떻게 우리의 조상들이 도구를 만들고 사
회를 이루며 현재 인류의 모습으로 진화해 왔는지의 수수께
끼를 조금이나마 풀어낼 수 있었다. 태곳적 여기에 뿌려진

인류 문명의 씨앗이 어떻게 오늘날의 대재앙과 같은 형태로 자라나고 말았는지도. 그렇다면 올두바이 협곡이야말로 인간이 저질러 온 모든 악의 첫 태동을 느낄 수 있는 장소라고 말할 수도 있지 않을까…. 그렇게 꼬리에 꼬리를 물고 멍하니 흘러가던 생각이 끝날 무렵, 앞 유리 너머의 허허벌판 한가운데 솟아난 작은 벽돌집 하나가 마침내 로키의 눈에 들어왔다. 그 주변에 세워진 트럭 세 대도 함께.

"차 세워, 루치. 목적지에 누가 있어!"

"그러잖아도 확인한 참입니다. 꽉 잡으시길."

급히 꺾인 운전대가 SUV를 나무 뒤쪽으로 거칠게 몰아갔다. 그 바람에 마모와 솔라라가 제각기 내뱉은 신음에는 아랑곳하지 않고, 로키는 앞좌석 서랍에서 꺼낸 쌍안경을 눈에 가져다 대고서 벽돌집 쪽을 응시했다. 그 입술 사이로 초조하게 혀 차는 소리가 새어 나오기까지는 10초도 채 걸리지 않았다.

"여기 직원들이 아냐. 인원수는 다섯, 아니, 운전자까지 고려하면 최소 여덟. 플라스틱 상자 들고서 계속 들락날락하는 게 아무래도…. 저것들이 물건을 다 가져가고 있잖아!"

"아무래도 '탐사대' 놈들이 선수를 친 모양입니다. 지금이라도 막을 수 있겠습니까?"

"힘들 것 같아. 저쪽은 수도 더 많고, 무장한 놈들도 보여. 젠장, 겨우 찾아낸 실마리를 이렇게까지 눈 뜨고 빼앗길 줄은 몰랐는데."

아랫입술을 깨물며 그렇게 푸념하던 찰나 누군가 왼쪽 어깨를 쿡쿡 찔러댔기에, 로키는 침울한 가운데서도 별생각 없이 고개를 돌렸다. 그러자 눈에 들어온 건 침울한 기색이라곤 조금도 없는, 오히려 왠지 뺨이 살짝 발그레해지기까지 한 마모의 얼굴이었다. 도대체 왜 그런 표정인지 묻기도 전에 마모가 먼저 입을 열었다. 흥분을 조금도 감추지 않으면서.

"아직 빼앗겼단 보장은 없어요. 저길 좀 보세요."

마모가 가리킨 곳은 좌석 뒤쪽의 트렁크였다. 거기에 차곡차곡 쌓인 커다란 철제 컨테이너 몇 개가 아까와는 달리 활짝 열려 있었기에, 로키는 빌린 물건에 멋대로 손을 대면 어떡하느냐고 일단 주의부터 주려 했다. 컨테이너 안에 가지런히 놓인 권총과 자동소총 여러 정이 눈에 들어오기 전까진.

"엘데이라는 분이 생각보다 통이 크시더라고요. 나중에 답례로 뭐라도 드려야겠어요."

"큰일이네. 마음에 안 드는 거 주면 막 화내던데. 지금부터 생각해 봐야겠다."

어느새 확 밝아진 목소리로 로키가 장난스레 중얼거렸다. 마모로부터 건네받은 권총을 손에 단단히 쥐고서.

작전은 간단했다. 일단 차를 전속력으로 몰아가서, 탐사
대 놈들에게 총을 들이대고 물건을 전부 강탈한 다음, 다시
전속력으로 도망치면 끝. 첫 단계는 루치의 운전 실력에 힘입
어 아주 간단히 완수되었다. 두 번째 단계도 조금 덜컹거리
기는 했을지언정 결과적으로는 매끄럽게 흘러갔다. 바로 이
렇게.

"상자나 내려놓고 빨랑 꺼져! 그렇게 남의 작업실에 불은
왜 처질러? 쏜다? 어? 진짜 쏜다고!"

"이 사람들은 불 안 질렀어, 솔라라. 복수하러 온 거 아
니라면서…."

협박 문구야 어찌 됐든, 대응할 틈도 주지 않고 갑작스
레 겨눠진 총부리의 효과는 확실했다. 작업복 차림의 무리가
트럭에 싣던 플라스틱 상자들은 전부 일행의 SUV로 옮겨졌
다. 덕분에 그러잖아도 협소했던 차 안이 더욱 비좁아져 뒷
좌석의 마모와 솔라라는 몸을 착 겹치다시피 하고서야 간신
히 끼어 탈 수 있었지만, 그쯤이야 이룬 성과에 비하면 사소
한 문제였다. 더 큰 문제는 따로 있기도 했고.

"저기요! 물건 챙긴 건 좋은데, 저놈들이 과연 가만히 있
을까요? 저였다면 바로 쫓아왔을 것 같아서!"

"새삼스레 무슨 소리야? 당연히 쫓아오지. 방금은 기습

당해서 얼떨떨했을 테니까 시키는 대로 했겠지만, 지금쯤이면 자기네 쪽수가 더 많단 것쯤은 알아챘을걸."

"자신들의 차가 더 빠르다는 사실도 알아챘을 겁니다. 벌써 추격을 시작했으니 말입니다."

백미러에 비친 트럭 세 대를 확인한 루치가 말했다. 이제부터가 계획의 마지막 단계였다. 단단히 무장한 채 기세등등하게 추격해 오는 적들로부터 어떻게 무사히 도망칠 것인가? 가능한 방법은 제한적이었다. 올두바이 협곡의 호모 하빌리스가 깨진 돌조각으로 짐승의 가죽을 벗기던 때로부터 백수십만 년이 흘렀건만, 손에 쥔 도구가 인류의 행동을 규정한다는 사실만큼은 여전히 조금도 변하지 않았으니까.

"너희 둘도 일단 쏴! 뭐라도 잡고! 조준 같은 거 생각하지 말고!"

로키가 몸을 다시 창밖으로 내밀고 권총 방아쇠를 마구 당기며 외쳤다. 고작 권총탄이 명중한다고 해서 쫓아오는 트럭이 쾅 하고 폭발하지야 않겠으나, 혹시라도 타이어에 구멍을 내거나 앞 유리를 깨뜨리기라도 하면 상대의 추격을 잠깐은 멈출 수 있을 터였다. 설령 그러지 못하더라도 상대가 섣불리 거리를 좁힐 수 없도록 위협사격을 계속하는 건 중요했다. 그래 봐야 몰려오는 놈들 전원을 막기에는 역부족이었지만.

"야, 야, 왼쪽에서도 쏜다! 괜찮아, 손이랑 머리만 안 다치면 돼, 손이랑 머리만 안 다치면 계속 작업할 수 있어…"

"왼쪽 트럭이라면 제가 어떻게든 해보겠습니다. 조금 흔들릴 수도 있겠습니다만."

양쪽의 총알이 빗발치며 교차하는 가운데, 일행의 SUV가 별안간 흙먼지를 일으키며 방향을 크게 틀었다. 상대 트럭 짐칸에서 총을 갈겨대던 두 사람의 조준이 순간 엇나가도록. 그 틈에 트럭과의 거리를 크게 좁혀, 운전석에 앉은 남자의 흉터투성이 얼굴을 큼지막한 과녁 신세로 바꿔 놓도록. 급회전에 휘말려 여기저기 부딪히다가 뚜껑이 날아간 플라스틱 상자가 새 박제 무더기를 토해 내는 동안, 로키로부터 권총을 낚아챈 루치가 창밖을 향해 방아쇠를 무심히 세 번 당겼다. 나풀나풀 쏟아지는 깃털을 뚫고 환호와 비명이 일제히 울려 퍼졌다.

"와, 총은 또 어느 틈에 가져갔어? 나도 좀 배워야겠다. 그건 그렇고 운전대! 운전대!"

"으엑! 이 엉터리 박제는 뭐야! 토할 것 같으니까 저리 치워!"

"제가 다시 담을게요! 그러니까 조금만 옆으로 비켜 주시면…. 어라, 이건 박제가 아니네?"

차가 다시 직진하기 시작할 무렵 상자 밑바닥에서 막 굴러떨어진, 납작하고 네모나고 손바닥만 한 암갈색 물건 하나가 문득 마모의 눈에 띄었다. 낡은 가죽 장정 노트였다. 표지에 적힌 이름은 다름 아닌 리하르트 오일렌발트. 눈이 휘둥 그레진 마모가 즉각 외쳤다.

"찾았어요! 오일렌발트의 수기예요! 스케치도 많고, 메 모도 잔뜩…. 야외 탐사 때 휴대하던 물건 같은데, 이런 귀중 품을 왜 폐가에 놓고 갔을까요?"

"정말 중요한 내용은 탐사 끝나고 일지에 따로 옮겨 적은 게 아닐까? 그래서 일지만 챙기고 수첩은 아무 데나 버려둔 거지. 덕분에 우리가 손에 넣었지만. 아, 쟤네 또 쫓아오네!"

트럭 하나를 상대하느라 일행의 속도가 늦춰진 틈을 타, 남은 트럭 두 대가 양쪽에서 크게 선회하며 다가왔다. 어느 방향으로 도망치든 따라잡힐 수밖에 없는 구도였다. 루치가 포위망을 뚫기 위해 다시금 운전대를 꺾었고, 로키와 솔라라 는 각자 권총과 자동소총을 들고서 다음 충돌에 대비했다. 한편 마모는 일단 노트부터 휙휙 넘겨 보기로 했다.

"대부분은 이 주변에 사는 동물 스케치 같네요. 하마 있 고, 얼룩말 있고, 홍학 있고요. 사이사이에 뭐라고 잔뜩 적어 두긴 했는데, 그냥 탐사하다가 비는 시간에 잡생각 끼적였나 봐요. 어릴 때부터 동물학자가 꿈이었는데 아버지는 내가 외 교관이 되길 강요했다, 학위가 없단 이유로 학계에서도 부당 하게 무시당한다, 어쩌고저쩌고."

"오른쪽에서 먼저 온다! 내가 맡을게! 근데 이거 총알 나 가는 느낌이 영 안 든다, 야."

"솔라라, 일단 조정간부터… 설마 너 아까부터 계속 그 상태로 쏘고 있었어?"

"이리 줘 보세요. 됐죠? 계속 읽을게요. 이곳 암흑 대륙에 부임한 것은 천재일우의 기회다, 어떻게든 이곳에서 세상이 인정할 업적을 세우고야 말리라, 그러니 부디 내 눈앞에 세기의 대발견이 나타나 주길, 어쩌고저쩌고."

마모의 나지막한 중얼거림을 뒤덮으며 총성이 벽력처럼 울렸다. 솔라라가 생전 처음 쏴 본 자동소총의 탄환 대다수는 땅바닥에 드르륵 줄지어 박혔지만, 그중 하나는 돌부리에 맞아 묘하게 튕겨 나간 끝에 놀랍게도 트럭 짐칸에 서 있던 상대의 손을 정확히 꿰뚫었다. 그러나 정작 묘기를 부린 당사자는 전혀 기뻐할 만한 상황이 아니었다. 다른 쪽 트럭에서 막 꺼내 든 새 무기를 본 탓이었다.

"저거 유탄발사기냐? 나 진짜 잘 몰라서 그러는데, 누가 아니라고 말 좀 해 줘 봐."

"맞을 겁니다. 군대에서 흘러나온 물건을 입수한 모양입니다."

"그럼 큰일 난 거 아니에요? 이제 막 중요한 대목 들어온 참인데! 오일렌발트가 드디어 꿈을 이뤘다고요!"

하도 지저분하게 휘갈긴 글씨여서 한참을 들여다보고서야 겨우 해독할 수 있었지만, 그 내용은 틀림없었다. 어느 순간엔가 오일렌발트는 그토록 고대하던 세기의 대발견을 해

냈다. '이곳에 오길 잘했다, 이 발견이야말로 진정 나만의 성과다'라고 오일렌발트는 당당히 썼다. 하지만 대체 '이곳'이 어디일까? 수첩 어디에도 정확한 위치는 나와 있지 않은 듯했다. 오로지 그림뿐이었다. 응고롱고로의 생물들을 스케치할 때와는 비교되지 않는 섬세함을 담아 몇 번이고 고쳐 그린 동식물 그림이 수첩 마지막 장을 넘길 때까지, 지척에 떨어진 유탄이 폭발해 차가 크게 들썩일 때까지 빽빽하게 이어졌다.

"새 그림도 있네요. 큰박쥐태양새랑 닮은 새예요. 날개를 펼친 모습, 나무에 앉은 모습, 침팬지 무리 위를 날아가는 모습…. 최대한 사실적으로 그리려고 계속 연습한 것 같아요. 생김새가 조금씩 바뀌는 걸 보니까."

"침팬지라고?!"

마모의 중얼거림으로부터 무언가를 깨달은 솔라라가 외쳤다. 맞지도 않는 총을 내려놓고 트렁크로 기어가 뒷문을 활짝 열어젖힌 뒤, 다가오는 트럭 앞에 컨테이너를 마구잡이로 내던지던 도중이었다.

"탄자니아엔! 침팬지! 많이 안 살 텐데! 서식지가 한정적이라고 재료 수급 업자가 그랬어! 그게 어디였지, 로키?"

"서쪽 끝! 곰베 아니면 마할레 둘 중 하나인데, 지도에 따르면 오일렌발트의 별장은 마할레에 있어. 그보다 일단은 협곡 따라서 안 따라잡히고 쭉 달리는 걸로…."

단서는 단서고 위기는 위기였다. 두 번째 유탄까지는 어떻게든 피했건만 상대에게는 무기가 얼마든지 있는 듯했다. 트럭에 실린 커다란 진녹색 자루에서 수류탄이며 대전차 로켓포 따위가 쏟아져 나오는 모습이 백미러에 얼핏 비쳤다. 설마 저걸 다 쓸 생각까지는 아니리라고 로키는 짐작했지만, 속도도 느린데 절대적인 화력까지 떨어지는 상황에선 상대가 뭘 쓰든 사실 별 차이가 없었다. 겹치고 겹친 열세는 결국 웅고롱고로 자연보존지역의 북서쪽 경계선 코앞에서 일행의 발목을 붙잡았다. 퍼져 버린 자동차와 다 떨어진 탄환이라는 형태로. 차체의 덜컹거림이 서서히 잦아드는 가운데 로키가 왠지 늘어지는 목소리로 말했다.

"아이고야, 멀미 도지겠네. 루치 너도 여기까지 오느라 수고 많았어."

"설마 그게 유언입니까? 어떻게든 도망쳐야 하는 것 아닙니까?"

"유언 아냐. 안 도망칠 거고. 여기까지 왔으면 상황 종료거든."

처음에는 대체 무슨 말인지 물어보려던 루치였지만, 곧 로키가 믿고 있던 마지막 수단의 실체가 그 눈에 비쳤다. 국립공원 경계선 너머로부터 자욱한 먼지구름을 일으키며 달려오는 차량 십여 대. 대다수는 일행이 타고 온 것과 비슷한 개조 SUV였지만, 그 사이엔 오토바이 몇 대와 더불어 웬 장갑차까지 하나 섞여 있었다. 예상치 못한 대군의 등장에 놀란 건 루치뿐만이 아니었다. 옴짝달싹 못 하게 된 일행을 향해 시시각각 거리를 좁혀 오던 트럭의 속도가 점점 줄어들었다. 방금까지 압도적으로 우세했던 구도가 순식간에 몇 배로 역전당한다는 믿기 힘든 현실의 벽에 밀려나기라도 하는 듯이.

"어떻게 된 거예요? 그새 지원군이라도 불렀어요?"

"굳이 부를 필요도 없었어. 오는 길에 감시 초소가 있었거든. 엘데이가 지원군 보내기 좋은 곳까지만 무사히 도착하면 되는 거였는데, 마침 응고롱고로 바로 옆이 세렝게티 국립공원이란 말이지. 밀렵꾼 문제가 워낙 심각했던 곳이니까 엘데이네 부하들도 제일 많겠다 싶더라고."

로키의 설명이 끝나기가 무섭게 안도의 한숨이 차 안을 가득 채웠다. 단지 목숨을 건졌기 때문만은 아니었다. 그보다는 이전까지 눈앞을 첩첩산중으로 가로막고 있던 문제들이 어느새 도미노처럼 와르르 무너져 내렸음을 느꼈기 때문이었다. 일행은 귀중한 정보가 담긴 오일렌발트의 수첩이 놈들의 손에 넘어가지 않도록 막았을 뿐 아니라, 바로 그 수첩 덕에 미지의 생태계가 숨겨져 있을지도 모르는 가장 유력한 후보지마저 알아낸 뒤였다. 마할레 산맥 국립공원까지는 상당히 먼 거리였지만, 눈앞의 세렝게티에는 엘데이의 부하들이 많으니 잘하면 비행기 편을 얻을 수도 있을 터였다.

과연 마할레에 도착하면 남은 문제까지도 전부 해결될 것인가?

그건 가 보지 않고선 모를 일이었다.

*
**

경비행기 아래 펼쳐진 풍경은 숲과 산, 그리고 드넓은 호수의 끄트머리뿐이었다. 세계에서 가장 길고 두 번째로 깊은 담수호인 탕가니카 호수는 하늘에서 보아도 바다라고밖에 생각되지 않을 만큼 한없이 광대했다. 마할레 산맥 국립공원은 바로 그런 호수의 동쪽 가장자리에 있었다. 탄자니아에서도 특히 외딴 자연보호구역 중 하나. 도로가 거의 없어서 차량으로 진입하기는 쉽지 않고, 비행기나 배도 호숫가까지밖에 데려다주지 않아 거기서부터는 오직 두 발로 숲을 헤쳐야 하는 아득한 야생지. 오일렌발트가 활동하던 식민지 시대로부터 100년 이상이 흐른 지금도 이곳이라면 야생의 비밀을 아직 하나둘쯤은 숨기고 있지 않을까? 호수에 인접한 착륙장을 향해 비행기가 서서히 고도를 낮추는 동안, 그런 기대가 로키의 마음속에서 점점 부풀어 올랐다.

미리 엘데이에게 연락이라도 받았는지, 비행기 착륙장에는 이미 연구원 세 사람이 나와서 기다리고 있었다. 비행기에서 어기적어기적 걸어 내려온 로키에게 가장 키 큰 연구원이 다가와 수어로 인사를 건넸다. 이어진 대화 역시 수어였다. 응고롱고로에서 얻은 수첩을 펼쳐서 보여 주고, 질문하고, 답하고, 다시 질문하고, 마지막에는 뭔가를 받아 챙기고. 그런 뒤에야 돌아서서 일행을 마주한 로키의 얼굴에는 약간 애매한 미소가 떠올라 있었다.

"큰박쥐태양새랑 다른 동물들 스케치 보여 줬는데, 여기서 비슷한 종을 본 기억은 없대. 그래도 뭔가 뒤져 보고 싶으면 8번 창고 쪽으로 가 보라더라. 말이 창고지 다 무너져 가는 목조 건물인데, 그 주변 지형은 너무 험준해서 사람 발 안 닿은 곳이 많으니까 혹시 모른대. 철거 장비도 들여올 수가 없어서 1층만 열어 두고 창고로 쓰는 중이라나 뭐라나."

"거기가 바로 오일렌발트의 별장이군요! 결정적인 단서의 냄새가 나는데요? 빨리 가 보죠!"

"잠깐, 그전에 이 마스크부터 하나씩 받아. 마할레에서는 계속 쓰고 다니는 게 규칙이래. 침팬지한테 혹시 병이라도 옮기면 큰일이니까."

그리하여 제각기 마스크까지 쓴 채, 네 사람은 연구원의 안내를 받아 이번 목적지를 향한 여정에 나섰다. 호숫가를 따라 한동안 걷다가, 다시 울창한 밀림 속으로 방향을 틀어서 또 나아가는 기나긴 길이었다. 그 길 어딘가에서 새소리가 들릴 때마다 로키와 솔라라의 시선은 동시에 바삐 오락가락했다. 원숭이 울음소리 같은 게 울려 퍼졌을 땐 마모와 루치도 함께 주변을 두리번거렸다. 하지만 커다란 바위를 낑낑대며 넘어도, 반쯤 진흙탕으로 변한 길을 조심조심 걸어 지나도 오일렌발트가 그린 경이로운 동식물의 흔적은 전혀 나타날 기미가 보이지 않았다. 오일렌발트 본인이 이곳의 대자연에 남긴 상흔, 덩굴과 이끼에 뒤덮여 삭아 가는 커다란 저택 한 채가 마침내 그 모습을 드러낼 때까지도.

지어졌을 당시에는 상당히 그럴듯한 저택이었음이 틀림없었다. 마냐라나 응고롱고로의 별장보다도 한층 웅장한 겉모습을 보건대, 아마 오일렌발트가 미지의 생태계 근처에서 더 오랜 시간을 보내며 연구하고자 신경 써서 지은 것이리라고 로키는 어렴풋하게 추측했다. 하지만 오일렌발트가 일생에 걸쳐 꾸었던 꿈의 파편은 무자비하게 침식해 들어오는 자연 앞에서 철저히 무력했다.

벗겨진 페인트, 깨진 창문, 구멍 뚫린 지붕, 부서져 바닥에 널브러진 문짝까지. 동행해 준 연구원을 배웅하고 뻥 뚫린 대문으로 들어선 일행의 눈 앞에 펼쳐진 광경은, 방수포에 덮인 자재 더미가 구석에 쌓인 걸 제외하면 아주 오래도록 사람의 손이 전혀 닿지 않은 풀과 버섯의 만찬장이었다. 커튼 자리에는 덩굴이 대신 늘어져 있었고, 큼지막한 테이블에는 벌레 먹은 구멍이 빼곡해 무슨 벌집처럼 보일 지경이었다. 2층으로 올라가는 계단 역시도 반쯤 무너져 내린 채였다. 층계참의 벽에 걸린 월터 라이오넬의 색 바랜 초상화를 못마땅하게 쳐다보며 로키가 살짝 투덜거렸다.

"여기에 멀쩡한 물건이 하나라도 있다면, 그게 미지의 생태계보다 더한 기적이겠는데."

"어! 그럼 먼저 찾는 사람이 상 받는 걸로 할까요? 준비, 땅!"

난데없는 시작 신호를 외치고서 마모가 가장 먼저 달려 나갔다. 가장 가까운, 아마도 과거에 침실이었던 듯한 방을 향해서. 대체 무슨 상을 받는단 것인지 물으려던 말을 삼킨 채 로키도 걸음을 옮겼다. 루치는 계단의 잔해를 조심스레 타고 올라 2층으로 향했고, 썩어 문드러진 박제가 놓인 응접실은 솔라라의 몫이 되었다. 그렇게 네 사람은 오일렌발트가 남겨 두었을지 모르는 단서를 찾아 저택 곳곳을 샅샅이 뒤지기 시작했다.

책상 서랍이나 장식장 안처럼 가장 그럴듯해 보였던 장소에는 무엇 하나 남지 않았다는 사실이 곧 드러났다. 오일렌발트가 전쟁 때문에 아프리카를 떠나면서 자기 물건을 다 가져갔든지, 아니면 전후에 별장을 손에 넣은 라이오넬이 대청소라도 했든지 둘 중 하나가 틀림없었다. 확실한 건 라이오넬도 이곳을 그다지 자주 찾지는 않았으리라는 사실이었다. 소유권의 표시로 초상화만 하나 걸어 두었을 뿐 크게 손을 댄 흔적은 없었으니, 아마 저택의 구조 자체는 오일렌발트의 탐사 전초기지로 쓰였을 때와 마찬가지일 터. 그렇다면 혹시나, 하는 생각에 로키가 서재의 나무 바닥을 막 뜯어내려던 바로 그때였다. 입구 쪽에서 뚜렷한 인기척이 느껴졌다. 이번에도 맨 먼저 튀어 나간 건 마모였다.

"거기 누구냣! 아, 연구원님이시네요. 죄송해요."

"왜 벌써 오셨지? 어두워질 때쯤 도로 데리러 온댔는데. 내가 얘기해 볼게."

그렇게 별생각 없이 창고를 나선 로키의 눈앞에서, 다음 순간 때아닌 돌발 사태가 벌어졌다. 사태의 근원은 솔라라였다. 무슨 일인가 싶어 응접실에서 고개를 내밀고 두리번거리던 솔라라가, 별안간 권총을 꺼내 들더니 그대로 연구원의 마스크 쓴 얼굴에다 겨누고서 걸어 나온 것이다. 이번에는 권총의 안전장치도 제대로 풀어 놓은 채였다. 주춤주춤 물러나던 연구원의 놀란 시선이 로키와 마주쳤다. 황급히 손을 움직여 도움을 요청하는 그 모습에 로키가 나서려던 찰나, 솔라라가 먼저 착 가라앉은 목소리로 입을 열었다.

"아무리 변장하고 얼굴을 가려도, 뼈는 항상 제자리에 있단 말씀. 그래서 알아챈 거야."

"솔라라, 지금 무슨…."

"지난번엔 덕분에 고생깨나 했어. 답례하고 싶으니 정체를 드러내시지, 선번."

귀에 익은 이름이 로키의 뇌리를 관통했다. 처음에는 터무니없다는 생각밖에 들지 않았다. 하지만 프라이베르크에서 로키는 바로 그 터무니없는 상황을 몸소 겪은 바였다. 잘 아는 사람, 의심할 이유가 없는 사람, 얼굴을 가려도 이상하지 않은 사람으로 변장해서 인식의 그림자에 숨어드는 교묘한 수법이 자아낸 상황이었다. 그렇다면 설마 지금도? 반신반의하며 쳐다본 연구원의 손끝이 다시 또박또박 움직였다. 능숙하게, 떨림이라곤 하나도 없이, 이렇게 말하면서.

'조 금 늦 으 셨 네 요 ~'

그와 함께 2층 여기저기에서 요란한 소리가 일제히 울려 퍼졌다. 간신히 붙어 있던 유리창이 깨지는 소리, 지붕 일부가 우지끈 무너지는 소리, 일사불란하게 달리는 발소리. 그 소리에 솔라라가 잠시 주의를 빼앗긴 틈을 선번은 놓치지 않았다. 번개처럼 뽑아 든 접이식 나이프가 푹 젖어 묵직한 공기를 갈랐다. 수십 년 동안 야생에 뒤덮여 고요히 죽어가던 저택이, 눈 깜짝할 새 치열한 싸움터로 뒤바뀌려 하고 있었다.

*

프라이베르크에서의 충돌로부터 교훈을 얻은 건 로키만이 아니었다. 훔칠 물건을 다 훔쳐 놓고서도 막심한 금전적 손해를 본 당시의 경험으로부터 선번이 배운 게 있다면, 그건 기묘하기 짝이 없는 인원 구성의 저 방해꾼 4인조와 결코 정면 승부를 벌여선 안 된단 사실이었다. 각자가 싸움에 자신이 없는 건 아니었지만, 쥐의 왕의 목적은 어디까지나 돈벌이. 상대가 위험을 감수하고 이쪽에 최대한 피해를 줄 작정으로 달려든다면 그보다 곤란한 게 없었다. 그렇기에 이번에 선번은 조금 다른 계책을 쓰기로 했다. 이 낡아빠진 저택에서 원하는 물건만 빨리 챙기고 가능한 한 무사히 발을 빼기 위한 계책을.

"아악! 이게 날 찔렀, 아, 아으윽⋯."

터져 나오던 외마디 비명이 순식간에 잦아들었다. 선번에게 덮쳐진 솔라라의 목 언저리에서 피 안개가 솟았다. 한 발 늦게 달려온 로키가 선번을 힘껏 밀쳐내고서 급히 상태를 살펴보니, 솔라라의 얼굴과 가슴팍은 이미 새빨간 액체로 푹 젖은 뒤였다. 피는 아니었다. 냄새도 끈적임도 완전히 달랐다. 당황해 굳어 버린 로키를 올려다보며 솔라라가 더듬더듬 말했다.

"내, 내 피 아니야! 내 목소리도 아녔고! 다리에 이, 이게 박히긴 했는데⋯."

솔라라의 오른쪽 허벅지에는 과연 카람빗이 반쯤 박혀 있었다. 아마 처음 꺼낸 나이프를 미끼로 방어를 유도하고서 반대쪽 손으로 몰래 찔렀겠지만, 그나마도 제법 깊은 상처일지언정 치명상은 전혀 아니었다. 지난번에 맞붙어 본 실력대로라면 얼마든지 급소에 칼침을 놓을 수도 있었을 텐데? 오싹한 의문이 몰려와 문득 고개를 돌려보니, 선번은 진작 몸을 일으켜서 저택의 수많은 방 중 하나로 뛰어 들어가는 중이었다. 뿜어내고 남은 가짜 피를 입술 끝으로 뚝뚝 흘리면서.

'이런, 이건 완전히 당했는데.'

총으로 어설프게 협박하는 사람을 먼저 습격하고, 목숨이 걸린 위급 상황을 연기해 다른 한 사람의 주의를 사로잡은 다음, 상대가 상황을 파악하려 애쓰는 사이 자신은 유유히 보물찾기에 나서겠다는 작전. 철저하게 계산된 선번의 의도는 이미 둘을 거미줄처럼 칭칭 옭아맨 뒤였다. 비록 목숨은 무사했으나 솔라라는 당장 응급처치가 필요한 신세였다. 쥐의 왕 멤버가 셋이나 더 있는 마당에 로키가 그런 솔라라를 혼자 남겨 두고 선번을 무작정 쫓아갈 수는 없었다. 다시 말해, 두 사람은 단 한 순간에 완전히 발이 묶여 버린 셈이었다.

"마모! 루치! 어떻게든 잘 상대해 봐! 절대로 아무것도 빼앗기면 안 돼!"

겉옷을 벗어 솔라라의 상처부터 동여맨 로키가 뒤이어 온 목청을 끌어모아 외쳤다. 쥐의 왕 4인조가 저택 안으로 유유자적 마수를 뻗쳐 가는 동안 할 수 있는 일이라곤 오직 그 두 가지뿐이었기에.

*
**

선번이 1층에서 벌인 소동의 여파가 2층까지 전해질 무렵, 루치는 루치 나름대로 난관에 봉착해 있었다. 계단의 잔해를 따라 올라가니 바로 보인, 손님방 여럿과 문을 통해 연결된 널찍한 로비에서였다. 깨진 창문 사이로 스며드는 햇살과 버섯이 핀 가죽 소파 하나를 제외하면 로비에는 정말 아무것도 없었다. 하지만 기척만큼은 존재했다. 루치가 한 발짝을 내디딜 때마다 함께 바스락거리며 움직이는 수상한 기척이. 아무래도 낌새가 이상했기에 품에서 권총을 꺼내려던 찰나, 사각에서 예상 밖의 위협이 엄습했다.

분명 아무도 없었을 등 뒤의 공기가 붕 떨렸다. 뒤이어 무언가 묵직한 것이 루치의 오른쪽 팔꿈치를 세게 치고 지나갔다. 콘크리트 벽에라도 부딪힌 듯한 충격이 어깨까지 내달려 움직임을 늦췄고, 간신히 뽑은 총을 겨누려 뒤돌아섰을 때 보인 건 이끼에 덮인 벽뿐이었다. 의아해하는 루치에게 즉시 다음 공격이 날아왔다. 어김없이 보이지 않는 곳에서 알 수 없는 궤도로. 총을 쥔 손등이 아슬아슬하게 빗맞아 파르르 떨렸고, 가까운 손님방으로 달려가고자 뻗으려던 무릎엔 금세 시퍼런 멍 자국이 번졌다.

이어진 일격의 목표는 루치의 후두부였다. 살의를 듬뿍 담고 날아오는 미지의 물체를 제때 웅크려 피하자, 코앞에서 거울이 대신 와장창 깨져 나가는 광경이 보였다. 그 직전의 한순간 거울에 비친 위협의 진짜 모습을 루치는 놓치지 않았다. 군데군데 무너져 대들보를 드러낸 천장, 그 위에 커다란 거미처럼 웅크리고 있다가 재빨리 어둠 속으로 도망치는 형체. 무기는 아마도 무거운 추를 매단 아라미드 와이어. 이런 전법을 쓸 수 있을 만한 사람은 하나뿐이었다.

'옐로테일입니까. 이런 장소에서 상대하고 싶지는 않았습니다.'

가볍고 유연해 어디든지 비집고 들어갈 수 있는 신체, 그리고 곡예사를 방불케 하는 운동 능력. 천장에 숨을 공간이 가득한 목조 저택은 옐로테일이 그러한 장점을 한껏 뽐낼 수 있도록 마련된 전용 무대나 마찬가지였다. 천장을 엄폐물로 삼아 총격을 차단하고, 보이지 않는 위치에서 궤도를 읽기 힘든 공격을 끊임없이 날려 행동을 제약한다는 전법도 주효했다. 자신을 잡아 두고 시간을 끌다가 언제든 안전히 도망칠 속셈이라면 실로 더할 나위가 없노라는 것이 루치의 냉정한 평가였다.

다만 신경이 쓰이는 건 공격의 적중률이었다. 아무리 천장 곳곳에 구멍이 뚫렸다 한들 시야에는 한계가 있을 텐데, 루치가 어디로 움직여서 무엇을 하든지 옐로테일은 항상 정확한 위치에 추를 휘둘러 왔다. 소리를 듣는 걸까? 아니면 센서 종류? 몇 가지 후보가 머릿속을 스쳤지만, 결국 정답을 알아낸 건 머리가 아닌 눈과 귀였다. 재차 날아온 공격을 피하려 방 반대편으로 몸을 던지자 함께 흔들린 창밖의 나뭇가지. 희미하지만 한 번 눈치를 채면 그때부턴 확실히 들려오는 모터 소리. 정체는 아마 첩보용으로 특별히 개발된 저소음 드론이리라. 누군가가 드론으로 루치의 일거수일투족을 찍어 옐로테일에게 전달하고 있었다.

'장비 조작은 브라우니, 중계와 지휘는 더스키. 삼 대 일이었단 말입니까.'

하지만 상대의 전술을 여기까지 알아냈다면, 이제부터는 셋을 동시에 사냥하지 못할 것도 없었다. 일단은 눈을 빼앗는 것부터 시작이었다. 일부러 천천히 걸으면서 바닥에 떨어진 거울 파편으로 천장 구멍의 위치를 파악한 뒤, 거기에 옐로테일의 모습이 비치는 순간 와이어의 궤도가 닿지 않을 방향으로 힘껏 굴러, 자신을 뒤따라오는 나뭇가지의 움직임을 향해 방아쇠를 당기면 끝. 프로펠러를 적중당한 드론은 나무에 연달아 부딪히며 속절없이 추락했다. 그와 함께 두 갈래 비명이 서로 다른 위치에서 각각 들려왔다.

"안 돼애애애애애! 저게 얼마짜리인지 아냐고오오오오!"

"비상 비상 비상! 너희 둘 다 일단 빼! 빼라고! 아, 젠장…"

첫 번째 비명은 창밖 어딘가, 두 번째는 정면 좌측에 보이는 문 너머. 어쩐지 저쪽으로 움직일 때마다 공격이 거세

지더라니! 상대의 지휘 본부를 알아낸 뒤의 할 일은 정해져 있었다. 천장의 어디에서 공격이 날아오는지도 알았으니 피하며 전진하는 건 어렵지 않았다. 문을 박차고 들어간 방은 커다란 욕실이었다. 중앙의 대리석 욕조에는 사람이 다섯 명은 들어갈 수 있을 듯했지만, 지금 거기에는 노트북을 덮으며 일어나는 덩치 큰 사람 하나밖에 없었다. 티셔츠 위에는 방탄복, 자세는 제대로 된 사우스포. 쥐의 왕의 사령탑인 더스키였다.

"오냐, 이렇게 된 이상 정정당당하게 한판 붙자. 내가 왜 후방으로 안 빠져 있었는지 알아? 맨손으로 싸우면 우리 넷 중에서 내가 제일 세거든! 덤벼, 덤벼!"

루치는 더스키가 권한 대로 덤볐다. 한 손에는 권총을 쥐고, 반대쪽 손에는 스파이크와 철판을 덧댄 금속 너클을 끼운 채로. 잽 한 번 날리기도 전에 권총 손잡이로 관자놀이를 얻어맞고 주먹으로 배를 강타당한 더스키가 도로 욕조에 풀썩 쓰러졌다. 평소 하던 대로 그 머리에 무심코 총구를 향한 바로 그때였다. 손목을 빙글빙글 휘감는 와이어의 감촉과 함께, 등 뒤에서 명백히 잔뜩 긴장한 목소리가 들려왔다.

"그렇겐 안 돼."

"드디어 나오셨습니까. 소문은 많이 들었습니다만, 실제로 뵙는 건 처음입니다."

"빅 게임 헌터지? 네 전리품이 되진 않아. 나도, 다른 애들도."

 옐로테일의 와이어가 손을 강하게 잡아당겨 권총을 떨궜다. 몸을 홱 돌린 루치를 향해 이번에는 발차기가 날아왔다. 욕실 문틀에 매달려 쏘아 낸 드롭킥이었다. 온 체중을 실은 공격으로 상대를 넘어뜨린 뒤 특기인 그라운드 공방으로 이어가겠다는 속셈이었지만, 루치는 이번에도 정당히 응해 줄 생각이 없었다. 프라이베르크에서 솔라라가 입힌 골절상 부위가 어디인지 알고 있었으니까. 왼쪽 정강이를 노린 단 한 번의 주먹질만으로도 공방을 끝내기에는 충분했다. 루치가 옷을 툭툭 털고 일어날 때까지도 옐로테일은 여전히 바닥을 구르며 신음하는 채였다. 이번엔 루치도 딱히 거기다 대고 총을 겨누지는 않았다.

 '역시 당장은 할 일이 있습니다. 추후 처리할 기회가 온다면 기쁘겠습니다만.'

 그렇게 생각하며 루치는 쓰러뜨린 상대를 하나하나 돌려 눕혔다. 심문은 그리 선호하는 작업이 아니었지만, 어차피 사람이 하고 싶은 일만 하면서 살 수는 없는 노릇이었다. 상대로부터 얻어 내야 할 정보와 확답이 있을 때는 더더욱.

 **
 **

 "아하아, 이런 데 있었네요~? 이래서야 찾기 힘들만 하지요~!"

1층 침실의 대형 침대 밑에서 느긋한 목소리가 들려왔다. 장판 틈을 밀고 당기는 소리가 끼익끼익 시끄럽게 울려 퍼진 직후였다. 오래지 않아 침대 밖으로 빼꼼 튀어나온 건 양손으로 조심스레 받친 은제 보석함. 온통 검게 녹슬었을지 언정 정교한 장식 하나하나는 전혀 손상되지 않은 채였기에, 잘만 복원한다면 꽤 비싼 값에 팔 수도 있을 만한 귀중품이 었다. 의뢰인은 내용물에나 관심이 있을 테니 보석함은 따로 챙겨서 팔아야겠단 즐거운 계획을 떠올리며, 선번은 침대 밖으로 고개를 슬쩍 빼내 주변을 빠르게 확인했다. 방 안에는 아무도 없었다. 선번과 또 한 사람을 제외하면.

"아하아! 이런 데 있었네요! 이래서야, 음, 아무튼 찾았지요!"

침대 위에서 들려온 어설프기 짝이 없는 흉내와 함께, 지저분한 운동화 밑창이 선번의 뒤통수를 힘껏 짓밟았다. 덕분에 고개를 들어 확인할 수는 없었으나 어차피 신발의 주인이 누구인지는 분명했다. 마모의 들뜬 목소리가 계속해서 선번의 귀를 파고들었다.

"설마 침대 밑에 비밀 공간이 있었을 줄은 몰랐다니까요. 역시 보물찾기는 전문 도둑한테 맡겨야 하는군요! 숨어서 지켜보길 잘했죠."

"곰팡이 핀 이불을 뒤집어쓴 채로요~? 와아, 지금 꼬락서니가 어떨지 궁금하네요~!"

"너무해요! 지금 남의 얼굴에 뭐 묻었다고 지적할 상황도 아니시잖아요. 아, 일단 이것부터 보여 드려야 예의를 좀 차리시려나?"

선번의 눈앞에 휴대전화가 툭 떨어졌다. 그 화면에는 영상이 하나 재생되고 있었다. 주먹질 소리와 비명이 번갈아 터져 나오는 영상이었다. 그 안에서 재갈이 채워진 채 피를 흘리는 세 사람의 얼굴을 선번이 알아보지 못할 리는 없었다. 물론 계속 비명을 지르도록 내버려둘 수도 없었고.

"잠깐, 물건은 드릴 테니까 쟤네는 놔 주세…."

"그건 당연히 주셔야 하는 거고요. 얘기 나온 김에 가져갈게요."

마모의 손이 보석함을 재빨리 낚아챘다. 목소리가 쾌활하게 이어졌다.

"포로가 셋이니까 요구 조건도 셋이에요. 첫째, 배후가 누구인지 솔직히 불 것. 이왕이면 다들 보는 앞에서."

프리랜서 사업자로서는 치명적인 조건이었지만, 어차피 거절할 수는 없었다. 선번이 희미하게 고개를 끄덕이자 마모가 손뼉을 한 번 쳤다. 곧 영상 속의 브라우니가 결박에서 풀려나는 모습이 보였다.

"둘째, 이 상자를 제가 찾아낸 걸로 해 주세요. 먼저 찾은 사람이 상 받기로 했거든요."

조금 의아했지만 그래도 끄덕, 이어서 손뼉 한 번. 다음
으로 풀려난 건 옐로테일이었다.

"좋아요, 좋아요. 셋째는 뭐로 할까? 맞다, 우리 전화번
호 교환하죠!"

"뭐어, 전화번호요~?"

"거절하면 상처받을 거예요. 물론 저분도 죽을 거고."

더스키가 한 대 더 얻어맞는 소리에 선번은 다급히 세 번
째 조건도 받아들였다. 마지막 손뼉과 함께 얼굴을 짓누르던
신발 밑창이 떨어져 나갔다. 그때야 비로소 올려다본 침대
위에는 휴대전화를 집어 든 마모의 얼굴이 반짝반짝 빛나고
있었다. 어떠한 음산함도 없이, 그저 마냥 환하게. 그 얼굴 뒤
에 숨겨진 의도가 무엇인지, 대체 저 자칭 기자는 무슨 목적
으로 이곳에 있는 것인지….

선번은 전혀 읽어 낼 수 없었다.

이해하고 싶지도 않았다.

**

손바닥 위에서 달그락거리는 은색 보석함. 엉망진창이
된 동료들과 함께 묵묵히 선 쥐의 왕의 리더 선번. 상황이 종
료되었을 때 로키 앞에 펼쳐진 광경은 기대 이상의, 정확히
는 기대한 적도 없는 형태를 하고 있었다. 그 형태를 조금 더

면밀히 확인하고자 로키는 일단 보석함부터 열어 보기로 했다. 선번의 말에 따르면 '틀림없이 의뢰인이 원했을 만한 물건'은 그렇게 백여 년의 세월을 뛰어넘어 다시금 세상에 모습을 드러냈다.

"사진이네요."

어깨 너머에서 기웃거리던 마모가 말했다. 솔라라와 루치도 각자 고개를 끄덕였다. 그야 누가 봐도 사진이었으니까. 구체적으로는 허옇게 얼룩진 흑백사진 십여 장. 뒷면에 적힌 날짜를 믿는다면 전부 오일렌발트가 외교관으로 일할 시기에 찍힌 물건이었고, 그중 대다수의 피사체는 동물이었다. 강가에서 물을 마시는 침팬지 무리, 꿩을 닮은 새의 흐릿한 실루엣, 정글 속으로 사라져 가는 얼룩말의 뒷다리…. 사파리 셔츠와 반바지 차림으로 어색하게 자세를 취한 두 남자의 사진도 드문드문 보였다. 오일렌발트나 라이오넬은 아니었다. 유럽인 학자와 현지인 길잡이인 듯한 둘의 굳게 다문 입술에서는 무언가 단호한 결의가 엿보였지만, 사진만으로 그 내용까지 파악할 수는 없었다.

한편 마지막까지 보석함에 남아 있던 사진 속 주인공의 정체는 그보다 훨씬 파악하기 쉬웠다. 나무에 앉아 날개를 활짝 펼친 새 한 마리. 그 자태는 클레멘트 호프바우어 대학의 박제와도 응고롱고로에서 찾은 수첩의 그림과도 어딘가 조금씩 달랐으나, 길게 휘어진 부리의 형태만큼은 로키가 기억하는 바 그대로였다. 사진에 찍힌 건 큰박쥐태양새가 분명했다. 그것도 지금껏 학계에 보고된 바 없는, 야생 상태에서 살아 있는 큰박쥐태양새.

"봐, 원래 이렇게 생겼다니까. 골격이 까마귀랑은 완전히 다르잖아."

"실제론 더 멋있게 생겼을 거라고 기대했는데…. 그래도 확실한 증거네요! 이 사진들이 바로 미지의 생태계를 찍은 거란 소리잖아요."

"그렇다면 고지가 눈앞입니다. 이제부턴 이 근방에서 사진 속 장소만 찾아내면 될 테니."

일행이 한 마디씩 얹은 말은 전부 사실이었다. 지금까지 중 가장 결정적인 단서가 손에 들어온 것도 분명했다. 하지만 로키는 뭔가 놓치고 있단 감각을 지우지 못했다. 사진으로부터 느껴지는 위화감이 가벼운 두통처럼 뇌를 감싸고서 놓아주지 않는 기분이었다. 분명히 지도대로 걸어가는 중인데도 어쩐지 길을 잘못 든 것 같다는 불안감에 휩싸일 때처럼. 그 불안감의 원인은 아직 조금도 짐작할 수가 없었기에, 로키는 일단 조금 더 형태를 갖춘 문제에 집중하기로 했다. 아주 거대하기 짝이 없는 문제였다.

"물건은 확인했어. 그러면 아까 하던 얘기로 돌아가자. 너희 의뢰인이 정말로…."

"그 사람 맞다니까요~? 증거도 보여 드렸잖아요~!"

로키가 운을 떼기가 무섭게 선번이 짜증스레 답했다. 벌써 여섯 번째 물어봤으니 그럴 만도 했다. 하지만 여섯 번이나 같은 대답을 듣고서도 로키는 아직 수긍할 수가 없었다. 야생동물 밀수업자도 아니고, 범죄에 손을 댄 수집가도 아니고, 설마 그런 터무니없는 유명인의 이름이 선번의 입에서 튀어나오리라곤 상상조차 하지 못했으니까.

제프리 아울우드. '탈리아페로'의 창립자이자 현 대표.

유럽 전역의 자연사박물관에서 백 년 전의 아마추어 동물학자가 남긴 기록과 박제를 죄다 훔쳐 달라고 쥐의 왕에 의뢰한 인물의 정체가, 하필이면 휴대전화에서 전기차까지 전부 관여하는 거대 IT 기업을 소유한 억만장자였다니. 믿을 수 없는 소리에도 정도가 있었다. 선번과 아울우드 사이에 오간 메일을 전부 몇 번씩 확인한 뒤에도 믿기지 않는 건 마찬가지였다. 대체 제프리 아울우드 같은 사람이 뭣 때문에 이런 일을 벌였단 말인가? 이 질문의 해답만큼은 선번도 전혀 알지 못하는 듯했다. 털어놓는 말이라곤 고작해야 이런 것뿐이었으니.

"의뢰인의 목적이 뭔지까지 우리가 시시콜콜 물어봤겠어요~? 아, 그래도 들은 게 하나 있긴 하네요~!"

로키의 눈이 순간 번뜩이며 선번의 입술을 향했다. 해답으로 이어질 실마리라면 무엇 하나 놓치지 않겠다는 듯이. 하지만 뒤이어 그 입술 사이로 흘러나온 단 한마디는 해답이라기보단, 오히려 지금껏 들은 그 어떤 이야기보다도 알쏭달쏭한 수수께끼에 지나지 않았다.

"뭐랬더라, '인류를 구하기 위한 일'이라던데요~?"

 *
**

"그렇습니다, 인류를 구하기 위한 일입니다. 우리 문명에는 아직 기회가 있기 때문입니다."

남자가 말을 마치고서 살짝 고개를 숙이자, 연단 아래 테이블에 앉아 있던 사람들이 일제히 일어나 박수갈채를 보냈다. 방금까지 강연하던 남자의 상대적으로 젊은 나이나 헐렁한 검은색 운동복 차림 따위는 그들에게 어떠한 문제도 되지 않는 듯했다. 갈채가 영원처럼 이어지는 가운데, 연단 뒤의 프레젠테이션 화면에 떠 있던 '기후 위기 : 종말에 맞서는 법'이라는 글자가 어둠 속으로 서서히 녹아 사라졌다. 그 어둠을 배경 삼아 남자는 여유롭게 무대에서 내려왔다. 세계적인 IT 기업의 대표답게 눈코 뜰 새 없이 바쁜 몸이었음에도 그는 언제나 모종의 여유를 몸에 휘감고 있는 듯 보였다. 어떤 시급함도 난관도 자신 앞에서는 아무런 의미가 없다는 듯이.

"대표님, 연락이 왔습니다."

무대 아래로 급히 달려온 비서가 건넨 휴대전화를, 남자는 여전히 여유로운 동작으로 받아 귀에 가져다 댔다. 그 얼굴이 일순 차갑게 굳기까지는 고작 10초도 채 걸리지 않았다. 하지만 잠깐 굳어 있던 얼굴에 이내 자연스러운 웃음이 번져 나간 속도는 그보다도 훨씬 빨랐다.

"아니, 사과할 필요는 없어요. 뭐가 문제인지 알려 줬잖습니까? 그걸로 충분해요."

휴대전화 너머의 상대에게 남자가 말했다. 흔들림 없는 확신을 담아서.

"문제가 뭔지 알았다면, 해결할 수도 있는 법입니다. 반드시."

Chapter 4 :
현혹과 기만
(Dazzled & Deceived)

그 새는 족히 15분 동안이나 높은 나뭇가지에 그대로 앉아 있었다. 연신 고개를 까딱이며 긴 부리로 날갯죽지를 다듬을 뿐 날아가려는 기색은 전혀 보이지 않았다. 새까만 깃털에 흡수되고 남은 햇빛이 반질반질한 광택으로 변해 새의 몸 곳곳에서 소리 없이 어른거렸다. 햇빛은 조금 떨어진 곳에 서서 새를 올려다보는 두 남자의 쌍안경과 카메라 렌즈 위에서도 반짝였다. 무더운 정글 한가운데의 공기에 파묻힌 사파리 셔츠는 어느새 푹 젖어 있었다. 구레나룻과 눈썹에서도 땀방울이 쉴 새 없이 뚝뚝 떨어졌다. 하지만 거기엔 전혀 아랑곳없이, 두 남자는 자신들이 관찰하는 새만큼이나 가만히 한 자리에 붙박인 채였다.

"자네 덕분이야, 바니. 자네가 찾아낸 거야."

둘 중에서 키는 더 작고, 나이는 더 많고, 피부색은 덜 어두운 쪽이 쌍안경을 눈에 붙인 채 잔뜩 흥분해 속삭였다. 한편 더 크고 젊고 피부가 검은 사람의 대답은 비교적 침착했지만, 그래도 가볍게 들뜬 태도가 숨겨지지는 않았다.

"생전 본 적 없는 새였다고 그랬잖아요. 이제야 좀 믿으시겠어요, 쥘?"

"무슨 소리야? 나는 자네 눈썰미를 의심한 적이 없어. 이 지역에 저렇게 큰 태양새가 있으리라곤 상상도 못 했을 뿐이지. 이건 다시 없을 대발견이야."

"저야 저 새가 왜 그렇게 대단한 발견인지는 모르겠지만, 확실히 신기하긴 하네요. 자기 친척들은 다 조그만데 어쩌다가 혼자만 저렇게 커졌을까요?"

"아주 좋은 질문이야. 하지만 그 답은 멀찍이서 사진만 찍어선 알 수가 없지. 녀석이 어떤 환경에서 둥지를 짓고 살아가는가, 주로 무엇을 먹고 또 무엇에게 주로 먹히는가, 그것까지 알아낸 다음에야 비로소 녀석을 진정으로 발견했노라고 자부할 수…"

바로 그때 문제의 새가 크게 몇 번 활개를 쳤다. 그것이 무엇을 의미하는지 모를 두 사람이 아니었다. 새가 날아오르는 순간에 먼저 발을 뗀 사람은 나이 든 쪽이었지만, 젊은 쪽은 세 걸음 만에 그를 앞질러 정글을 헤치고 달려갔다. 눈으로는 나무 사이로 언뜻언뜻 보이는 새의 그림자를 쫓으면서.

동시에 등 뒤로부터 들려오는 목소리에도 꼬박꼬박 대답하면서.

"놓치면 안 돼! 둥지까지 따라가! 자네도 저게 왜 저리 커졌는지 궁금하잖나!"

"궁금하긴 한데요! 그걸 알아내서 정확히 뭐가 좋은 건지는 아직 잘 모르겠거든요!"

"뭐가 좋으냐고? 어디 보자…. 그래! 자네가 저 새의 비밀을 알아낸다면, 내가 자네 이름을 학명에 넣어 주지! 누가 뭐라든 자네가 발견한 새니 말이야!"

"그러니까 그게 왜 좋은 건지 모르겠다고요! 아차, 앞에 도랑 조심하세요!"

새는 재빠르게 숲속을 누볐지만, 두 사람도 그리 많이 뒤처지지는 않았다. 나뭇가지에 긁히고 덩굴에 얻어맞으며 달리는 와중에도 둘의 눈에는 날아가는 새의 모습이 어떻게든 비치고 있었다. 그랬기에 그 새가 별안간 멀찍이서 아래로 뚝 떨어지듯이 사라져 버렸을 때도, 그들은 사냥감을 놓친 사자처럼 허망하게 주저앉는 대신 새가 떨어진 장소까지 조심스레 접근해 보기로 마음먹을 수 있었다. 걸음마다 울창해지는 나무와 수풀도, 드러난 살갗마다 달려들어 마구 물어뜯는 벌레떼도 그들을 가로막지는 못했다. 그러기를 몇 분, 앞서가던 젊은 남자의 달음박질이 급격히 느려지더니 이내 제자리에 멈췄다. 힘겹게 뒤따라온 나이 든 남자가 헐떡이는 소리로 물었다.

"혹시나 해서 묻는 건데, 그, 돌아갈 길은 기억하나? 좀 깊이 들어온 것 같은데…."

"일단 와서 보세요, 쥘. 그럼 돌아갈 생각은 싹 사라질 테니까."

'쥘'이라 불린 남자는 의아해하면서도 그 말에 따랐다. 부츠를 신은 발로 조심스레 돌부리를 넘어 다가가는 동안 햇살은 점점 더 뜨겁게 정수리를 때려댔다. 한 발짝, 두 발짝…. 그렇게 몸을 옮길 때마다 눈앞의 정글이 조금씩 열어지는 것을 남자는 느낄 수 있었다. 숲의 가장자리에 도달해 간다는 뜻이었다. 그렇다면 그 너머, 낯선 검은 태양새가 사라진 곳에는 또 어떤 대자연의 풍광이 펼쳐져 있을 것인가? 궁금증은 다음 세 발짝 만에 사라졌다. 젊은 동료가 기다리고 있던 곳까지 도착한 순간, 나이 든 남자의 가슴속을 가득 채운 감정은 오로지 순수한 경이뿐이었다.

숲이 끝난 곳에는 깎아지른 듯한 절벽이 있었다. 어디까지고 까마득하게 덮여 있을 듯했던 암녹색 식생을 뚝 끊고서 별안간 나타난 낭떠러지였다. 그 가장자리에 서서 주위를 둘러보면 눈에 들어오는 지형은 앞으로도 양옆으로도 전부 절벽뿐. 그건 정글 한복판의 땅에 커다란 구멍이 뻥 뚫려 있었기 때문이었다. 마치 땅 일부가 그대로 풀썩 내려앉은 것처럼, 아니면 거인이 톱을 들고서 숲을 둥글게 쓱싹쓱싹 도려

내기라도 한 것처럼. 하지만 시선을 더 아래로 돌렸을 때 보인 것은 텅 빈 동굴도, 무너진 돌무더기의 폐허도 아니었다. 절벽 아래에는 또 하나의 정글이 우거져 있었다. 반짝이는 호수 둘레로 풀과 나무가 자라는, 새까만 새 여러 마리가 바람을 타고 날아다니는 정글이.

그 놀라운 풍경을 바라보던 두 남자의 시선이 문득 마주쳤다. 자신이 생각하던 것을 상대도 똑같이 생각하고 있는지 확인하기 위해서였다. 하지만 굳이 확인할 필요는 없었다. 방금 둘이 함께 발견한 것이 고작해야 낯선 새 한 마리가 아니란 사실은 그만큼이나 자명했다.

두 남자는 막 새로운 세계의 입구를 발견한 참이었다.

*
**

그로부터 백여 년의 세월이 흐른 뒤에도, 나뭇가지 위의 까만 태양새는 어김없이 장장 15분 동안 꼼짝도 하지 않고서 탐험가들의 시선을 받고 있었다. 이번에는 상황이 조금 다르긴 했다. 일단 탐험가가 넷으로 늘었고, 남자의 수는 둘 줄었다. 장소 역시 정글 한복판에서 키고마의 괜찮은 레스토랑 테이블 위로 바뀌었다. 여전히 새는 전혀 날아가려는 기색이 없었지만, 그건 단지 문제의 새가 사진 속에 얼어붙어 버린 지 오래이기 때문이었다.

사진 밖의 세상에서는 주문한 음식이 막 나온 참이었고, 레스토랑 창밖에 내다보이는 탕가니카 호수에는 아름다운 석양이 번져 갔다. 그래도 네 사람은 변함없이 사진만 들여다볼 뿐이었다. 살아 있는 큰박쥐태양새가 찍힌 유일한 사진을, 그리고 그 주변에 흩어진 열 장 남짓한 사진들을. 마침내 누군가가 혀를 차며 이렇게 중얼거릴 때까지.

"와, 이것만 갖고서는 어딘지 진짜 모르겠는데."

로키의 말에 나머지 세 사람도 일제히 고개를 끄덕였다. 테이블 위의 사진들은 로키 일행이 마할레 산맥 국립공원의 폐저택에서 쥐의 왕을 물리치고 확보한 결정적 증거였다. 큰박쥐태양새가 찍혀 있단 말은 즉 사진의 배경이 미지의 생태계나 그 근처라는 소리. 그러니 사진을 어디서 찍었는지만 알아내면 일행의 목적은 이뤄지는 셈이었다. 문제는 여기서부터였다. 대체 어떻게 사진만 갖고서 찍은 위치를 알아낸단 말인가?

"자, 자, 긍정적으로 생각하자고요. 일단 침팬지 사는 데인 건 확실하잖아요? 맞나? 여기 이거 침팬지인 건 확실하죠?"

"그럼 그게 침팬지지 사람이겠냐? 질문 같은 질문을 해야지. 그리고 너 야채볶음 혼자 다 먹을 거야?"

"당연하죠! 사진 제가 찾았잖아요. 더 비싼 채식 메뉴가 있었으면 그거 시켰을 텐데, 다들 운 좋은 줄 아시라고요."

그렇게 말하고서 마모는 볶은 채소를 포크로 한 무더기 떠서 입에 구겨 넣었다. 상을 주겠다고는 아무도 말하지 않았는데 무작정 저녁을 사라고 요구해 온 마모의 천진난만한 얼굴을 노려보던 것도 잠시, 솔라라도 곧 나이프를 들고 기름이 줄줄 흐르는 돼지고기 바비큐 덩어리를 조각조각 해체하기 시작했다. 로키의 구운 가지 샌드위치와 루치의 튀긴 생선도 굶주린 포식자들의 입속으로 금세 사라졌다. 그러는 와중에도 추측과 제안은 쉴 새 없이 테이블을 오갔다.

"나무나 풀 같은 걸로 알아낼 수는 없겠습니까? 혹시라도 특정 지역에만 자라는 식물이 찍혀 있다면, 수색 범위를 꽤 좁힐 수 있을 텐데 말입니다."

"이론상 가능은 한데, 내가 식물 전문이 아니야. 잘 아는 애한테 한번 물어보긴 해야겠다. 그보다 나는 이 얼룩말 뒷다리가 계속 신경이 쓰인단 말이야."

"로키 씨는 아까부터 계속 얼룩말 얘기만 하시네요… 말씀드렸듯이 전 차라리 여기 찍힌 사람들을 좀 파 보는 게 어떨지 싶어요. 정황상 오일렌발트의 탐사 동료지 싶은데, 누군지만 알아내면 어딜 탐사했는지도 금방 알 수 있겠죠!"

"야, 마모 너는 왜 그 얘기 하면서 날 힐끔 쳐다보냐? 내가 얼굴만 가지고 사람 이름 맞히는 초능력자인 줄 아나. 해부학이 무슨 관상이냐고."

이런 대화를 아무리 계속한들 없던 단서가 사진 속에서

갑자기 튀어나올 리는 만무했다. 당장 할 수 있는 일은 기껏 해야 로키가 아는 사하라 이남 아프리카 식물 전문가에게 사진을 보내 주고, 오일렌발트가 남긴 기록을 샅샅이 뒤져 혹시 미지의 생태계로 탐사대를 보낸 적은 없는지 확인한 다음, 이젠 할 수 있는 일이 하나도 남지 않았음을 깨닫고서 한숨을 쉬는 것이 전부였다. 그러니 자연스레 대화는 또 하나의 풀리지 않은 수수께끼를 향해 흘러갈 수밖에 없었다.

"그건 그렇고, 하고많은 사람 중에 왜 하필 제프리 아울우드죠? 그렇게 돈 많은 사장님이 어쩌다가 이런 일에 꽂혔대요?"

"나도 솔직히 전혀 모르겠어."

"알면 우리가 이러고 있겠냐."

"그러게나 말입니다."

네 사람이 찾고 있는 미지의 생태계와는 달리, 제프리 아울우드라는 인물이나 그가 소유한 IT 기업 탈리아페로는 딱히 어디에 숨겨진 존재가 아니었다. 오히려 그 정반대라고 할 만했다. 하루가 멀다고 언론에 오르내려서 삼척동자도 이름쯤은 들어본 적이 있을 테니까. 하지만 무수한 인터뷰와 탐사 보도와 소문 중 무엇도 아울우드가 왜 탄자니아 정글 속에 감춰진 자연의 보고를 몰래 찾아다니는지 알려 주지는 않았다. 마치 서로 들어맞지 않는 퍼즐 조각 한 무더기가 일행의 눈앞에 쌓여 있는 듯했다.

"애초에 아울우드는 환경, 자연 그런 데에다 투자 열심히 하는 사람 아니야? 맨날 태평양 쓰레기 문제를 해결하겠다느니, 온실기체 포집 기술 개발하는 연구소를 후원한다느니 하고 다니잖아. 그런 사람이 갑자기 박물관 털어서 연구 자료 훔치고 그런다는 게 말이 되나?"

"환경주의에 관심은 있어 보이더라. 투자도 많이 하고. 생태계 보전 자체에 열의를 가진 건 아니고, 지구가 오염되면 사람 살기 힘들어지니까 어떻게든 해 보자는 정도 같았지만…. 그래서 더 수상하다니까. 아무리 생각해도 이번 일은 아울우드가 관심 가질 화제가 아니란 말이야."

"용병 고용해서 더러운 일 시킨 건 탈리아페로답다고도 생각하지만 말입니다. 분쟁지역에서 반군이랑 결탁하고 피 묻은 광물 사들이다가 문제 된 적 있지 않았습니까. 꽤 예전 폭로였고, 확실한 이득이 걸려 있었던 사안이기도 합니다만."

루치가 꺼낸 '이득'이라는 단어가 로키의 뇌리에 박혔다. 틀림없이 제프리 아울우드는 모종의 이득을 위해 미지의 생태계를 찾고 있을 터였다. 어떠한 형태로든 이득이 없다면 생물은 절대 움직이지 않으니까. 이를테면 로키에게 그 이득은 고립된 생태계에 숨어 살아가는 종들을 먼저 찾아내 보호해야 한다는 확고한 사명감에서 왔다. 마모와 루치는 일생일대의 특종을 포착할 기회를, 솔라라는 예술적 영감 아니면 마감으로부터 도피할 핑계(높은 확률로 둘 다)를 얻고자 이 위험 천만한 여정에 동참했다. 그렇다면 아울우드는? 선번의 말이 정말로 사실이라면, 막대한 돈을 들이고 범죄에까지 발을 뻗어 가며 몰래몰래 미지의 생태계를 찾아내는 생고생을 그는 '인류를 구하기 위한 일'이라고 생각하는 모양이었다. 그 말이 사실이라면 가능성은 둘이었다. 모종의 원대한 계획을 품었거나, 아니면 맛이 갔거나.

"맛이 간 건 아니었으면 좋겠다. 그런 사람이 가진 돈도 똑같은 돈이잖아. 어떻게 쓸지 모르니까 오히려 예측이 안 된다고. 진짜, 자본주의가 이래서 싫어."

"뭐, 아울우드쯤 되는 사람이 설마 완전히 돌았겠어요? SNS에서야 가끔 헛소리하다가 욕먹지만, 그래도 명색이 억만장자 기업가인데요. 일단 이다음 움직임을 보면 의도를 짐작할 수….'

마모의 무책임한 희망론을 끊은 건 로키에게 걸려 온 전화였다. 전화를 건 사람이 엘데이임을 확인한 로키가 미간을 살짝 찌푸렸다. 이런 시간에 전화를? 오후 6시 이후에 연락하면 길길이 화부터 내고 보는 사람? 어지간히 급한 일이 아니리라는 추측은 이어폰을 귀에 꽂기가 무섭게 적중했다. 미간의 주름이 한층 깊어졌다.

"무슨 일입니까?"

"아울우드가 움직였어. 그것도 제대로."

엘데이가 전한 말은 간결했다. '탄자니아 전역의 수상한 놈들이 죄다 키고마로 출발했다. 조심해라.' 그건 쥐의 왕이 약속을 깨고 자기 의뢰인에게 모든 일을 이실직고했다는 뜻이었다. 아울우드가 경쟁자 제거에 예상 이상으로 진심이라는 뜻이기도 했고. 그 이유가 무엇인지 생각할 겨를은 안타깝게도 없었다. 바로 옆 동네인 곰베 국립공원을 탐사하던 무리가 이미 키고마에 와 있을 테니, 놈들에게 발목을 잡히기 전에 어디로든 도망쳐야 했다.

네 사람은 일제히 자리에서 일어났다. 지긋지긋한 술래잡기의 시간이었다.

*
**

탕가니카 호수에 접한 도시인 키고마는 추격자들이 포위하기에 더없이 좋은 장소였지만, 그렇다고 일행이 독 안에 든 쥐 신세인 건 아니었다. 가장 안전한 도주 수단은 역시 배였다. 호수만 건너면 바로 옆 나라인 콩고민주공화국이 나오니까. 거기까지만 무사히 도망치면 일시적으로나마 추격을 따돌릴 수 있으리란 것이 로키의 짐작이었다.

"표는 혼자 알아서 구할게. 자주 해 봤으니까. 국경에서도 일단 나한테 맡기고."

"그러면 저는 박제사 선생님이랑 숙소에서 짐 챙겨 올게요! 15분 있다가 중앙 창고 뒤에서 뵙는 걸로 하고, 다녀오겠습니다!"

"솔라라가 쓸데없는 것까지 챙기려고 하면 그냥 끌고 나와! 오래 걸리면 너까지 두고 갈 거야!"

걱정 가득한 외침으로 마모와 솔라라를 배웅한 뒤, 로키는 한숨을 푹 쉬고서 항구 쪽으로 몸을 돌렸다. 사실 방금 떠난 두 사람은 크게 걱정할 필요가 없었다. 아울우드 패거리의 자금력과 정보력이 아무리 대단한들 일행의 숙소 위치까지는 아마 모를 테니까. 반면에 일행이 배를 타고 도망치려 시도하리라는 사실은 추측하기가 그리 어렵지 않았다. 바꿔 말하면, 걱정되는 건 오히려 로키 본인이었다. 마음의 준비가 필요한 것도 당연했다.

"15분 내로 싹 정리하고, 표 구하고, 간식도 좀 사고. 바쁘겠지만 어떻게든 해내자고."

로키의 말에 건물 그늘 속 그림자가 고개를 끄덕였다. 들릴 듯 말 듯 한 대답이 이어졌다.

"바쁠수록 우선순위를 정해 하나씩 처리하는 게 상책 아니겠습니까. 왼쪽 골목의 셋은 제가 맡겠습니다."

"둘 아니었어? 뭐, 그러면 난 저쪽 사무소 앞을 손볼게. 어차피 가는 길이니까."

여기서부터는 어김없이 기계적인 단순 작업이었다. 마할레에서 쥐의 왕 구성원 셋을 홀로 제압한 루치의 실력을 직접 보고 싶기는 했지만, 여유를 부릴 때가 아니었기에 로키는 아쉬움을 꾹 참고 까만 단검을 조용히 꺼내 들었다. 해가진 뒤의 항구에는 여전히 사람이 많았다. 대놓고 싸움을 벌였다간 큰 소란이 일 게 뻔했다. 사무소 건물을 지나치는 순간 등 뒤로 따라붙은 기척은 상대도 그 사실을 알고 있다는 증거였다. 아마 이대로 제 동료들이 있는 곳까지 몰아갈 셈이리라.

물론 로키가 알 바는 아니었다. 단순 작업이 단순 작업인 데에는 이유가 있는 법. 순간적으로 걸음을 멈추고 몸을 틀어 내지른 칼끝은, 추격자 둘의 허벅지를 연달아 푹푹 찌른 뒤 아무 일도 없었다는 듯 품 안으로 되돌아왔다. 한없이 태연할 뿐인 그 동작으로부터 이변을 감지한 행인은 한 사람도 없었다. 속옷 위에 군복 셔츠를 걸친 중년 남자 둘이 뒤늦게 비명을 지르며 주저앉을 때쯤, 로키는 이미 노점에 모여든 손님들 뒤편으로 몸을 감춘 뒤였다. 긴장한 기색조차 없이. 그저 고개만 살짝 갸웃하면서.

"군복? 정규군 복장은 아닌데. 응고롱고로에 무기 잔뜩 가져온 놈들도 그렇고, 어디서 긁어모았는지 통 모르겠네."

아무튼 추격자들이 옷을 맞춰 입고 왔다면 로키로서는 고마울 뿐이었다. 암표상이 장사할 만한 곳을 찾아가는 동안 로키는 비슷하게 군복을 입고 돌아다니는 백인 셋을 칼로 찌르거나, 호수에 빠뜨리거나, 아니면 마침 달려오던 트럭 앞으로 밀쳐서 처리했다. 덕분에 등 뒤에서는 상당히 뒤숭숭한 소동이 벌어진 모양이었다. 척 보기에도 산전수전 다 겪었을 늙은 암표상조차 흥정하다 말고 로키의 어깨 너머를 연신 힐끔거릴 정도였다. 조금만 더 미적거렸다면 표를 강제로 빼앗아야 했겠지만 다행히 그런 일까지는 벌어지지 않았다. 덕분에 루치가 숙소에서 돌아온 두 사람을 데리고 약속 장소인 창고 뒤편에 도착했을 때, 이미 로키는 표는 물론이고 간식까지 넉넉히 사 놓은 뒤였다.

"어떻게 제시간에는 왔네. 어우, 뭐야. 솔라라 너는 왜 얼굴이 피범벅이야?"

"호텔에, 호텔에서 나오는데 누, 누가 갑자기…. 생각나게 하지 마. 잊으려고 노력 중이야."

"다행이다. 나는 또 네가 다친 줄 알았지. 바로 저 화물선 탈 거니까, 그거 빨리 닦고 슬슬 움직이자."

그렇게 말하며 로키가 내민 표를 솔라라는 덜덜 떨리는 손으로 받아 갔다. 다음은 어쩐지 조금 신나 보이는 마모였고, 말없이 서 있던 루치는 맨 마지막이었다. 그런 식으로 간식인 과일과 말린 생선까지 전부 나눠 준 다음에야 비로소 로키는 가만히 오른손을 펴 보았다. 루치에게 표를 건네주는 순간 손바닥에 쥐어진 차가운 물체가 거기 있었다. 아마도 골목에서 추격자들을 쓰러뜨리고 가져온 전리품인 듯한, 앞발에 상아를 쥔 사자가 새겨진 은빛 배지. 가로등 불빛을 받

190

아 불길하게 번들거리는 그것을 로키는 조용히 내려다보다가, 이내 호수 쪽으로 최대한 멀리 던져 버렸다. 짧고 격한 푸념과 함께.

"해도 해도 정도가 있지."

손을 탁탁 터는 소리가 뒤이어 어둠 속으로 퍼져 나갔다.

*
**

다음 날 아침, 탕가니카 호수 서쪽의 활기찬 항구 도시 칼레미에 무사히 발을 디딘 네 사람은 일단 은신처부터 찾기 시작했다. 항구를 낀 도시라면 밀수꾼이나 도망자들이 몸을 의탁할 공간이야 항상 한둘쯤 있는 법. 로키 일행은 정확히 후자에 속했다. 엘데이로부터는 당분간 탄자니아에 돌아오지 말라는 충고를 받았고, 상대의 재력과 영향력을 생각하면 아무래도 그 충고를 따르는 편이 현명할 터. 지금은 어디든 틀어박혀서 안전을 확보하는 게 급선무였다. 다행히도 이 역시 로키에게는 더없이 익숙한 일이었다.

"흐음, 위치는 여기인 것 같은데. 내가 암호를 제대로 읽은 건지 모르겠네."

"그 전단에 정말 암호가 적혀 있긴 해? 소파 광고잖아."

"읽는 방법이 다 있거든. 아, 알겠다! 호텔 정문은 손님용이고, 우린 주방 쪽으로 들어가야 한대."

오토바이가 쌩쌩 달리는 길가의 호텔은 온통 선명한 분홍빛으로 칠해져 있었다. 척 보기에도 지은 지 얼마 되지 않은 깨끗한 건물이었다. 하지만 전단에 적힌 대로 주방 문을 다섯 번 두드리고 10초를 소리 없이 기다린 끝에 겨우 안내받은 숙소는, 깨끗한 분홍색 건물이 아니라 그 지하의 컴컴한 벙커 안에 있었다. 아무래도 칼레미가 벨기에군의 군사기지였던 1차대전 당시의 유산인 모양이었다. 다행히 일행의 방은 물도 잘 나오고 전기도 들어오는 곳이었지만, 정작 문제는 엉뚱한 옆방에서 터졌다.

"새로 오셨수? 잘 지내봅시다. 코골이가 심하니까 양해 좀 해 주시고…. 어, 잠깐 잠깐. 당신 솔라라 델쿠르트 맞지!"

"네? 아뇨. 갑자기 무슨? 솔 누구라고요? 잘못 보셨는데. 아닌데. 절대 아닌데."

"절대 아니긴 뭐가 절대 아니야! 야, 도대체 그놈의 사자는 언제 보내 줄 건데? 너 이 새끼 요새는 메일 열어 보지도 않는다더라? 우리 큰누님 기다리다 목 빠지시겠다!"

황급히 루치 뒤로 숨은 솔라라에게 옆방 남자는 계속해서 고함을 쳐댔다. 소란을 구경하려 하나둘씩 고개를 내민 다른 방 손님들의 수군거림이 로키에게 상황을 알려 주었다. 남자의 정체는 케냐를 거점으로 하는 거대 마약 카르텔 '마로지'의 지역 행동대장. 보아하니 남자가 모시는 조직 간부가 솔라라에게 사자 박제를 주문했는데, 2년이 지나도록 상품이 올 기색이 없자 조직원들에게 이를 알리고 현상금까지 내건 모양이었다.

흔히 있는 일이었다. 솔라라가 마감을 어기는 경우도, 그러다가 현상금이 걸리는 경우도, 도와주려던 주변 사람들까지 와르르 분쟁에 말려드는 경우도. 과연 지금도 솔라라는 몸을 웅크린 채 로키에게 무언의 구조 신호를 보내는 중이었다. 그 모습을 보고도 가만히 있을 수는 없었기에 로키는 즉시 행동에 나섰다.

"루치, 마모랑 둘이서 싸움 안 나게 봐줄 수 있지? 난 잠깐 나가서 밥이나 사 올게."

그리고 떠나기 전에 한 마디 더.

"혹시라도 솔라라 마감 보증은 절대 서 주지 마. 나중에 진짜 귀찮아지니까, 공수표 날리려고 들면 차라리 입을 막아 버리든가 해."

이렇게 말하고서 로키는 재빨리 은신처를 빠져나갔다. 항의하려다가 입이 틀어막힌 솔라라의 다급한 신음이 귓가에서 은은히 맴돌았지만, 그것도 아주 잠시뿐이었다. 대로변으로 나와 자그마한 노천 찻집에서 설탕을 탄 뜨거운 차를 홀짝이고 있자니 방금까지의 난리가 거짓말처럼 느껴졌다. 물론 마음이 완전히 놓인 건 아니었다. 솔라라야 마감 미루는 데는 도사가 따로 없으니 자기 문제쯤은 알아서 잘 해결할 것이라고 쳐도, 키고마에서 맞닥뜨린 추격자들을 생각하면 금세 머리가 복잡해졌으니까.

뻔한 경로로 도망쳐 왔으니 한 장소에 오래 머무를 수는 없었다. 늦어도 내일쯤엔 여길 떠야 하리라. 설상가상으로 최대한 멀리서 꼭꼭 숨는 게 능사조차 아니었다. 그랬다간 아울우드가 탄자니아 전역을 이 잡듯 뒤져서 미지의 생태계를 찾아낼 때까지 손 놓고 기다리는 꼴이 될 테니까. 어떻게든 역공을 가할 기회를 잡아야 했다. 가까이서, 그러면서도 예상할 수 없는 곳에서, 결정적인 순간에 아울우드 패거리를 앞지를 만한 단서를 긁어모으면서. 하지만 대체 무슨 수로…. 고민이 깊어지니 자연스레 어깨도 무거워져, 로키가 무심코 힘껏 기지개를 켠 직후의 일이었다. 잠깐 하늘로 향했던 고개를 도로 내리니 찻잔 옆에 묵직한 서류봉투가 하나 놓여 있었다. 그 의미를 모를 로키가 아니었다.

"고마워, 패신저. 이젠 거의 초자연현상처럼 일하는구나."

"초자연현상 맞아. 난 유령이니까. 알다시피."

테이블 맞은편에 앉아 있던 여자가 말했다. 스카프와 선글라스로 완전히 가린 얼굴에는 로키가 알아볼 수 있는 특징이라곤 전혀 없었다. '패신저'라 불리는 인물을 LC에 데려온 사람이 바로 로키였는데도. 어떻게 지구상 모든 장소에 나타나서 물건과 정보를 배달할 수 있는지, 왜 만날 때마다 얼굴도 말버릇도 콘셉트도 매번 바뀌는지, 멸종한 나그네비

둘기(Passenger Pigeon)에서 따온 코드명을 공유하는 사람이 대체 몇 명이나 되는지 등은 LC 내에서조차 완전히 수수께끼였다. 누구보다 열심히 일해 주는 동료의 비밀을 구태여 파고들 생각도 딱히 없긴 했지만.

"첩보 기록, 월터 라이오넬, 탄자니아 임무, 1880년대부터 1920년대…. 용케 구했네. 수고했어."

"내가 안 구했어. 배달했을 뿐이지. 알다시피."

그 말이 들려왔을 때 이미 패신저는 자리에서 일어나 떠나는 중이었다. 아마도 다음 배달 장소를 향해서. 한편 로키는 차를 한 잔 더 주문한 다음 건네받은 서류를 재빨리 훑어보기 시작했다. 이거야말로 기다리던 역공의 기회였다. 라이오넬은 오일렌발트의 조수 '한스'로 가장해 줄곧 그의 일거수일투족을 감시했던 인물이니, 혹시 여기 어딘가에 오일렌발트가 발견한 생태계의 위치가 기록되어 있을지도 모르는 일이었다. 그게 대략 탄자니아 어디쯤이었는지만 알아내면, 그때부턴 움직이기 곤란한 로키 일행 대신 엘데이가 손을 써서 선수를 칠 수도 있을 터였다. 당장 알아낼 필요도 없었다. 가능성만 확인해 놓고선 더 안전한 은신처로 몸을 옮겨, 본격적으로 한 글자 한 글자를 뜯어보아도 늦지 않을 테니까.

얼마 뒤, 로키는 차를 한 잔 더 주문했다.

두근거리는 심장과 카페인의 시너지가 별로 유쾌하지 않다는 사실을 뒤늦게야 깨달았지만, 그래도 멈출 수는 없었다. 한 글자씩 뜯어보는 건 나중에 안전한 장소에서 하겠다는 계획이 어느새 찻잔 속 설탕처럼 사르르 녹아 사라지고 있었다. 이 첩보 기록 속의 정보가 사실이라면 지금까지의 계획은 어차피 전부 뒤집어엎어야 할 터였다. 문제는 검증이었다. 자신이 여태껏 깜박 속고 있었을지도 모른다는 정황에 대한 검증…. 방금까지의 무수한 고민은 까맣게 잊은 채 로키는 그 한 가지 과제만을 생각하고 또 생각했다. 멀리서부터 자신을 부르며 급히 달려오는 마모의 목소리에 해답이 담겨 있으리라고는 전혀 생각하지 못한 채로.

*
**

로키가 마모의 재촉을 받아 가며 도착한 은신처는 이상하리만치 북적거렸다. 떠날 때까지만 해도 없었던 인원 대다수는 아무래도 마약 카르텔 마로지의 조직원들인 듯했다. 그렇다면 옆방 남자를 왼편에 세워 두고 바닥에 턱 걸터앉은 사람이 아마 솔라라의 고객이라는 '큰누님'이리라. 옆방 남자도 작은 체구는 아니었건만 큰누님의 몸집은 그보다 몇 술은 더 떠서, 로키의 눈에는 마치 지하 복도 한가운데에 근육으로 된 산이 솟아난 듯 보였다. 의아한 점은 그 산이 예상과 달리 솔라라와 마주 보고서 호탕하게 웃고 있다는 사실이었다. 대체 그새 무슨 일이 일어난 것인지 궁금해하던 로키에게 루치가 설명을 속삭여 주었다.

"처음에는 굉장히 살벌했는데, 번뜩임 운운하는 소리가 통했습니다."

"뭔지 알겠네. 빨리 완성하고 싶은 건 나도 마찬가지다, 번뜩임이 떠오를 만한 얘기를 해 주면 많은 도움이 될 거다, 그 레퍼토리지?"

자기 경험담이 예술에 영감을 줄지 모른단 기대감을 자극하는 건 솔라라의 단골 수법이었다. 솔라라에게 박제를 주문할 만한 범죄 조직의 거물이라면 흥미진진한 얘깃거리 한두 개쯤은 갖고 있게 마련이고, 상대가 그걸 열심히 풀어 놓게 만들면 밀린 마감 건은 자연스레 잊힐 테니까. 얄팍한 화술일언정 때론 이게 놀랍도록 잘 먹혔다. 이번처럼 계획 이상의 성공을 거둔 경우는 물론 이례적이었지만.

눈알을 굴려대며 적당히 맞장구치는 솔라라를 앞에 두고, 큰누님은 너털웃음을 섞어 가며 신나게 이야기를 늘어놓는 중이었다. 은신처까지 달려오는 동안 마모에게 듣기로 그 이야기의 출처는 본인이 아니라 돌아가신 외할머니의 경험이라는 듯했다. 벌써 두 세대 전의 이야기인 데다 아무래도 전형적인 지역 전설이나 뜬소문 같았기에 처음에는 듣는 척만 했는데, 그 내용이 의외로 솔깃했다는 게 마모의 호들갑이었다. 내용이 정확히 어떻게 솔깃했단 건지는 이제부터 로키가 직접 들어 봐야 했다.

"그래서 할머님이 막, 어, 동굴 끝에서 뭐를 보셨느냐! 거기에 정글이 짠~ 하고 이렇게 우거져 있었다는 거야. 동굴 속에, 땅속에. 내가 이 얘기를 아까 했나? 안 했지? 안 했으면 말아. 아무튼 땅속이라고 해도 이런 컴컴한 땅속은 아니었대. 햇살도 비치고, 강물도 흐르고, 그래서 풀도 자라고 나무도 자라는 그런 세상이었단 거지."

여기까지는 다소 실망스러웠다.

"그런데 그뿐만이 아니었다는 거야. 할머님께서 어떤 분이셨느냐 하면, 어려서부터 숲을 자기 뜰처럼 알고 자라셔서 어디에 어떤 새가 살고 벌레가 사는지 손바닥 보듯 다 꿰고 계셨던 분이거든. 그랬는데도 그 요상한 정글에 사는 짐승들만큼은 도대체가 생전 본 적 없는 것뿐이었다는 소리지. 온통 시허연 메기가 물속에 막 헤엄쳐 다니질 않나, 반대로 박쥐처럼 새까만 새 떼가 꽃에서 꿀을 빨아 먹고 있지를 않나, 그런 것들이 사방팔방에 아주…."

이 부분은 조금도 실망스럽지 않았다. 구구절절한 옛이야기 한마당을 흘려듣던 로키의 귀가 쫑긋 섰다. 눈앞의 마약상이 늘어놓은 말을 전부 믿기는 힘들었지만, 혹여나 그중 일부라도 사실이라면 그 요점은 명확했다. 어딘가에 감춰진 낯선 생태계, 그곳에서 꿀을 먹고 살아가는 검은 새, 다시 말해서 지금껏 일행이 찾아 헤맸던 바로 그것. 우연일 리가 없다고 로키는 생각했다. 패신저가 건네준 정보를 고려하면 더

더욱 그랬다. 충분히 희망을 걸어 볼 만하단 뜻이었다. 마지막으로 딱 하나만 더 확인해 본 다음에.

"저기요, 죄송한데 할머님께서 그 숲을 어디서 봤다고 하셨죠?"

"엉? 아까 말했잖아. 그냥 바쿠무 어디였다고만 들었다니까. 다시 말 끊으면 죽인다?"

태연히 튀어나온 협박에 은신처의 분위기가 즉시 싸늘해졌다. 루치가 다시 속삭였다.

"아까 잠시 찾아봤습니다만, 탄자니아 어디에도 바쿠무란 지명은 없었습니다."

"탄자니아는 잊어. 여기 콩고에 있는지 다시 찾아봐 줘."

루치는 다소 의아해하면서도 로키의 말에 따랐고, 이내 미심쩍어하는 표정으로 오른눈을 살짝 치켜떴다. 그 정도 대답이면 로키에게는 충분하고도 남았다. 다음 목적지를 정하기에도, 당장 행동에 나서기에도. 방금 자기 말을 끊었던 여자가 구경꾼 무리를 뚫고 나와 솔라라 옆에 대뜸 주저앉자, 큰누님이 사람 좋은 웃음을 싹 거두고서 불청객을 노려보았다. 로키에게 뭔가 꿍꿍이가 있음을 알아챈 눈치였다. 아무래도 마약 카르텔의 간부라면 거래 기회에 예민한 법이니까.

"이야, 이 친구가 목숨값 대신 내놓을 게 있나 보네. 제시해 봐. 마음에 들면 덤이라도 넉넉히 얹어 줄 테니까. 마음에 안 들면 뭐, 예정대로 받아 가야겠지만."

얼굴이 한껏 새파래진 솔라라가 로키의 옆구리를 쿡쿡 찔러댔다. 기껏 수습해 놓은 상황을 왜 뒤엎느냐는 무언의 항의였다. 하지만 솔라라에게 미안해할 일은 안타깝게도 아직 끝난 게 아니었다. 당장 필요한 걸 얻어 내려면 로키에게는 판돈이 조금 필요했다. 범죄 업계에서 이름난 박제사 친구를 이럴 때가 아니면 언제 또 써먹겠는가? 경험상 나중에 엄청나게 귀찮아지겠지만, 솔라라 본인도 당연히 기겁하겠지만, 로키는 일 저지르고 사과하는 데엔 일가견이 있다고 자평하는 사람이었다.

"별로 대단한 건 아니고요, 슬슬 박제를 언제 받아 보실지 마감을 정하면 좋겠다 싶어서요. 올 연말쯤 혹시 어떠시겠어요? 자동차랑 연장만 좀 빌려주시면 제가 받아 내 드릴 수 있는데."

**

일행이 큰누님에게 넘겨받은 지프차를 타고 무사히 칼레미를 떠난 이튿날 오후까지도, 솔라라는 어떻게 감히 예술가 본인의 의사를 무시하고 마감을 정할 수 있느냐며 틈날 때마다 로키에게 항의를 쏟아 내려 들었다. 한편 로키와 마모는 그 항의에 섞인 '아직 사자에는 손도 못 댔다', '오늘 당장 시작해도 내년 말에나 완성된다' 따위의 충격적인 고백이

200

마로지 조직원들의 귀에 들어가는 걸 막으려 필사적이었다. 그 말은 즉 주변에 사람이 하나라도 보일라치면 일단 솔라라의 입부터 막고 봐야 한다는 뜻이었기에, 결과적으로 로키가 다른 세 사람에게 자세한 사정을 설명할 수 있게 된 것은 지프차가 인적이라곤 하나도 없는 산길에 접어든 뒤부터였다.

"이것보다 빠른 방법이 없으니까 그랬지. 아울우드가 삽질하고 있을 때 앞질러야 하니까. 목적지가 정해졌는데 지체할 이유가 있어?"

"바로 엊그제까진 목적지가 탄자니아 어디랬으면서! 약장수 말 듣고 갑자기 바꾼 거잖아! 순간의 변덕 때문에 예술을 희생시켰잖아!"

"안 하던 예술을 하게 만들었는데 그게 어떻게 희생시킨 거니? 그 정반대라면 모를까. 아무튼 순간의 변덕은 아냐. 오히려 우리가 지금까지 완전히 헛짚었던 거라고."

당초에 미지의 생태계가 탄자니아에 있으리라고 추측한 것은, 물론 리하르트 오일렌발트가 남긴 탐사 기록과 박제 전부가 탄자니아를 가리켰기 때문이었다. 탄자니아에서 근무한 외교관이 탄자니아에서 신종을 보고했는데 다른 장소를 후보로 올릴 이유는 없었다. 그런데 월터 라이오넬의 첩보와 마약 카르텔 간부의 옛날이야기가 바로 그 당연한 믿음을 뒤흔들고 말았다. 시작은 라이오넬이 본국에 보낸 사진 몇 장부터였다. 로키가 꺼내 보여 준 사진 속에서 오일렌발트와 악수하는 남자의 얼굴을 알아보는 데엔 해부학적 지식조차 필요 없었다.

"아, 마할레에서 찾은 사진에도 이 사람 있었어요! 정장 입으니까 진짜 어색해 보인다. 사파리 셔츠가 훨씬 잘 어울리는 사람이었네요."

"탐험가였으니까. 이름은 쥘 데르셰트. 오일렌발트의 일지에도 몇 번 나왔던 거 기억해? 그땐 동료 연구자인 줄 알았는데, 라이오넬이 보고하기론 오일렌발트가 일방적으로 후원하는 계약 관계였던 모양이야. 오일렌발트는 데르셰트가 지질학 탐사대에 동행해서 오지로 떠날 수 있도록 자금이나 연줄을 대 주고, 데르셰트는 탐사에서 발견한 동식물을 오일렌발트한테 가장 먼저 알려 주는 식으로. 데르셰트가 사진이며 표본을 보내왔다는 첩보도 많았어."

"잠깐만요. 그러면 오일렌발트가 학계에 보고한 표본들이 사실은 데르셰트란 사람한테서 나왔단 말이세요? 마할레에서 찾은 사진도요? 일지에는 그런 내용이 하나도 없었는데도요?"

"여기서부터가 핵심인데, 내 생각엔 오일렌발트가 남긴 기록을 더는 믿지 않는 게 좋을 것 같아. 왜냐하면 쥘 데르셰트는 탄자니아가 아니라 콩고 독립국에서 활동했던 사람이거든."

아프리카의 식민 지배 역사의 핏빛 상징이나 다름없

는 이름에 힘을 실어 가며 로키가 대답했다. 19세기 말에서 20세기 초 사이 오늘날의 콩고민주공화국 위치에 존재했던 콩고 독립국은 이름만 '독립국'이지 실상은 당시 벨기에 국왕 레오폴트 2세의 사유지로, 고무 생산을 위해 원주민들에게 과중한 할당량을 부과하고 이를 채우지 못하면 팔을 자르는 등의 끔찍한 착취 행각으로 악명 높았던 나라였다. 기독교를 전하고자 발을 들였다가 레오폴트 2세의 잔혹한 통치를 폭로하는 데 앞장선 선교사들이라면 모를까, 엄연히 타국의 외교관이었던 오일렌발트가 탐사 명목으로 여기저기 들쑤시고 다닐 수 있는 나라가 아니기도 했다. 그러니 만일 마할레에서 발견한 사진의 출처가 쥘 데르셰트의 탐사였다면, 거기에 오일렌발트가 직접 관여했을 리는 없었다.

"당연히 큰박쥐태양새 사진도 탄자니아에서 찍혔을 리가 없고. 첩보 중에 오일렌발트가 독일령 동아프리카에서 손수 뭘 발견했다는 내용은 하나도 없었어. 주변 자연환경을 관찰하기 좋은 곳 여기저기에 별장을 세우긴 했지만, 비싼 기타를 샀다고 록스타가 되는 건 아니잖아. 그러니까 오일렌발트는 신종을 직접 찾아낸 게 아니라…."

"옆 나라에서 데르셰트가 보내온 신종 표본을 자기 이름으로 발표했을 뿐이다, 그런 이야기입니까? 발견 장소까지 자기 관할 영토로 조작해 가면서?"

"젠장, 이제야 이해가 되네! 노트에 큰박쥐태양새 그림을 쓸데없이 잔뜩 그려 놨잖아? 그런 주제에 박제는 엉망진창이었고? 전부 고의였던 거야. 살아 있는 새를 본 사람이 데르셰트 하나뿐이란 법은 없으니까, 조금씩 왜곡해서 원래 모습하곤 다르게 만들어 놓아야 했던 거라고. 그러니까 스케치 따위가 필요하지!"

갑작스레 벌컥 화를 낸 솔라라가, 이윽고 괜히 고개를 돌리며 퉁명스럽게 덧붙였다.

"뭐, 물론 라이오넬의 첩보가 몽땅 사실이라고 가정한다면 말이지."

심술을 부리는 게 틀림없었지만, 아주 엇나간 지적은 아니었다. 리하르트 오일렌발트도 월터 라이오넬도 결국에는 자국의 이득을 위해 식민지를 주무르던 제국주의 시대의 유럽인일 뿐. 어느 한쪽의 말만을 전적으로 믿고서 다른 한쪽을 비열한 거짓말쟁이라고 단정할 수는 없는 노릇이었다. 그래서 로키에게는 확신을 위한 단서가 필요했다. 세상에 남아 있으리란 보장이 없는 데르셰트의 일기장이든, 오일렌발트가 말년에 털어놓았을지도 모르는 고백이든, 아니면 은신처에서 우연히 만난 마약 카르텔 간부가 할머니에게 들었다는 모호하기 짝이 없는 전설이든.

"파헤칠 가치가 있는 건 맞잖아, 솔라라. 게다가 첩보엔 데르셰트가 정확히 어디서 신종을 발견했는지까진 안 나와 있었어. 당시 지질학 탐사야 돈 되는 광맥이 목적이었을 테니까 기록은 잘 남겨 뒀겠지만, 그중에서 데르셰트가 동행한 걸 전부 찾아서 행적을 따라가 보기엔 아무래도 상황이 촉박했고. 나는 라이오넬의 첩보며 남의 할머니 얘기가 전부 사실일 것 같아서 움직이자고 한 게 아니야. 목적지로 삼을 만한 데가 나왔으니까 움직인 거지."

"바쿠무라는 동네 말씀이시죠?"

"정확히는 옛날에 바쿠무라고 불렸던 동네야. 바쿠무 수렵금지구역, 지금은 마이코 국립공원. 콩고민주공화국에서 가장 외딴 야생지."

그건 미지의 생태계를 품고 있기에 가장 유력한 후보라는 의미이기도 했다. 동굴 끝에 숲이 있었다는 증언까지 곧이곧대로 믿는다면, 베트남의 선도옹 동굴과 마찬가지로 지하 동굴지대 일부가 무너져서 생긴 싱크홀 안에 식물이 자랐다는 뜻일까? 그런 구조를 중심으로 한 독립적인 생태계가 마이코 국립공원 어딘가에 존재할 가능성은 충분했다. 한시라도 빨리 찾아가서 두 눈으로 확인하고 싶을 만큼. 보아하니 그런 심정인 건 로키 하나뿐이 아닌 모양이었다.

"그러니까 마이코에 가서 미지의 생태계가 정확히 어딘지 확인하고, 학계에 알려서 아울우드가 손 못 대게 만들고, 그러자마자 난 작업실에 돌아가서 코앞으로 닥친 마감을 어떻게든 하면 된다는 소리지? 여유롭네, 여유로워. 이놈의 차는 굼벵이 속도로밖에 못 달리냐? 어?"

"얼마나 걸릴지는 저도 슬슬 궁금하던 참이었어요. 한 세기 동안 아무도 본 적 없는 세계가 우릴 기다리고 있단 소리잖아요? 슬슬 도착할 때가 됐다면 정말 좋겠는데!"

"앞으로 사흘 걸립니다. 아무 일도 없을 경우의 이야기입니다만."

운전대를 잡은 루치가 담담하게 대답하자 차 안이 한숨으로 가득 찼다. 이 기나긴 보물찾기 경주에서 이제야 겨우 앞서나가기 시작했건만, 아직 결승점까지는 머나먼 길이 남아 있었다. 그곳까지 달려가는 동안 무수히 많은 변수가 튀어나와 앞을 가로막을 수 있으리란 사실쯤은 네 사람 모두 모르는 바가 아니었다. 다만 그 말을 입 밖으로 내면 막연한 불안이 실체로 뒤바뀔 것만 같았기에, 해가 저물고 어둠이 내릴 때까지 지프차는 가볍게 들뜬 침묵만을 품고 그저 쉼없이 달려 나갔다.

**

도중에 끊긴 길, 뇌물을 요구하는 경찰, 가벼운 고장 따위의 몇몇 문제에도 로키 일행은 예정대로 목적지인 마이코 국립공원 근처에 도달했다. 하지만 콩고민주공화국 동부의 세 개 지역에 걸친 광활한 삼림 지대 가장자리에 발을 디뎠단 건 기껏해야 첫 삽을 뜬 정도에 지나지 않았다. 이미 좁히고 좁힌 후보지 안에서도 뒤져 볼 지역을 다시 골라야 한다는 의미였다. 다행히도 마이코에 도착하기까지 걸린 사흘이란 시간은 로키가 라이오넬의 첩보 기록을 몇 번이고 재검토할 여유를 벌어 주었고, 결과적으로 그동안 로키는 마른걸레를 짜듯 단서 몇 방울을 더 짜내는 데에 성공했다.

"월터 라이오넬이 생각보다 유능한 첩자였더라. 데르셰트한테는 별 관심이 없었어도 옆 나라의 광맥 탐사 사정은 꼬박꼬박 챙겨 들었던 모양이야. 그중에서 마이코를 지나고 데르셰트가 동행했을 만한 탐사는 셋. 전부 여기 남서쪽 언저리에서 출발했어."

로키가 말한 위치 주변에서 숲으로 들어갈 만한 길을 찾아내기까지는 꼬박 하루가 더 걸렸다. 마모가 가리킨 진입로는 나무 사이에 꼬불꼬불 난 비좁은 샛길에 불과했지만, 아무튼 길은 길이었기에 덜컹거릴지언정 차가 굴러갈 정도는 되었다. 우거진 나무 그림자 아래로 들어서자마자 즉시 주변의 자연에 시선이 꽂힌 솔라라가 연신 알 수 없는 경탄을 토해댔다. 마모도 괜히 들떠서는 사방을 연신 두리번거리다가 휴대전화를 만지작거리다가 했다. 한편 루치는 평소와 다름없이 침착하게 행동했다. 깊고 어두운 숲속으로 차를 조금씩 몰아가고, 그러다가 잠시 멈춰 서서 귀를 기울이고, 도중에 로키에게 대뜸 이렇게 묻기도 하면서.

"데르셰트는 결국 어떻게 되었습니까?"

질문이 너무 간결했음을 깨달았는지, 루치가 재빨리 말을 덧댔다.

"자신의 업적을 전부 오일렌발트에게 넘겨준 인물 아닙니까. 끝까지 사기극에 협력했는지, 아니면 어떻게든 폭로를 시도했는지, 그게 궁금하다는 뜻입니다. 죄책감도 억울함도 전혀 없지는 않았을 테니."

"언젠가부터 반감이 생겼던 것 같긴 해. 오일렌발트하고 언성을 높이면서 싸웠다는 언급을 몇 번 읽었거든. 이유는 모르지. 어차피 그 시점에서는 발을 뺄 수 없는 상황이었던 모양이고. 진실을 밝히면 자기도 사기극에 가담한 과학자가 되는 건데, 그러면 누가 고용해 주겠어? 실종될 때까지는 계속 협력 관계였지 싶어."

말을 그렇게 뱉고서도 로키는 솔라라가 기겁해서 자길 쳐다본 이유를 전혀 깨닫지 못했다. 루치에게 이렇게 지적받은 뒤에도 마찬가지였다.

"데르셰트가 실종되었단 말은 처음 듣습니다만."

"말 안 했나? 안 했구나. 바로 여기서 실종됐어. 오일렌발트랑 마지막으로 싸운 뒤에 현지인 길잡이 하나 데리고 독단적으로 탐사를 떠났는데, 다신 못 돌아왔고, 이후 소식도 없었대. 오일렌발트한테는 잘된 일이지. 신종은 더 보고할 수 없게 됐지만, 대신 비밀을 아는 공범도 알아서 사라져 줬으니까."

"그런 사건이 있었으면 진작 알려 줬어야지! 마음의 준비 좀 하자!"

"솔라라, 20세기 초 유럽인이 온전치 못한 정신 상태로 정글에 뛰어들었다가 사라진 건 무서운 일도 수수께끼도 아니야. 그냥 일어날 일이 일어났을 뿐이라고. 당연히 우리하곤 아무 상관도 없는…."

바로 그 직후에 몇 가지 일이 동시에 일어났다. 솔라라가 진저리를 치며 뭐라 말하려고 입을 열려던 찰나, 마모가 별안간 주변 둘러보길 멈추고서 발끝으로 바닥을 콩콩 두드렸고, 그러자 루치가 즉시 핸들을 크게 꺾었다. 비좁은 샛길의 진창 위를 가로지른 지프차 바퀴가 빙그르르 헛돌았다. 대체 무슨 일인지 물어보려던 로키의 귓가에 희미한 딸깍딸깍 소리가 들려왔다. 들어 본 적 있는 소리였다. 이런 소리가 들려왔을 때 어떻게 해야 하는지도 몸으로 배워 알고 있었다.

"뛰어내려! 당장!"

로키가 외치기도 전에 이미 루치는 움직이고 있었다. 마모도 곧바로 차 문을 열어젖히고서 몸을 굴렸다. 허둥지둥하는 솔라라를 잡아끌어 마지막으로 차에서 빼내자마자 로키는 양 귀를 틀어막고 눈을 질끈 감았다. 섬광과 폭음과 충격, 사방에 튀는 흙모래, 뜨거운 당혹감이 그 몸을 차례차례 휩쓸고 지나갔다. 온통 멍해진 머릿속으로 루치의 목소리가 웅웅 파고들었다.

"차량 무력화를 노린 부비트랩입니다. 살상이 아니라 엔진과 바퀴 파괴가 목적으로 보입니다. 이 지역 반군이 흔히 쓰는 타입 같지는 않습니다만."

"반군이 아니니까."

로키가 진저리를 치며 대꾸했다.

"스티븐 '랩터' 레스터. 대형 동물 밀렵꾼이고 덫 전문가지. 볼리비아에서 국립공원 경비대 접근을 막으려고 딱 이런 함정을 쓰는 걸 봤어. 탄자니아에 들어와 있다고 엘데이가 말하긴 했지만, 어떻게 여기 나타난 거야? 아니, 아니, 아무튼 잘 알겠어. 놈들한테 제대로 따라잡혔단 것쯤은."

키고마에서 루치에게 건네받은 사자 모양 배지가 로키의 뇌리에 선명하게 떠올랐다. '해도 해도 정도가 있지'라고 중얼거렸던 것도 함께. 지금도 그 감상은 전혀 달라지지 않은 채였다. 화기를 바리바리 싸 들고 온 무장 집단, 군복을 입고 설쳐대는 백인 추격자들, 여기에 악명 높은 밀렵꾼까지… 명색이 IT 기업가인 아울우드가 이런 흉흉한 놈들을 하나하나 손수 찾아서 고용했을 리는 없었다. 난다 긴다 하는 범죄자들을 탄자니아 전체에 뿌릴 만큼 잔뜩 긁어모아 제공해 주는 일종의 용병 파견업체와 계약했다면 모를까. 그리고 로키가 아는 한, 그런 업체 중에서 상아를 쥔 사자 로고를 쓰는 곳은 딱 하나였다.

로디지아 자유전선.

세상에서 로키가 가장 질색하는 부류의 범죄 조직이었다.

*
**

오늘날의 짐바브웨 땅에, 한때 로디지아라는 나라가 있었다.

정식으로 승인받은 적은 단 한 번도 없는 나라였다. 그 전신은 영국 남아프리카 회사가 19세기 말에 제국주의자 세실 로즈의 이름을 따 세운 식민지였고, 1923년에 영국령 남로디지아로서 자치권을 얻었다가 1953년에는 인접한 영국령 식민지인 북로디지아 및 니아살랜드와 함께 연방을 수립하기도 하였으나, 여전히 영국의 영토일 뿐 독립국은 아니었다.

그나마도 제2차 세계대전 이후 민족주의와 식민지 해방이 세계적인 흐름이 되었기에, 로디지아란 이름은 곧 역사 속으로 사라질 운명이었다. 식민지 독립은 소수의 백인 고위층이 아닌 다수 원주민의 의사를 따라 이뤄져야 한다는 것이 영국 정부의 정책이었다. 이에 따라 북로디지아는 잠비아로, 니아살랜드는 말라위로 1964년에 각각 독립해 나갔다. 다음 차례가 남로디지아일 것임은 자명했다.

하지만 그곳에 살던 백인들은 역사의 흐름을 받아들이지 못했다. 아프리카 대륙에 백인이 지배하는 국가가 존속하기를 원했고, 지금껏 식민 지배를 통해 축적한 부와 권력을 조금도 내려놓지 않으려 했다. 아프리카 민족주의 운동을 지원하는 공산주의 세력을 대영제국의 후예인 자신들이 막아 내야 한다는 광신적 사명감도 뿌리를 내렸다. 그리하여 1965년 11월 11일, 이언 스미스 총리 휘하의 남로디지아 정부는 영국으로부터 일방적인 독립을 선언하기에 이르렀다.

현지 민족주의자들은 이러한 퇴보에 필사적으로 저항하며 게릴라 항쟁을 벌였고, '수풀 전쟁'이라 불리는 내전이 계속되자 절대적 소수인 백인들은 이내 힘에 부치기 시작했다. 이 위기를 타개하고자 로디지아가 꺼낸 카드는 바로 의용군이었다. '남자 중의 남자가 되어라'라는 구호가 세계에 흩뿌려졌다. 백인의 권리를 지키기 위해, 공산주의의 물결에 맞서기 위해, 실전에서 사람을 죽이기 위해 로디지아군에 입대할 백인 용사들을 찾는 구호였다.

그리고 정말로 의용군이 모여들었다.

베트남에서 귀환한 미군들이 다시 총을 들었다. 프랑스군인 200여 명이 한꺼번에 입대한 일도 있었다. 산탄총으로 두 사람을 쏴 죽이고 정신병원에 보내졌다가 풀려난 캐나다인 연쇄살인범도 로디지아에 당당히 발을 들였다. 정교한 대게릴라 전술, 고도의 정보전, 생화학무기, 민간인 학살 등으로 점철된 전장이 그들을 기다리고 있었다. 압도적 전력 차이를 지략과 정신력만으로 극복해야 하는, 그야말로 전쟁 애호가들을 위한 꿈의 무대였다.

결과적으로 그들이 꿈의 무대 위에서 이룬 일은 아무 것도 없었다. 의용군이 아무리 모인다 한들 시대와 싸운다는 건 애당초 불가능했으니까. 소수의 용맹한 백인들이 아프리카 한복판에서 분투해 독립을 쟁취한단 시나리오는 시대에 뒤떨어진 식민 지배자 집단의 망상에 지나지 않았다. 로디지아는 국제적 압력에 굴복했고, 1979년의 랭커스터 하우스 협정을 통해 완전히 역사 속으로 사라졌다. 그 이듬해에는 독립투사이자 훗날의 독재자인 로버트 무가베가 이끄는 짐바브웨 공화국이 수립되었다. 한때의 백일몽은 그렇게 끝났다.

하지만 신화만큼은 끈질기게 남았다. 아프리카 최후의 백인 국가를 지키겠다는 신념 하나만으로 세계에서 모여들어 목숨을 바친 백인들의 신화가. 전설적인 베테랑들로만 구성된 소수 정예 군대의 신화가. 수적 열세를 뒤집기 위해 수단 방법을 가리지 않았던 로디지아군 특수부대의 신화가. 백인 우월주의자와 전쟁광과 쾌락 중독자들은 이러한 신화에 열광했다. 그런 모습을 지켜보던 뒷세계 사업가들은 피에 굶주린 족속을 간단히 불러 모으는 미끼의 가치를 곧 깨달았다. 아무튼 용병은 언제나 수요가 있었으므로.

다시 말해, 로디지아 자유전선은 로디지아군의 후예도 뭣도 아니었다.

그들은 차라리 일종의 소모품이었다. 허상을 좇아 어디

든 몰려가서 피를 흩뿌리는 소모품.

***

"레스터가 그런 데 홀릴 놈이란 건 예전부터 알았어. 페이스북에서 하는 소리만 봐도 뻔하지. 진작 담가 버렸어야 했는데."

폭발의 충격을 떨쳐 내고 일어난 로키가 투덜거렸다. 진흙탕에 처박힌 무릎이 축축했지만 닦을 여유는 없었다. 로디지아 자유전선은 절대 혼자 움직이지 않으니까. 특수부대의 후예를 자처하는 조직답게 놈들은 항상 소규모 부대 단위로 작전에 나섰다. 그리고 함정을 깔 시간이 충분해야 실력을 낼 수 있는 레스터 같은 인물이 부대에 편성되었다는 건, 놈들이 진작에 일행의 이동 경로를 읽고서 진을 쳐 두었다는 의미였다. 그렇다면 상황은 지금까지와 전혀 달랐다. 뒤쫓아 온 적을 맞닥뜨린 게 아니라, 제 발로 적진에 걸어 들어간 셈이니까.

"다행히 트렁크에 실어 둔 무기는 멀쩡합니다. 대단한 건 없습니다만."

"마약상한테 급히 받아 온 무기에 뭘 바라겠어. 하나씩 나눠 줘. 다들 섣불리 움직이진 말고."

함정이 하나일 리는 없었다. 레스터에게 시간이 얼마나

주어졌는지에 따라선 정글 전체가 부비트랩 천지일지도 모르는 일이었다. 이대로 발을 묶고 멀리서 저격이라도 할 셈일까? 아니, 로키가 생각하기에 그건 합리적인 전술일지언정 로디지아 자유전선의 방식은 아니었다. 손안에 들어와 옴짝달싹 못 하게 된 사냥감을 충분히 괴롭히지 않으면 아깝다고 생각할 놈들이니까. 과연 로키의 예상은 적중했다.

"옵니다. 길 왼쪽 20도 방향에서 하나."

"먼저 쏘지 마. 접근하게 놔두자. 놀러 오신 분이니 놀아줘야지."

이윽고 나무 사이에서 첫 번째 용병이 비척비척 걸어 나왔다. 시종일관 헤벌쭉 웃어대는 빼빼 마른 남자였다. 군복조차 아닌 하와이언 셔츠와 청바지 차림에, 송곳 모양 트렌치 나이프를 양손에 쥐고서도 정작 팔은 축 늘어뜨린 채. 눈이 멍하니 풀린 걸 보건대 술보다 훨씬 고약한 뭔가에 단단히 취해 있음이 확실했다. 하지만 그 눈이 망가진 지프차 뒤에 숨은 일행을 포착하는 순간, 남자는 느닷없이 엄청난 속도로 땅을 박차고 뛰어올랐다. 한 발짝에 땅을 딛고 두 발짝으로 차 문을 밟고서, 세 발짝째에 코앞까지 날아와 난도질을 시작할 작정으로. 일행 중 둘이 줄곧 웅크린 채 전선과 기폭 장치를 만지작거리고 있었다는 사실은 알지 못한 채.

"야, 진짜 할 줄 아는 거 맞지? 타이밍 맞춰서 그 전극을…"

"해 보면 알겠죠! 셋둘하나지금!"

솔라라의 지시와 마모의 어설픈 구령에 맞춰, 미처 터지지 않고 남아 있던 부비트랩 폭약 일부가 뒤늦게 제 소명을 다했다. 남자의 두 번째 발짝이 막 문틀을 넘으려던 순간이었다. 차 아래서 일어난 폭발로 발밑이 들썩 요동치자 균형을 잃은 남자가 나동그라졌고, 다시 일어나려 했을 땐 이미 로키의 단검이 목을 노리고 날아오는 중이었다. 칼날끼리 연달아 맞부딪히는 소리가 수차례 요란하게 울렸다. 그중 일부는 로키의 팔뚝과 목덜미를 스치기도 했다. 하지만 결국 목표물에 먼저 칼을 꽂아 넣은 건 로키였다.

"약쟁이가 뭐 이렇게 손이 빨라? 얕봤다가 큰일 날 뻔했네!"

"무사하시다면 움직이는 게 좋겠습니다. 폭발음이 생각보다 컸으니, 이변을 눈치챈 놈들이 있을지도 모릅니다."

"그건 어쩔 수 없지. 자, 이 자식이 왔던 쪽으로 가자. 함정이 없는 길로 왔을 거 아냐."

함정만 없을 뿐 덩굴과 진창은 얼마든지 널린 길이었다. 그런 야생지에서 사람의 흔적을 찾는 데에 일가견이 있는 로키가 앞장서서 나아갔고, 마모와 솔라라가 그 뒤에 착 붙어 따라갔으며, 루치는 맨 뒤에서 권총을 든 채 일행을 엄호했다. 덫과 기습을 피하면서 길을 찾기에는 최적의 진형이었지만, 그렇다고 위협을 완전히 떨쳐 낼 수는 없었다. 두고 온 지프차가 나무에 가려져 완전히 보이지 않게 되었을 때쯤에는 이미 다음 위협이 줄지어 다가오는 중이었다.

"방금 봤냐? 저거 문신이야! 온몸에 위장 무늬 문신한 놈이 수풀에 있었다고!"

"저도 봤습니다. 로디지아식 위장 패턴이었습니다. 돈깨나 들었을 텐데 말입니다."

"평생 전장에서 살다 죽는 게 소원이었던 모양이지. 그 소원은 루치 네가 들어줘. 난 3시 방향에서 오는 놈들 상대할게."

그 말에 루치가 살짝 혀를 찼다. 혹시 빅 게임 헌터가 탐낼 만큼 유명한 범죄자들인 걸까? 곰곰이 기억을 더듬어 보니 덤불을 헤치며 달려오는 저 금발 쌍둥이 자매에 대한 소문을 얼핏 들어 본 것도 같았다. 세상에 별별 끔찍한 증오 범죄가 다 일어난다 싶었는데, 설마 그 장본인들을 이런 곳에서 만날 줄이야! 커다란 나무둥치에 몸을 감추고서 그렇게 속으로 중얼거리던 로키를 향해 곧 쌍둥이의 사격이 개시되었다. 동시에 두 발씩, 공기총 특유의 탕탕 소리와 함께. 분홍색 깃털을 단 주사기가 그때마다 나무에 부딪혔다 튕겨 나가서 툭툭 떨어졌다. 자매가 어떤 범죄로 악명을 떨쳤는지 살짝이나마 상기시켜 주는 무기였다.

유색인종을 곱게 죽이지 않겠다는 의사가 이렇게까지 명확한 놈들이 상대라면, 로키도 수단 방법을 대단히 가리고 싶지는 않았다. 그렇다고 분노에 차서 조급하게 굴고 싶지도 않았지만. 마취총을 쓰기엔 상황이 여의찮음을 깨달은 금발 쌍둥이가 제각기 가축용 전기 충격 막대를 꺼내 들고서 거리를 한층 좁혀 왔다. 그러던 둘 중 하나가 딱 좋은 위치에 발을 디뎠을 때였다. 로키의 손을 떠난 돌덩이가 허공을 가르고 날아가서 엉뚱한 땅바닥에 처박혔다. 안쓰러운 저항이라고 여겼는지 피식 웃던 입가가 고통으로 일그러진 것은 그 직후의 일이었다.

"아, 아그, 그아아악! 뭐야 이거? 아파! 아프다고! 빼 줘!"

"언니! 언니! 괜찮아? 대체 저 원숭이 새끼가 무슨 수작을…"

두텁게 덮인 나뭇잎 아래에서 날아 나와 언니의 옆구리에 박힌 금속 꼬챙이를 보자마자, 동생의 눈에 금방 짙은 당혹감이 번졌다. 레스터의 전매특허인 화살 덫이 자신들에게까지 닿을 수 있으리란 사실은 상상조차 못 한 모양이었다. 하지만 동생은 당혹감조차 얼마든지 증오로 바꿀 수 있는 사람이었고, 꼬챙이가 살에서 잘 빠지지 않는지 주저앉아 바들바들 떠는 언니를 향해 로키가 걸음을 옮길 때쯤엔 그 증오가 이미 살의의 영역에 달한 뒤였다.

"이게 어디 언니한테 더러운 손을 뻗어! 가죽을 남김없이 벗겨 주마!"

동생이 그렇게 소리치며 달려오자 즉시 치열한 근접전이

시작되었다. 분노로 눈이 돌아간 채로도 동생은 전기 충격 막대를 꽤 능숙하게 휘두르며 로키를 몰아붙였다. 경찰들이 쓰는 경봉술이라도 배웠는지 권총을 꺼내거나 단검을 고쳐 잡을 여유조차 주지 않는 움직임이 특히 매서웠다. 막대 끝에서 튀는 전깃불이 척 보기에도 따끔하고 말 정도가 아닌 점 역시 로키에게는 불리한 요소였다. 이대로라면 질 수도 있겠다는 생각이 들 정도로. 뭐, 그건 어디까지나 수단 방법을 가릴 때의 얘기였지만.

치켜든 막대 끝이 로키의 가슴팍으로 떨어지려던 찰나, 등 뒤에서 들려온 처절한 비명에 동생의 몸이 딱딱하게 굳었다. 덜덜 떨며 돌아본 눈에는 이내 참혹하기 그지없는 광경이 비쳤다. 사방에 튄 핏자국 때문에 언니의 형체를 제대로 알아보기 힘들 만큼. 루치와 문신남의 총격전으로부터 몸을 피해 있던 마모에게 눈짓으로 신호한 장본인조차 이렇게 지적하고 말았을 만큼.

"인질로 잡으란 얘기였어, 마모."

로키의 지적에 마모가 손을 내저으며 대꾸했다.

"실수예요, 실수! 덫이 한 번 더 작동하는 구조일 줄은 몰랐죠! 화살이 저렇게 많을 줄도 몰랐고…."

"알았으니까 진정해. 크게 신경 쓸 일도 아니고."

실은 언니 쪽을 인질로 써서 동생에게 정보를 좀 캐내자는 것이 로키의 계획이었지만, 그쯤이야 얼마든지 수정할 수 있는 계획이기도 했다. 그것이 동생을 언니 곁으로 보내 주면서 로키가 내린 결론이었다. 마침 루치도 총격전을 마무리한 참이고, 이대로 계속 나아가다 보면 뭘 물어볼 만한 사람이 하나쯤은 더 튀어나와 줄 테니까. 의아한 점도, 늘어만 가는 수수께끼도 언젠가는 반드시 전부 풀릴 테니까.

여하튼 생각은 나중에 해도 충분했다. 지금은 움직일 때였다.

*
* *

함께 파견된 동료들의 비명이 무전기에서 끊임없이 울려 퍼지는 와중에도, 스티븐 레스터는 여전히 여유가 넘쳐흘렀다. 애당초 그는 전장에 직접 뛰어 들어가 목숨을 내던지는 부류의 바보가 아니었다. 지성과 도구를 지닌 위대한 문명인이 대체 왜 그런 위험을 감수해야 하는가? 아마추어 용병 한 무더기가 제아무리 날뛰어 봐야, 진짜 사냥은 결국 프로가 미리 설치해 둔 함정 수십 개의 몫일 텐데.

만에 하나 목숨이 노려지는 경우가 생긴다 한들 걱정은 없었다. 동료들이 숲속에서 허무하게 죽어 나가며 시간을 벌어 주는 동안 레스터는 자신의 안전을 한껏 도모해 놓았으니까. 덕분에 작전 개시 시각으로부터 2시간쯤 흘렀을 무렵, 어두컴컴한 나무 그늘을 뚫고 나온 그리운 얼굴이 자신을 똑바로 향하는 걸 보고서도 레스터는 변함없는 평정을 유지하며 이렇게 외칠 수 있었다.

"오, 이게 누구신가! 우리 동물 애호가 아가씨 아니야? 그렇게 내가 보고 싶었어?"

레스터의 요란한 인사에 '동물 애호가 아가씨'의 표정이 살짝 일그러졌다. 하지만 일그러지면 뭘 어쩌겠는가? 어차피 여기까지는 올 수도 없을 텐데. 거리로 따지자면야 그리 멀지 않았다. 상대는 숲 끄트머리에서 강가로 막 발을 내민 채였고, 레스터는 바로 그 강가에 정박한 모터보트 위에 누워 있었으니까. 마이코 국립공원 서쪽을 파고든 강의 지류는 병력과 무기를 숲속까지 운반하기에 딱 좋은 통로였다. 그 사실을 깨달았기에 상대도 이쪽으로 방향을 잡았을 터였다. 하지만 목표 지점에서 '랩터' 레스터와 눈을 마주친 순간부터는 아마 새로운 지혜가 그 조그만 머릿속에 자리를 잡았으리라. 여기서부터는 단 한 발짝조차 나아갈 수 없다는 지혜가.

"왜 그래? 이 거리에서 권총으로 날 맞힐 자신이라도 있는 사람처럼. 충고할 입장은 아니지만서도, 좀 더 가까이 오는 게 좋지 않겠어?"

손에 쥔 스위치를 들어 까딱이며 레스터가 한껏 도발했다. 상대는 움직이지 않았다.

"아이고, 얌전도 하셔라. 이 앞에 함정이 쫙 깔려 있을까 봐 겁이라도 먹으셨나 보네. 그러면 멀뚱멀뚱 서 있지 말고 볼일들 보러 가."

여전히 상대는 손가락 하나 까딱하지 않았다. 레스터가
예상한 대로였다. 볼리비아에서 맞부딪혔을 때 이후로는 저
얄미운 여자도 '진정한 덫 사냥꾼은 사냥감이 그냥 물러나
는 것조차 허락하지 않는다'라는 사실을 머릿속에 새겨 뒀
을 테니까. 레스터가 함정을 깔아 둔 건 강가뿐만이 아니었
다. 주변의 숲에 설치한 덫은 조금 특별했다. 처음 밟았을 때
는 눈에 띄지도 작동하지도 않지만, 거기서 더 움직이려고
하면 비로소 이빨을 드러내는 함정. 그것이야말로 자신을 찾
아낸 기특한 사냥감들을 위해 레스터가 신경 써서 마련한 깜
짝 선물이었다.

"어때? 옴짝달싹 못 하겠지? 그래도 내 욕심엔 조금이라
도 도망치려는 시도를 해 줬으면 좋겠어. 딱 그쪽에다 아가씨
목 높이에 맞춘 올가미를 설치해 뒀단 말이야. 투명 낚싯줄
을 썼으니까 꼭 목을 졸리면서 공중에 떠오르는 것처럼 보이
겠지. 《스타워즈》에서 다크 베이더가 했던 것처럼…."

"다스 베이더야. 다크가 아니라."

"무슨 말씀을. 다크 베이더가 맞아. 우리 아가씨가 아직
영어에 좀 서투시네."

"아니, 넌 페이스북에 〈라스트 제다이〉 욕을 그렇게 했으
면서 어떻게 다스 베이더를 모를 수가 있냐? 답답해서 더는
못 참겠다. 슬슬 움직여도 돼?"

그렇게 말하고서 로키는 권총을 겨눈 채 보트 쪽으로 세 발짝을 걸어 나왔다. 여유만만하던 레스터의 표정이 딱딱하게 굳어가는 꼴을 응시하면서. 보아하니 믿었던 투명 올가미도, 그보다 더 믿었던 독화살도, 만에 하나를 대비해 숨겨 두었던 전자식 곰 덫도 전혀 작동하지 않는 이유가 무엇인지 전혀 이해하지 못한 눈치였다. 로키의 뒤를 이어 숲을 나서는 두 사람의 모습을 본 뒤에도 마찬가지였다. 하지만 그 둘의 손에 붙들려 질질 끌려 나온 잡동사니의 정체가 자신이 공들여 설치한 함정들의 잔해임을 눈치채자, 레스터의 휘둥그레진 눈에도 비로소 상황 파악이라고 할 만한 것이 깃들었다.

"솔라라 델쿠르트는 알지? 예전에 너한테서 재규어 사체 산 적 있잖아. 그걸로 눈동자에서 발톱까지 다 움직이는 걸작을 만든 사람인데, 이런 조잡한 함정 해체하는 것쯤이야 식은 죽 먹기지."

"옛날 작업 얘기 안 꺼내면 안 될까? 별로 잘 되지도 않았는데 걸작은 무슨…. 아무튼 혼자 한 건 아냐. 이 녀석 생각보다 기계 잘 만지던데, 아까는 왜 그런 사고를 쳤나 몰라."

"사람이 실수 좀 할 수도 있죠! 아무튼 이걸로 거리가 꽤 가까워졌네요. 잘하면 총알이 닿을지도 모르겠어요."

마모의 말이 끝나기도 전에 레스터는 허둥지둥 방탄모를 뒤집어썼다. 이미 방탄조끼로 감싼 몸도 위장막을 끌어올

려 한 번 더 덮었다. 손에 든 스위치가 더 잘 보이도록 치켜드
는 것도 잊지 않았다. 세 발짝 가까워졌다고 한들 어차피 원
격 지뢰로 도배된 강둑을 지날 방법이 없는 건 마찬가지니,
여유롭게 보트를 몰아 강 건너로 도망치면 놈들은 닭 쫓던
개 신세가 될 터. 그렇게 생각하며 레스터는 지성과 도구를
겸비한 문명인답게 있는 힘껏 마음을 다스렸다. 덕분에 덜덜
떨리는 손으로 보트에 시동을 건 다음에는 이런 도발을 날
릴 여유마저 생겼다.

"오늘은 솔직하게 칭찬해 주겠어, 아가씨들. 이 스티븐 레
스터를 위협씩이나 해 보다니 그야말로 가문의 영광이잖아!
돌아가서 엄마한테 머리라도 쓰다듬어 달라고 하지 그래?"

"이렇게 말입니까?"

물속에서 불쑥 솟아난 형체가 뱃전에 뛰어올라 레스터
의 머리를 붙잡았다. 그 머리가 조종간에 거세게 내리꽂힘과
동시에 스위치를 든 손목이 우드득 꺾였다. 흙탕물에 흠뻑
젖은 루치 부스토미보사의 얼굴이 힐끗 보이는가 싶더니, 다
음 찰나 레스터는 바로 그 흙탕물에 거꾸로 처박히고 있었
다. 보트가 유유히 출발했다가 십여 미터 떨어진 지뢰 없는
강가에 다시 정박할 때까지 줄곧. 나머지 세 사람을 배에 태
운 뒤에야 비로소 루치는 레스터를 물에서 건져 올렸다.

"이거 놔! 너희가 뭘 안다고! 이건 핍박받는 백인의 생활
권을 확보하기 위한 투쟁이다! 성전이란 말이야!"

"그래, 그래. 그 소리는 오면서 질리도록 들었어. 이젠 좀 가치 있는 정보를 듣고 싶은데."

레스터의 목덜미에 단검을 가져다 대며 로키가 짧게 한 숨을 쉬었다. 짐작하건대 로디지아 자유전선이 생태계 탐사라는 낯선 일거리로 용병들을 끌어들이려 고안한 프로파간다가 바로 '백인의 생활권' 운운하는 논리인 듯했다. 아프리카 대륙 어딘가에 숨겨진 미개척지를 찾아내 로디지아와 같은 백인 국가를 다시 세운다면, 그곳이야말로 유색인종의 문화 침략으로부터 자유로운 서구 문명의 낙원이 되리라는 허무맹랑한 소리에 이만큼 많은 사람이 걸려들었다니 로키에게는 그저 놀라울 따름이었다. 하지만 지금 일행에게 필요한 건 그냥 놀랍기만 한 이야기가 아니었다.

"우리가 이쪽으로 온다는 걸 어떻게 알았어? 구체적으로 말해 줘. 특히 '누가'하고 '언제'는 꼭 넣어서."

"프로끼리 왜 이러시나, 아가씨. 의뢰 내용을 다 털어놓으면 내가 뒷감당을 무슨 수로…."

"우리 보트로 국립공원 한 바퀴 돌고 오자, 루치! 뒤에 얘 매달아 놓으면 악어도 따라오고 재밌지 않을까?"

루치는 대답 대신 보트에 다시 시동을 걸었다. 기겁한 레스터가 대답을 마구 주워섬겼다.

"나흘! 나흘은 됐어! 마이코로 가란 지시가 그때쯤 왔고, 정확한 위치는 오늘 아침에 전달받은 거야! 자유전선 통해서 왔으니까 누가 알아낸 건지는 나도 진짜로 몰라!"

"옳지, 잘한다. 그렇게 계속하면 돼. 작전의 목적은? 여기 와서 뭘 하라고 들었어?"

"너희 다 죽이라고 들었지 뭐였겠냐? 그, 근데 그거 말고 더 있긴 했어. 혹시 놓치더라도 여길 못 벗어나게 붙잡아 놓기만 하면 된대. 지원 병력인지 나발인지가 금방 갈 거라고."

레스터의 입에서 줄줄 새어 나온 고백 하나하나가 로키의 머릿속을 고무공처럼 마구 튀어 다녔다. 이건 아무래도 사태가 심상찮았다. 일행이 목적지를 정할 때마다 그 정보가 놈들에게도 거의 즉시 흘러 들어갔으리라는 정황부터가 그랬다. 게다가 '지원 병력'이라니? 로디지아 자유전선에서 사람을 더 투입한다는 뜻일까? 그게 가능했다면 왜 진작 보내지 않고? 어쩌면 더욱 극단적인 수단이 마련되어 있을지도 모른다는 생각에 조금 더 추궁해 보려던 바로 그때였다.

"뭔가 옵니다."

보트 밖의 수면을 바라보던 루치가 나지막이 경고했다. 경고의 근거라곤 물과 공기의 희미한 떨림뿐이었다. 느리게 흐르는 강물 위로, 습기 가득한 공기 속으로 기계적이고 불길한 떨림이 번져 오고 있었다. 점점 세게, 점점 가까이. 얼마 지나지 않아 루치뿐 아니라 다른 사람들도 충분히 눈치챌 만큼.

"뭐야? 야, 로키. 뭔데 그래?"

"군용 고무보트하고 헬리콥터야. 정확히 이쪽으로 와. 루치, 움직여!"

로키의 지시가 떨어지자마자 배가 하얀 파도를 일으키며 튀어 나갔다. 솔라라와 마모가 제각기 나동그라질 만큼 격렬한 출발이었다. 그 바람에 배 위에서는 작은 소란이 벌어졌고, 스티븐 레스터는 이 절호의 기회를 놓치지 않았다. 몸을 뒤틀어 로키의 구속에서 벗어난 레스터를 붙잡고자 여럿이 손을 뻗었지만, 까만 고무보트 몇 대가 멀찍이 보일 때쯤에 악명 높은 덫 사냥꾼은 이미 물속으로 풍덩 뛰어들고 있었다. 흙탕물 속에서 허우적거리며 손을 흔드는 형체가 순식간에 멀어져 갔다. 요란한 목소리만이 일행의 귓가를 잠시 스쳤다.

"이봐! 나야, 나! 여기라고! 구조를 요청한다! 역시 이 몸이 이런 데서 끝장날 리가 없…."

그 목소리를 멈춘 건 귀청을 찢는 총성이었다. 허우적거리던 레스터 위로 물보라가 줄지어 지나가자 곧 새빨간 얼룩이 수면에 번졌다. 솔라라가 '히익!'하는 비명과 함께 몸을 웅크렸고, 로키는 도망갈 길을 초조하게 훑었다. 강이 꺾이는 데서 배를 버리고 도로 숲으로 들어갈까? 그렇게 하면 헬리콥터의 시야에서 벗어날 수 있을까? 그런 다음에는? 대체 어떻게 해야, 어떻게 해야…. 복잡한 고민은 그리 오래가지 않았다. 등 뒤뿐만 아니라 앞쪽에서도 까만 보트들이 하나둘씩 모습을 드러냈기 때문이었다.

　루치가 서서히 배의 속도를 줄였다. 로키가 가장 먼저 양
손을 들어 머리 뒤에 댔고, 솔라라도 사시나무 떨듯 바들거
리며 따라 했다. 마모조차 긴장한 기색이 역력했다. 강 앞뒤
와 하늘에서 좁혀 온 포위망이 배를 완전히 둘러쌀 때까지,
여태까지의 용병들과는 다르게 머리끝에서 발끝까지 군복
을 차려입은 무리가 코앞에 총부리를 들이대고 손짓할 때까
지, 네 사람은 아무것도 하지 못하고 그대로 제자리에 앉아
있었다.

　**

　일행이 질질 끌려온 장소에서는 기름과 화학약품 냄새
가 났다. 피부에 닿는 햇볕이 따가운 걸 보니 숲속은 아니었
고, 분위기로 얼핏 짐작하건대 사람이 사는 마을 같지도 않
았다. 그렇다면 남은 후보는 몇 개 없었다. 로키가 마음속으
로 정답을 하나 떠올렸을 무렵, 손이 등 뒤로 묶인 채 바닥
에 꿇어앉혀진 네 사람의 눈가리개가 거칠게 벗겨졌다. 잠
깐의 눈부심이 가시자마자 눈에 들어온 광경은 로키의 예
상이 적중했음을 알려 주었다. 여러모로 전혀 기뻐할 일은
아니었지만.

　한때 숲이 있었던 자리에 불쑥불쑥 솟아난 죽은 나무둥

치, 무덤처럼 쌓인 잿빛 진흙과 기름이 번들번들 떠오른 웅덩이. 먼지가 날리는 황량한 공터 한가운데엔 커다란 구멍 여럿이 깊게 파여 있었다. 밀렵과 함께 마이코의 자연을 위협하는 주된 요인인 불법 광산이 틀림없었다. 갱도의 형태를 보아하니 최근에 판 것은 아니고, 아마 식민지 시대에 구리를 목적으로 개발했다가 채산성이 낮아 버려진 광산을 그대로 콜탄이나 각종 귀금속 채굴에 써먹는 것일 터였다.

그리고 이 정도 규모의 불법 광산을 운영할 만한 주체는 하나뿐이었다. 1960년대의 '콩고 위기' 당시에 온 나라를 주름잡았다가 패배한 뒤 곳곳으로 흩어진 심바 반군의 후예들. 마이코가 콩고민주공화국에서 가장 외딴 숲으로 불리는 데엔 그들의 영향도 상당했다. 반정부 군사 집단이 아직도 주둔해 있는 곳이라 행정력이 제대로 미치지 않으니까. 공터 가장자리에 세워진 군용 텐트나 가건물만 봐도 일행이 그들의 손아귀에 있음은 명백했다. 하지만 아무리 그렇다고 해도….

"이상해. 뭔가 잘못됐다고."

옆에 꿇어앉은 루치에게 로키가 변명하듯 속삭였다.

"이 지역 반군 세력은 어디까지나 고립된 잔당이야. 세력도 줄어드는 중이라, 최근엔 평화적으로 협약 맺고 국립공원에서 나오는 경우도 생겼어. 그 정도면 협상할 만하니까 바로 달려온 건데!"

"이건 잔당 수준이 아닙니다. 우리가 본 것만으로도 고무보트 여덟에 헬리콥터 하나, 저쪽에는 군용 지프도 몇 대 있습니다. 개개인의 장비 수준도 낮지 않습니다."

"누군가 돈을 댄 거야. 흩어져 있던 세력을 규합해서 무장시키고도 남을 만한 돈을, 그럼으로써 더 큰 이득을 볼 수 있는 사람이."

60년대에 심바 반군을 가장 전폭적으로 지원한 인물은 쿠바의 체 게바라였다. 그는 반군 세력이 아프리카 한복판에서 공산 혁명을 일으키길 바랐다. 하지만 지금 눈앞에 진을 친 반군에게 자금과 무기를 제공해 준 사람의 정체는 아마 그 정반대에 가까우리라고 로키는 추측했다. 광물을 주 수익원으로 삼는 반군과의 이해관계가 일치한 자, 나아가 마이코 국립공원이 콩고민주공화국 정부와 국제사회의 규제가 미치지 않는 불법 채굴의 천국으로 남아 있을수록 유리한 자. 이번에도 후보는 몇 없었고, 로키의 예상은 금방 사실로 밝혀졌다. 반군의 대장으로 보이는 흉터투성이 남자가 태블릿 PC를 들고 일행 앞에 선 바로 그 순간에.

"아니, 좀 더 아래, 좀 더 아래로. 딱 좋네요. 그대로 들고 계셔 주세요. 우리 방해꾼 여러분의 불쌍한 얼굴을 제가 똑똑히 볼 수 있도록 말입니다."

화면 너머의 제프리 아울우드가 상쾌한 미소를 띠고서 말했다. 전매특허인 헐렁한 검은색 운동복이 마른 몸의 흔들림에 따라 이리저리 들썩였다. 지금 상황이 즐거워서 어쩔 줄 모르겠다는 듯한 그 몸짓 역시 아울우드의 상징이었다. 세계적인 IT 기업의 소유주치고는 제법 경박한 습관이라 인터넷에서 종종 화제가 되었기에 로키도 익히 알기야 했지만, 눈앞에서 저러는 꼴을 보니 예상 이상으로 짜증이 치솟았다. 이런 상황에서조차 무심코 아랫입술을 살짝 깨물어 버렸을 정도였다.

"어이쿠, 뭐 저런 살벌한 표정을. 마음이 불편해졌으니 잠시 다른 걸 보죠. 혹시 말씀드린 사진은 제대로 챙겨 오셨습니까?"

아울우드의 말에 반군 대장이 고갯짓으로 신호를 보내자, 부하 한 사람이 주머니에서 무언가를 꺼내 들고 후다닥 달려왔다. 가까이서 보니 그건 일행이 마할레에서 확보한, 그리고 지프차를 버릴 때 함께 두고 온 데르셰트의 사진 뭉치였다. 부하가 카메라 앞에 사진을 하나하나 가져다 댈 때마다 아울우드의 미소가 한층 더 또렷해졌다.

"아주 좋습니다, 아주 잘 보여요. 카메라 성능에 투자하길 잘했네요! 침팬지랑 얼룩말 같은 건 빨리 좀 넘깁시다. 여기 이 새가 중요하니까. 이런 귀중한 물건을 훔쳐선 옆 나라까지 냅다 도망쳐 오다니, 덕분에 인류가 얼마나 큰 손해를 본 건지는 알까 모르겠네요. 하기야 저 훼방꾼 놈들이 인류의 앞날처럼 중요한 일을 언제 고민해 보았겠느냐마는."

"인류의 앞날? 아니, 도대체⋯."

"아, 아, 조용히! 지금 어른이 중요한 일 하는 중이잖습니까. 저한테는 세계를 구할 사명이 있단 말입니다, 사명이!"

아울우드의 신경질적인 대꾸에 로키가 입술을 더욱 세게 깨물었다. 이번에는 짜증이 아닌 위기감 때문이었다. 포로로 잡혀 본 경험이라면 적지 않았다. 공교롭게도 바로 그 덕택에 로키는 자신이 구체적으로 얼마나 위험한 처지에 놓였는지를 누구보다도 정확히 가늠할 수 있었다. 상대가 자발적으로 얼굴을 드러내고, 묻지도 않은 소리를 줄줄 늘어놓고, 결정적으로 로키의 말에 굳이 대꾸까지 했다는 건 이제 일행에게 무엇 하나 숨길 필요가 없다고 판단해서일 터였다. 아마도 금방 제거할 작정이기 때문이리라.

방금까지 끓어오르던 피가 순식간에 차게 식었다. 여기서부터는 냉정한 협상이 필요했다. 내밀 카드가 없는 건 아니었지만 그게 통할지 어떨지는 확신할 수 없었고, 내미는 방법에 따라서는 소용이 전혀 없을 가능성도 높았다. 그랬기에 아울우드가 사진을 감상하는 동안 로키는 머릿속으로 협상 카드를 가능한 한 보기 좋게 정리하려 애썼다. 마모가 갑작스레 나서서 사고의 흐름을 온통 흐트러뜨려 놓기 전까지는.

"이제부턴 절대 절대 훼방 안 놓을게요! 그리고 또 뭐냐, 미지의 생태계를 찾으시는 거죠? 그것도 우리가 대신 찾아 드릴 수 있는데!"

"죄송하지만 당신들은 결정적인 증거를 도둑질해 놓고 엉뚱한 콩고나 뒤지던 분들이잖습니까? 아시다시피 저는 철저한 능력주의자입니다. 능력을 증명하지 못한 사람에게 막연한 희망을 품는 일은 결단코 없습니다. 그러니 낙원을 찾는 데에 당신들의 도움 따위는 철저히, 아주 철저히 불필요해요."

협상 시도로서는 정말이지 최악이었다. '도와주겠다고 제안하기'라는 중요한 카드를 이렇게 대뜸 꺼내서 주도권을 저쪽에 넘겨주다니! 아울우드가 카드를 능숙하게 역이용하는 대신 장황한 대꾸나 늘어놓은 게 불행 중 다행이라고 할 만했다. 한편 바로 그 장황한 대꾸 속에 기대하지조차 않은 핵심 정보가 둘씩이나 숨어 있었던 건 '불행 중 다행' 정도로 뭉뚱그릴 수 없는 대단한 행운이었다. 마모가 우연히 끄집어낸 그 정보야말로 로키에게는 지금 가장 필요한 무기였으니까.

첫째, 아울우드는 일행이 콩고민주공화국에서 뭘 하고 있었는지 안다.

둘째, 그런데도 아울우드는 미지의 생태계가 탄자니아에 있으리라고 확신한 채다.

이거라면, 이 정도라면…. 일단은 해 볼 만하겠다는 것이 로키의 판단이었다. 내키는 일은 솔직히 전혀 아니었지만, 아무래도 지금은 다른 방법이 보이지 않았다. 그렇다면야 마음 독하게 먹고 해 보는 수밖에. 잠깐 흐트러졌던 생각을 다시 가다듬어, 로키는 아울우드를 향해 찬찬히 이렇게 운을 떼었다.

"엉뚱한 장소를 뒤지던 건 그쪽이잖아. 미지의 생태계는 여기 콩고민주공화국에 있어. 우린 벌써 대략적인 위치까지 알아냈는걸."

"그런 뻔한 도발에 넘어갈 사람이었다면 제가 이 자리까지 올라왔겠습니까? 아, 그렇지. 정말로 낙원이 콩고에 있다고 주장하실 작정이라면 어디 이 질문에 한 번 대답해 보세요. 아까 본 사진 중에 얼룩말 뒷다리가 찍힌 게 있던데, 대체 언제부터 얼룩말이 콩고 숲속에 사는 동물이었죠?"

질문을 마친 아울우드의 얼굴에 자신만만한 표정이 떠올랐다. 하지만 그 표정은 미처 완성되기도 전에 그만 기우뚱 흔들리고 말았다. 화면 밖의 상대가 자신과 똑같이 자신만만하게 웃고 있었기 때문에. 그 얼굴 그대로 로키가 대답을 마치는 데엔 딱 1초밖에 들지 않았다.

"오카피."

"뭐라고요?"

"사진에 찍힌 건 얼룩말이 아니라 오카피라고. 숲 기린이나 콩고 기린이라고도 불리는데, 분류학적으로는 기린과 가장 가깝지만 다리와 엉덩이에는 흑백 줄무늬가 있지. 거기 앉아서 태연한 척 검색이라도 해 보면 알 수 있을 거야. 사진 속의 줄무늬가 얼룩말보다는 오카피하고 더 닮았다는 걸, 그리고 오카피가 오직 콩고민주공화국 북동부에만 서식하는 동물이란 걸."

아울우드는 잠시 아무 말도 없었다. 몸의 들썩임도 어느새 멈춘 채였다. 눈동자가 위아래로 획획 움직이는 걸 보아하니 정말로 오카피를 검색해 보는 중인 게 분명했다. 아무리 검색한들 결론은 달라지지 않겠지만. 사진을 손에 넣은 직후엔 로키도 미지의 생태계가 당연히 탄자니아에 있으리라고 생각했기에 미처 알아채지 못했지만, 일단 깨닫고 나니 이 이상 확실한 증거가 없었다. 아울우드의 안색이 새파래진 것도 무리는 아니었다.

하지만 미지의 생태계가 콩고민주공화국에 있음을 밝혀 아울우드에게 한 방 먹인다 한들, 그것만으론 아무 의미가 없단 사실을 로키는 잘 알았다. 상대는 돈과 인력이 썩어 넘치는 세계적 대부호였다. 지금부터 탄자니아 탐사를 내던지고 마이코 국립공원을 샅샅이 뒤진다면, 로키 일행의 도움 없이도 미지의 생태계쯤은 어떻게든 찾아낼 수 있을 만큼. 그건 아울우드가 로키 일행을 굳이 살려 둘 필요가 없다는 의미이기도 했다. 그러니 이제부터 던져야 할 카드는 가벼운 조롱 따위가 아닌 협박이었다. 죽더라도 결코 곱게 죽지는 않겠다는 협박. 억만장자한테도 먹힐 만큼 치명적인 협박. 그것이야말로 로키의 진짜 노림수였다. 협박에 쓸 소재라면 한참 전부터 짐작하고 있었다. 이제부터는 오직 그 짐작에 목숨을 걸 때였다.

"자아, 당신이 말한 '낙원'은 탄자니아에 있는 게 아니었어. 그리고 당신은 아마 그 진짜 의미도 이해할 거야. 리하르트 오일렌발트가 남긴 단서를 그토록 철석같이 믿고서 집착해 온 데에는 이유가 있을 테니까. 그렇지?"

"무슨 말씀을 하시려는지 저, 저는 전혀 모르겠군요."

"어, 그래? 그러면 이 기회에 여기 있는 사람 전원한테 설명해 주는 수밖에 없겠네. 리하르트 오일렌발트가 왜 콩고에서 발견된 신종을 탄자니아산이라고 학계에 보고했는지, 왜 박제를 그렇게까지 엉망으로 만들었는지, 오일렌발트의 진짜 목적이 뭐였는지. 그리고 무엇보다도 당신이 왜 여태껏 오일렌발트의 업적을 증명하겠다면서 탄자니아에 헛돈을 퍼부어 왔는지도."

"그만하시죠! 목숨 구걸치고도 추합니다. 소용도 없고요."

"어라, 진짜로 추한 사람은 뻔뻔한 날조범인 오일렌발트가 아닐까? 본인은 탄자니아에 가만히 앉아 있었으면서, 남의 업적이란 업적은 죄다 빼앗아다가 자길 위대한 탐험가로 치장하는 데 써먹은 사람이잖아. 이제 보니까 그쪽에 앉아 계신 누구도 딱 그러고 계신 게, 혹시 무슨 관계라도…."

"그만! 그만하라고 했잖아! 입 좀 닥쳐!"

태블릿 PC의 스피커에서 고함이 빽 터져 나왔다. 주변의 반군들이 일제히 술렁였다. 로키를 제외한 세 사람도 이 갑작스러운 태도 변화에 의아함을 감추지 못했다. 한참 숨을 고른 뒤에야 겨우 이어진 아울우드의 말 역시 그들에겐 한없이 놀라울 뿐이었다.

"아시다시피 저는 자수성가한 사람입니다. 조상께 물려받은 재산이라곤 한 푼도 없이, 오직 제가 번 돈으로 회사를 세워서 여기까지 일궈 낸 거란 말입니다. 그러니 경고하건대 다시는, 다시는 저와 제 가문을 모욕하지 마세요."

"누가 그쪽 가문 얘기 궁금하대? 협상하고 싶으면 조건이나 제시해 봐."

"제게 전적으로 협력할 것이 조건입니다. 당신들이 아는 정보를 총동원해서 낙원의 위치를 정확히 알아내고, 저를 그곳까지 안내하는 겁니다. 알겠습니까? 한 세기 동안 숨겨져 있던 낙원을 맨 처음으로 눈에 담을 사람은 바로 저입니다. 그것이야말로 제가 정당히 물려받은, 아니, 노력해서 얻어 낸 양보할 수 없는 권리입니다."

아울우드가 한껏 씩씩거리며 내뱉은 말을 로키는 일부러 가벼운 눈인사로 받았다. 기적적인 협상이 성사되는 순간이었다. 어마어마한 긴장이 한순간에 풀린 솔라라의 몸이 옆으로 픽 고꾸라졌고, 마모와 루치도 제각기 안도의 한숨을 내뱉었다. 하지만 그중 누구도 협상이 성사된 진짜 이유를

알지는 못했다. 이 상황을 똑똑히 이해하는 단 두 사람, 로키
와 제프리 아울우드가 여전히 침묵 속에서 서로를 노려보고
있었기에.

**

"이게 통하네. 솔직히 확신은 없었는데, 진짜 사람 마음
복잡하다."

반군 캠프 구석의 삭막한 컨테이너 상자 안에서, 케이블
타이로 꽁꽁 묶인 손발을 놀려 간신히 벽에 기대앉은 로키
가 묘하게 맥 빠진 목소리로 입을 열었다. 마모가 몸을 뒤틀
며 자세한 설명을 재촉하지 않았어도 어차피 말할 작정이었
다. 결정적인 비밀이 밖에 새어 나가지 않도록 최대한 목소리
를 낮춰서. 결정적이라고 해 봐야 실은 아주 사소하기 짝이
없는 비밀이었지만, 그래도 바로 그것이 아울우드를 협박해
일행을 살린 최후의 열쇠였다.

"오일렌발트(Eulenwald)가 독일어로 '올빼미의 숲'이란 뜻
이잖아. 그걸 영어로 쓰면 아울우드(Owlwood)고. 제프리 아
울우드는 리하르트 오일렌발트의 후손이야. 1차대전 이후에
가문이 미국으로 건너오면서 불이익을 받지 않으려고 성을
바꾼 거겠지. 마할레에서부터 심증은 있었는데, 적중해서 다
행이지 뭐야."

"잠깐, 그러면 아울우드가 여태 미지의 생태계를 찾아다닌 것도 그래서야?"

"사회적으로 성공하고 나서 갑자기 자기 뿌리 궁금해하는 사람 꽤 있거든, 솔라라. 조상의 업적을 후손인 자기 손으로 증명하겠단 목적도 없진 않았겠지. 그런 사람이라면 반대로 조상의 치부만큼은 어떻게든 감추고 싶어 하지 않겠어? 특히 여기 반군한테는 들인 돈이 있으니까 앞으로도 계속 거래해서 본전을 뽑아야 할 텐데, 그런 중요한 사업상 파트너한테 자기가 날조범의 후손이었다는 치욕적인 사실이 알려지면 곤란하다고 생각했을 거야."

물론 그걸 빌미로 한 협박이 먹혀들었던 건, 아울우드의 목적이 그저 조상의 이름 빛내기 하나만은 아니었던 덕택이다. 선번은 그가 지금껏 벌인 일이 '인류를 구하기 위한' 행동이라고 말했다. 아울우드는 일행을 조롱하는 와중에 '인류의 앞날'을 언급했다. 그 거창한 말 하나하나에 조금이라도 사실이 섞여 있어서 아울우드가 정말 모종의 사명감으로 움직이는 사람이라면, 낙원의 위치를 안다고 주장하는 방해꾼들의 등장은 위기인 동시에 기회이기도 했으리라. 협상에만 성공한다면 조상의 치부를 감출 수 있을 뿐 아니라, 조상의 기록을 하나도 믿을 수 없게 된 상황에서 더는 돈과 시간을 낭비하지 않고 낙원을 찾아낼 수도 있을 테니까. 과연 아울우드는 당황하고 분노하면서도 결국 가장 효율적인 길을 택했다. 로키가 유도한 대로였다.

"과연, 당근과 채찍이었습니까. 덕분에 다행히도 일이 잘 풀렸습니다."

"그야 목숨 건졌으니까 다행인 건 맞지. 나한텐 그렇게 잘 풀린 게 아니지만."

루치의 감사 인사에 로키가 더더욱 기운 없는 목소리로 대답했다. 잠깐 기대앉았던 몸이 바닥으로 다시 주르륵 흘러내렸다. 협상할 때 보였던 공격적인 자신감이라고는 온데간데없이, 얼굴엔 이내 복잡한 고민의 기색이 어지러이 떠올랐다. 꾸물꾸물 기어 온 마모의 천진난만한 눈빛이 로키의 그런 얼굴을 빤히 응시했다.

"왜요? 아울우드 오면 낙원까지 잘 데려다주고, 인사하고, 집에 가면 되는 거 아니에요?"

"너는 그러면 되겠지만, 난 환경 운동가란 말이야. 미지의 생태계를 독차지하려는 기업가랑 애초에 협상하면 안 되는 사람이라고. 정말이지, 혼자였으면 차라리 뭐라도 저질렀을 텐데."

함께 붙잡힌 다른 세 사람을 힐끔거리며 로키가 한숨을 섞어 대답했다. 저들만 아니었더라면 로키는 정말로 자기 목숨을 내던져서라도 아울우드에게 저항했을 터였다. 하지만 솔리테어, 벤저민, 엘데이 같은 LC의 과격파 동료들과는 달리 로키는 자신을 믿고 여기까지 따라온 일행의 목숨마저 신념을 위해 희생시킬 각오까지는 되어 있지 않았다. 전부 그런 성격 탓이었다. 지금까지 겪은 갖가지 번잡한 인간관계 문제도, 누구보다 먼저 발견해 지켜 낼 작정이었던 미지의 생태계를 아울우드에게 고스란히 갖다 바칠 신세가 된 것도 전부.

"알겠지? 당장 위기를 넘긴 건 넘긴 거고, 잠자코 저쪽에 협력해 줄 수는 없어. 협력한다고 아울우드가 우릴 끝까지 살려 준다는 보장도 없잖아. 하지만 저쪽에서도 우리가 뒤통수를 칠 거란 의심쯤은 당연히 하겠지? 결정적으로 의심받기 전에 수를 써야 하는데, 도대체 이 상황에서 뭘 어떻게 해야…."

"잘 모르겠지만, 아무튼 많이 곤란해지신 거죠? 그러면 제가 해결할게요!"

"됐어. 너한테 부담 주려던 거 아냐. 어차피 내 개인 사정이고."

"제안한 거 아닌데요? 통보한 거지. 더 누워 있으려고 했는데, 웃차."

대답하는 목소리가 아주 조금 싸늘해지는가 싶더니, 다음 순간 마모는 자리에서 벌떡 일어나 있었다. 끊어진 케이블 타이 조각이 손목 언저리에서 후두둑 떨어졌다. 깊은 고민의 수렁에서 퍼뜩 고개를 내민 로키를, 천진난만한 눈빛이 이제는 한참 위에서 내려다보고 있었다.

"봐요, 제가 해결한다고 그랬잖아요."

어안이 벙벙해져 일단 뭐라고 묻기라도 하려던 로키였지만, 마모의 손가락이 재빨리 다가와 그 입술을 꾹 눌렀다. 반대쪽 손으로는 운동화 뒤축에 살짝 튀어나와 있던 칼날을 길게 뽑으면서. 얼마 지나지 않아 루치의 구속도 마찬가지로 간단히 끊겨졌다. 순식간에 자유의 몸이 된 두 사람의 대화가 로키의 귓속에서 일방적으로 메아리쳤다.

"일이 잘 풀렸네요! 아까처럼 사방에 군인 쫙 깔린 상황에선 솔직히 움직이기가 쉽지 않았잖아요."

"성공 확률은 2할 정도였으리라고 생각합니다. 언제 행동하게 될지 모르니, 무기나 유류 창고의 위치는 일단 계속 확인하고 있었습니다만."

"창고 경비가 그렇게 삼엄하지는 않았죠? 그렇다면 저한테 재미있는 계획이 있어요. 저쪽 박제사 선생님께 도움을 좀 받으면 해 볼 만할 텐데!"

"뭐든 좋습니다만 서두르시기를 부탁드립니다. 아울우드가 제트기로 날아올 예정이란 이야기를 아까 얼핏 엿들었습니다."

대화가 이어지는 동안 루치는 가볍게 몸을 풀었고, 마모는 뒤꿈치를 바닥에 툭툭 쳐서 칼날을 다시 집어넣었다. 전부 태연하기 짝이 없는 동작이었다. 마치 진작부터 준비해 둔 일이라는 듯이. 그 모습에 기겁한 솔라라가 입을 떡 벌리고서 더듬더듬 흘린 의문에도, 마모와 루치 부스토미보사는 정말로 눈 하나 깜짝하지 않았다.

"야, 너네 뭔데? 응? 대체 모, 모, 모, 목적이 뭐야?"

"목적 말인가요? 글쎄, 일단 이것저것 있긴 한데요."

마모가 대답했다. 여전히 생글생글 웃으면서, 눈을 반짝반짝 빛내면서.

"당장은 '난장판 만들기'라고 해 둘까요?"

*
**

이튿날 오후, 제프리 아울우드가 전용 제트기와 헬리콥터를 갈아타 가며 반군 캠프에 도착했을 때까지만 해도 난장판이 일어날 낌새는 전혀 눈에 띄지 않았다. 수행원을 양옆에 줄줄이 거느리고 나타난 아울우드 앞에서 반군 대장은 절도 있게 경례를 붙였고, 총사령관한테나 할 법한 그 인사에 아울우드는 살짝 손을 들어 가볍게 답했다. 지난날에 태블릿 PC 화면 속에서 뿜어냈던 격렬한 분노는 얼굴에서 이미 깨끗하게 사라진 뒤였다. 그 목소리에도 이제는 기대감만이 뚝뚝 묻어났다.

"허례허식은 이쯤이면 됐습니다. 돈 얘기도 지금 할 필요는 없지요. 그보다는 우리 방해꾼들, 아니지, 길잡이 여러분 얼굴부터 빨리 좀 봤으면 하는데요. 어디죠? 저 건물인가요?”

“저건 우리 애들 막사입니다.”

“그걸 여쭤본 게 아니지 않습니까. 제가 말을 했으면 바로 길잡이들 가둬 놓은 데까지 안내를 해 주셔야죠? 낙원으로 저를 데려다주실 분들과 나눌 이야기가 아주 많단 말입니다. 앞장서세요. 어서.”

이윽고 아울우드는 대장의 안내를 받아 광산 지대를 가로질렀다. 목적지는 물론 캠프 구석에 덩그러니 놓인 컨테이너 상자였다. 대장이 그 자물쇠를 철컥 푸는 순간까지도 아울우드의 만면에는 여전히 기대가 가득했다. 하지만 그것도 어두컴컴한 컨테이너 안의 광경이 눈에 똑바로 들어오기 전의 이야기였다. 의문이, 당혹감이, 그리고 한층 거센 분노가 차례로 밀려와 아울우드의 몸을 마구 뒤흔들었다. 그 결과는 세계적인 기업가가 사람 모양을 한 폭죽처럼 길길이 날뛰며 소리치는 진기한 광경이었다. 근처에 세워진 트럭 뒤에서 상황을 구경하던 마모가 참지 못하고 짤막한 감상을 내뱉었다.

“이거 찍어서 올렸으면 조회수 대박이었겠는데요. 휴대 전화만 안 빼앗겼어도!”

그 감상에 동의해 준 이는 아무도 없었다. 루치와 로키는 사방을 날카로운 눈으로 경계하느라 바빴고, 솔라라는 식은땀으로 흠뻑 젖은 양손에 끊어진 전선을 하나씩 쥐고 있는 것만으로도 이미 탈진하기 직전이었다. 이가 쉼 없이 딱딱 부딪히고 연신 다리의 힘이 풀려서 넘어지려는 꼴이 안쓰럽기 짝이 없었다. 어떻게든 로키에게만 들리게 하려고 조그맣게 중얼거리는 겁에 질린 목소리 역시 마찬가지였다.

"어쩐지 수, 수, 수상하긴 했어. 함정 해체하, 하는 솜씨가 심상찮았다고. 포, 폭약 다루는 것도…. 기자 아냐. 저것들 절대로 기자 아냐."

"그러게, 확실히 수상하긴 했지. 처음부터."

로키가 딱히 숨기려는 작정 없이 대꾸했다. 슬쩍 자신에게 향하는 마모의 시선을 느끼면서, 지금껏 벌어진 일을 머릿속으로 하나하나 되짚어가면서. 용병들에게 실시간으로 전달된 일행의 목적지, 마할레에서 마모와 선번이 뭔가 협상을 맺은 듯했던 낌새, 솔라라의 작업실에서 타이밍 좋게 일어난 파괴 공작원 스타일의 화재, 얼마든지 조작할 수 있는 협박 메일이나 교통사고…. 전부 일행이 아프리카로 향하도록, 거기서 미지의 생태계에 대한 단서를 얻은 채 적에게 붙잡히도록, 그리하여 결과적으로 아울우드를 일행의 눈앞까지 불러내도록 교묘하게 유도해 온 사건들이었다.

하지만 그 모든 사건보다도 훨씬 이전부터 로키는 이미 자그마한 의심의 씨앗 하나를 마음에 품고 있었다. 콘월의 항구 마을에서 처음으로 마모라는 녀석과 만난 바로 그날부터. 날붙이라고는 하나도 들고 있지 않았던 불량배들로부터 로키를 지키려다가 배에 자상을 입는 바람에, 로키는 녀석을 둘러업고 차까지 뛰어서 응급처치를 해 줘야 했다. 바로 그 사건이 로키를 마모의 조력자로 만들었다. 로키가 박제 도난 사건을 조사하는 계기가 되었고, 미지의 생태계를 찾는 여정에 나서게끔 했다. 이곳 마이코 국립공원의 반군 캠프 한가운데까지 로키를 이끌었다. 전부 그날의 일 때문에. 그날 밤에 차 안에서 본 상처의 묘한 각도와 깊이 때문에. 마모가 자신을 계획에 끌어들이려고 그런 위험천만한 자작극까지 벌였단 사실을 알아챘기 때문에.

직접 보고 싶었다. 도대체 어디까지 저지를 작정인지.

"하지만 꽤 놀란 건 사실이야. 설마 이 정도일 줄은 몰랐거든, 마모."

"칭찬 고마워요. 영광스러워서 몸 둘 바를 모르겠네요."

로키의 말에 마모가 너스레를 떨며 답했다. 시시각각 치미는 흥분 때문에 뺨이 발갛게 물든 채로. 그 얼굴이 로키의 마음속에 작은 파문을 불러일으켰다. 엘데이가 봤다면 틀림없이 '또 아무한테나 마음을 주고 있다'라며 핀잔했겠지만, 로키에게는 항상 확고한 기준이 있었다. 애당초 사람을 그리 좋아하는 편이 아니었으니까, 인류의 절대다수는 따분하기 짝이 없다고 줄곧 생각해 왔으니까. 대신에 로키는 딱 한 부류의 사람만큼은 참을 수 없이 좋아했다. '사람을 싫어하는 사람'을.

지도교수를 택할 때가 그랬고, LC에 몸담을 때가 그랬고, 조직원을 모아올 때는 물론이거니와 심지어는 그냥 누굴 사귈 때조차도 거의 본능적으로 그랬다. 정신을 차려 보면 로키는 언제나 자신보다 한층 더한 인간 혐오자 무리에 끼어 있었다. 로키는 그게 어쩌면 자신과 한없이 가까우면서도 결코 닿을 수는 없을 순수를 향한 동경 때문일지도 모른다고 생각했다. 자신이든 타인이든 인간이라면 누구나 거리낌 없이 내버릴 수 있는, 인간에게 어떠한 가치도 두지 않을 수 있는 사람에게만 허락된 놀랍고도 파괴적인 위업에 대한 동경.

바로 그것이 로키가 LC라는 조직에서 여태 활동하고 있는 이유였다. 인간을 최소 관심 등급의 종으로만 여기는 사람들의 계획과 성과를 가장 가까이서 보고 싶으니까. 그리고 이번에도, 마모의 계획 뒤편에서 남들은 물론 자기 목숨마저 아낌없이 도구로 휘두르는 파괴적인 의지를 느꼈기에 로키는 마모와 함께하기로 결심했다. 앞으로 펼쳐질 광경은 말하자면 그 결심이 맺는 열매였다. 두근거림이 그치지 않았다.

"지금입니다."

루치의 신호가 떨어졌다. 일행을 찾아 우왕좌왕 흩어진 반군 중 열두어 명이, 하필 채광용 폭발물을 모아 둔 창고 앞에 일시적으로 모인 시점이었다. 곧이어 솔라라의 떨리는 손이 전선 둘을 맞붙였다. 눈을 꼭 감은 채, 뒤따라올 당연한 여파를 기다리면서. 폭발은 당장 일어나지 않았다. 하지만 1초하고도 조금 더 되는 유예가 어떠한 차이를 만들지는 못했다.

천지가 뒤흔들렸다. 방금까지 창고가 있었던 장소에서 부풀어 오른 거대한 불덩이가 순식간에 풍선처럼 폭발했고, 자욱한 먼지구름이 광산 전체를 휩쓸었다. 비명이 여기저기서 어지러이 터져 나왔다. 어떤 비명은 한순간이었고, 어떤 비명은 훨씬 길게 이어지다가 이윽고 흐느낌으로 변해 갔다. 이제야 아주 조금 붉어지려던 하늘은 한없이 새빨갛고 뜨거운 지상의 노을 앞에서 그 빛을 잃었다. 그 인위적인 노을빛 속에서 어른거리는 마모의 순진무구하고도 냉혹한 미소를, 로키는 가벼운 경이감에 휩싸인 채 한동안 멍하니 바라보고만 있었다.

어쩔 수가 없다고 생각하면서.

역시 이런 사람들을 안 좋아할 수가 없다고 생각하면서.

Chapter 5 :

오래 살다가 죽어 사라지길
(May You Live Long And Die Out)

언제 어디서나 불꽃과 연기에 감싸여 있었기에, 그 존재를 눈치챈 사람은 거의 없었다.

예컨대 외츠탈 크라이오닉스 사건에서도 그랬다. 줄지어 놓인 냉동 보존 캡슐을 감싸며 모락모락 피어오른 희고 불길한 연기를 가장 먼저 목격한 사람은, 보존실이 내려다보이도록 커다란 창을 낸 복도에 투자자들을 모아 두고 냉동 수면의 원리를 막 설명하려던 외츠탈의 홍보 담당 직원이었다. 그는 문제의 연기가 냉매 파이프로부터 뿜어져 나오고 있음을 깨닫고 즉시 경보를 울렸을 만큼 상황 판단이 빠른 사람이기도 했다. 하지만 그런 그조차도 과학기술의 발전에 희망을 걸고서 기약 없는 수면에 들었던 부자들이 요동치는 온도에 휩쓸려 확실한 죽음을 맞이하는 걸 막을 수는 없었다. 스스로 피워 올린 차가운 연막 속으로 후다닥 도망치던 자그마한 그림자의 정체를 확인하지 못했음은 물론이었다.

타웅 갤럭틱스의 첫 번째 유인 우주선 '소어링 이글'이 모하비 사막 상공에서 불덩이로 변해 추락하는 동안에도 마찬가지였다. 발사 순간을 취재하고자 구름처럼 몰려들어 있던 기자들은 CEO 매들린 타웅의 새파래진 얼굴만을 대신 열심히 찍어댔다. 자신의 목표가 단순한 우주여행이 아니라 인류의 새로운 삶의 터전 개척이며, 이번 시험 발사가 성공하면 곧바로 화성과 유로파를 테라포밍하는 계획에 착수하리라고 방금까지 힘차게 외치던 얼굴이었다. 한편 발사 직전까지 기술자 무리에 섞여 현장을 분주하게 오가던, 그러다가 초유의 비상사태가 벌어지자 귀빈용 천막 아래서 과일 펀치를 조금 홀짝이고서 유유히 떠나 버린 누군가의 얼굴은 어떠한 카메라에도 찍히지 않았다.

하지만 호주 최악의 연쇄 방화범이 언젠가 말했듯 화재는 그을음을 남기는 법이었다. 인류가 장래에 이주할 만한 외계 행성을 선별하는 프로젝트의 한 축이었던 셀람 천문대를, 수명 연장 연구의 일인자였던 로베르타 플레스 박사의 자가용을, 인간 의식의 디지털 업로딩이라는 목표에 가장 가까이 도달해 있다고 일컬어졌던 다크넷 트랜스휴머니스트 그룹 '블랙스컬'의 비밀 실험실을 휘감은 불꽃과 연기 속에서 적어도 한 사람만큼은 결코 간과할 수 없는 형태의 그을음을 포착해 냈다.

범행 수법의 유사성, 간격의 일정함, 그리고 바람에 날리는 재처럼 귀에 닿는 몇 가지 소문들. 무엇 하나 확실한 단서는 아니었다. 2년에 걸친 추적 끝에 도달한 리우데자네이루 시내의 어느 호텔 방에서, 루치 부스토미보사가 침대에 앉은 사냥감의 미간에다 대고 권총 방아쇠를 당기기 전에 일단 이렇게 물은 것도 바로 그 때문이었다.

"제가 제대로 찾아온 게 맞습니까? 수긍이 가실지는 모르겠습니다만, 그래도 저 나름대로는 기준이란 게 있어서 말입니다."

루치의 물음에 사냥감은 테이블에 펼쳐진 범행 현장 사진들을 힐끔 쳐다보았다. 당혹감도 절망감도 없이 그저 묘하게 흥미로워하는 듯한 눈빛이 동그란 안경알을 뚫고 반짝 빛났다. 그 눈빛은 이내 사진으로부터 멀어져, 총신을 슬금슬금 타고 올라 루치를 똑바로 향했고, 입술이 슬며시 열렸고….

"절반이나 들켰네요. 최대한 조심한다고 한 건데, 부끄러워라."

그 태연한 고백을 듣는 순간에 루치는 본능적으로 깨달았다.

자신이 상상 이상의 월척과 만났다는 사실을.

**

"그게 바로 저 사람입니다. 어느 정도 이해가 되셨길 바랍니다."

혼란을 틈타 훔친 지프를 몰고 노을 내린 숲길을 전력으로 내달리면서, 설명을 마무리한 루치는 뒷자리에 앉은 마모를 고갯짓으로 홱 가리켰다. 이에 장단을 맞추듯이 마모가 손가락으로 V자를 만들고선 씩 웃어 보였다. 심각해진 분위기를 푸는 데에 어떠한 도움도 되지 않는 몸짓이었다. 뒷자리 구석에서 마모와 거리를 최대한 벌린 채 쭈그려 앉아 있던 솔라라가 노골적으로 진저리를 쳤다.

"저것들 완전 미치광이 부류였네! 주제에 기자는 무슨 기자라고…."

"거짓말은 아니었는데요? 이 업계에서야 기자라고 자칭하면 다 기자죠. 우리야 본업이 따로 있을 뿐이지."

"그 본업이 테러리스트랑 연쇄살인범이라면서! 야, 로키. 이런 위험천만한 종자들이랑 엮이려면 제발 혼자 좀 엮이라고 내가 전에 말한 적 없었냐? 있었지, 어?"

로키는 솔라라의 추궁에 굳이 답하지 않았다. 시시콜콜한 사과나 해명 따위는 나중에 언제든 할 기회가 있을 테니까. 무엇보다 지금은 대답하기보단 역시 질문하고픈 기분이었다.

"정체는 대충 알았다 치고, 도대체 왜 둘이 같이 다니는 거야? 얘기 들어보니까 완전히 사냥감이랑 사냥꾼 관계인데."

"거래가 있었습니다. 다음번 공작에 힘을 보태 준다면, 일을 마무리한 뒤에 훨씬 만족스러운 사냥감을 제공하겠다는 거래가."

"그냥 만족스러운 사냥감이 아니라, 세상에서 가장 커다란 사냥감! 큰일 하려고 사람 모으는 데 대가를 아끼면 안 되잖아요. 이번 일이 끝날 땐 준비돼 있을 거예요. 약속대로."

딱히 궁금증이 해소되는 대답은 아니었다. 마모가 준비했다는 사냥감이 대체 무엇인지부터가 일단 수수께끼였고, 애당초 마모의 목적이 무엇인지도 로키는 여전히 감을 잡을 수가 없었다. 돈을 받고 개인이나 기업을 공격하는 테러리스트야 범죄 업계에서는 흔하디흔한 직업군이지만, 단순히 탈리아페로를 무너뜨리거나 CEO를 암살하는 게 목적이었다기엔 마모의 행보에 미심쩍은 지점이 너무나 많았으니까. 왜 굳이 로키에게 접근했는지, 미지의 생태계 탐색에는 왜 이토록 열심히 동참했는지, 방금도 아울우드를 폭사시킬 기회가 충분히 있었는데 왜 그러지 않았는지….

호기심은 갈수록 무럭무럭 자라났으나, 안타깝게도 질문을 더 던지기에는 상황이 영 좋지 않았다. 시끄러운 엔진

소리가 일행의 지프차를 따라붙기 시작했다. 예상한 바였다. 운이 좋아 폭발에 휩쓸리지 않은 반군들에다가 위치상 큰 피해가 없었을 아울우드의 수행원들까지 합치면 남은 상대의 수는 대략 스무 명. 캠프를 떠나오면서 마모가 벌인 분주한 파괴 공작은 헬리콥터를 비롯한 반군의 이동 수단 상당수를 무력화했지만, 그래도 놈들에게는 연료통에 미처 구멍을 내지 못한 차량 여러 대와 충분한 무기가 있었다. 그 정도면 고작 네 사람뿐인 도망자 무리에게는 충분히 위협적인 병력이었다. 부랴부랴 챙겨 온 무기를 각자 손에 쥐고서, 일행은 조용히 마른침을 꿀꺽 삼켰다.

먼저 송곳니를 드러낸 건 상대편이었다. 당장 멈추라는 의례적인 명령이 멀리서 어렴풋하게 들려오는가 싶더니, 곧이어 일행이 탄 것과 같은 지프 한 대가 자욱한 흙먼지 사이로 맹렬히 달려 나왔다. 길과 수풀을 구분하지 않고 뚫으며 질주하는 그 기세는 잔뜩 굶주린 맹수를 닮아 있었다. 창밖으로 고개를 내민 로키의 위협사격에도 전혀 흔들림이 없는 기세였다. 그렇다고 무작정 속도를 내서 뒤쫓아 오는 것만도 아니었다. 루치가 아무리 운전에 공을 들여 거리를 벌리려 애써도, 커브를 하나만 돌고 나면 상대의 지프는 어김없이 전보다 더 가까이 따라붙은 뒤였다. 지도에도 나오지 않는 이 비포장도로 어디 어디에 커브가 있는지, 언제 핸들을 꺾어야 그 하나하나를 최단 거리로 뚫고 갈 수 있는지 훤히 꿰고 있다는 듯이.

"과연 이 동네 터줏대감이네. 운전으로 떨쳐 내는 건 무리겠어."

"그렇다면야 어쩔 수 없겠습니다. 충돌에 대비하시길."

백미러 저편의 지척에 상대 차량의 모습이 비쳤다. 차체를 뒤흔드는 진동이 그 뒤를 이었다. 쿵! 쿵! 쿵쿵! 충돌의 주기가 갈수록 빨라지는가 싶더니, 다음 커브에 접어들 때쯤 상대의 지프는 기어이 일행이 탄 차량의 오른편을 드르륵 긁으면서 완전히 따라붙어 버렸다. 창문을 내리고 이쪽을 노려보는 반군들과 눈을 똑바로 마주칠 수 있을 만큼. 애초부터 이게 목적이었으리라. 응고롱고로에서 맞닥뜨린 무리처럼 멀찍이서 중화기를 쏴대는 대신, 굳이 얼굴이 보이는 거리까지 다가왔다는 건… 지프에 탄 상대 중 하나가 다름 아닌 반군 대장임을 로키는 금방 깨달았다. 그 표정이 형언할 수 없는 분노로 한껏 일그러져 있단 사실도.

"와, 저 아저씨는 왜 저렇게 화가 났대요? 붙잡혀서 죽을 뻔한 건 우린데!"

"네가 저분 친구들을 폭약으로 날려 버렸기 때문 아닐까?"

"억울해요! 보호구역에 폭발물 쌓아 두고 채굴하다 보면 사고도 나고 그러는 거지!"

창 너머로 날아오는 권총탄을 피해 몸을 웅크리며 마모

가 뻔뻔하게 외쳤다. 진작 뒷좌석 아래에 몸을 감추고 있던 솔라라가 기겁해 눈을 휘둥그레 떴지만, 딱히 마모 때문은 아니었다. 단지 열린 차창을 통해 이쪽 지프로 불쑥 몸을 들이미는 반군 대장의 모습을 보았을 뿐. 부하들의 엄호사격이 열어 준 길을 통해 적진에 도달한 그의 입에는 살벌한 군용 나이프가 물린 채였고, 눈에는 복수심이 이글이글 타올랐다. 동지들의 원수가 비참하게 죽어 나가는 꼬락서니를 눈앞에서 직접 보고야 말겠단 의지가 말 한마디 없이도 모두에게 전해졌다.

물론 일행 중 누구도 그 의지에 순순히 굴복해 줄 생각은 없었으니, 비좁은 차 안에서 격렬한 난투극이 벌어진 것은 자연스러운 결과였다. 반군 대장의 첫 번째 목표는 어떻게든 나머지 추격자들을 떨쳐 내고자 운전에 애쓰던 루치. 로키는 창밖의 무리와 총격전을 벌이느라 뒷좌석의 소란에까지 신경을 쓸 여력이 없었으니, 자연스레 반군 대장을 저지하는 건 솔라라와 마모 두 사람의 몫이 되었다. 그 누가 보기에도 절체절명의 상황이었다. 그러나 목숨이 경각에 달린 와중에도 루치는 눈 하나 깜짝하지 않았다. 단지 운전대를 꺾으며 이렇게 한마디 툭 내뱉을 뿐이었다.

"아무리 정체를 밝혔다고 해도, 당장 선을 넘지는 마시길 바랍니다."

로키가 그 말뜻을 깨달은 건 바로 다음 순간이었다. 한편 솔라라는 깨닫고 뭐고 할 새도 없었다. 허둥지둥 바닥을 기어 도망치려다가 마모의 양발에 힘껏 떠밀려, 그대로 반군 대장의 가슴팍에 머리를 짓눌리는 신세가 되었으니까. 버둥거리는 동료의 몸을 고기 장벽으로 삼아 안전거리를 확보한 마모의 손에는 어느새 예리한 날붙이가 들려 있었다. 반군 캠프에서 케이블 타이를 끊을 때 썼던, 완만하게 휘어진 스테인리스 칼날에 손가락 구멍이 뚫린 단순한 무기. 하지만 솔라라의 머리에 가려진 상대 시야의 사각에서 꺼내 들었다면 그런 단순한 무기도 변수를 낳기엔 충분했다. 재빨리 자세를 바꿔 달려든 마모의 칼끝에서, 이내 첫 번째 변수가 선명한 핏빛으로 뿜어져 나왔다.

비록 왼팔을 깊이 찔렀을 뿐 치명상을 입히지는 못했지만, 반군 대장의 최우선 목표를 루치에서 마모로 바꿔놓기에는 그것만으로도 충분했다. 이윽고 두 사람의 칼끝이 본격적으로 맞부딪쳤다. 온통 창백해진 솔라라를 사이에 둔 채로한 번, 두 번, 세 번… 처음에는 얼핏 대등하게 시작된 전투였지만, 공방이 이어질수록 조금씩 밀리는 건 아무래도 마모쪽이었다. 반군 대장은 칼싸움으로 누구에게 쉬이 질 사람은아니었다. 상대의 몸집이 자신보다 한참 작다면 더더욱. 힘의 우세를 한껏 이용해 솔라라의 몸을 밀어내면서 틈을 주지않고 압박하는 용맹한 공세에, 어느 순간 마모는 하나뿐인무기를 떨구고 말았다. 기회를 놓치지 않은 칼날이 무방비해진 목덜미를 향했다. 미소 띤 입술 아래의 목덜미를.

"안 돼요. 임자 있는 목숨이라."

그 입술이 희미한 속삭임을 흘리는가 싶더니, 비명이 뒤따라 차 안에 울렸다. 마모가 아닌 반군 대장의 비명이었다. 허벅지 뒤쪽을 푹 파고든 격통에 그 전신이 딱딱하게 굳은 틈을 타, 미꾸라지처럼 솔라라 옆으로 몸을 빼낸 마모의 양손에는 어느새 뾰족한 대못이 세 개씩 쥐여 있었다. 벗어 던진 운동화 안쪽에서도 못 굴러가는 도로록 소리가 났다. 칼날이 바삐 오가는 동안 그 못을 요령 있게 발가락에 끼워서 힘껏 올려 찬 것이 자신을 기습한 공격의 정체임을 반군 대장은 그때야 눈치챘다. 앞으로 자신을 난타할 공격의 정체가 무엇일지도.

마모의 주먹이 반군 대장의 어깨를 연달아 때렸다. 아니, 어깨에 연달아 못을 박았다. 한 번에 하나씩 차근차근. 킥복싱과 컴뱃 삼보를 익힌 몸놀림은 그 자체만으로도 꽤 가다듬어져 있었지만, 그건 어디까지나 숨겨 둔 무기로 상대를 찌르고 벨 기회를 만들려는 수단에 불과했다. 일부러 솔라라를 밀쳐서 사이에 끼운 것도 마찬가지였다. 이런 좁은 공간에서 몰래 무기를 꺼내려면 보이지 않게 손을 놀릴 공간이 필요했으니까. 덕분에 이제 반군 대장은 어느 사각에서 새로운 기습이 날아올지 몰라 불안해하는 신세가 되고 말았다. 불안은 기세를 위축시켰고, 그렇게 생겨난 틈은 다시 변수를 낳

왔다. 두 사람 사이에서 줄곧 발버둥만 치던 솔라라가 조금이나마 더 제대로 움직일 수 있게 된 것도 그러한 변수 중 하나였다.

"작작 좀 해라, 이 또라이 새끼야!"

"지금 저한테 화내신 거예요? 굳이 따지자면 여기서 저는 차악인데요?"

"최악인 쪽은 이미 손봐 줬으니까 하는 말이다, 왜!"

피가 뚝뚝 흐르는 오른손을 흔들어 털면서 솔라라가 소리를 빽 질렀다. 아까 마모가 떨어뜨린 칼날이 검붉게 물든 채 시트 위를 나뒹굴었다. 그 칼날이 하필이면 자기 손 위로 떨어진 것도 마모의 계획이었는지, 그랬다면 자신은 처음부터 끝까지 저 뻔뻔한 자식의 도구로 놀아났을 뿐이란 건지… 솔라라는 이 주제를 깊이 생각하지 않으려 애썼다. 여태껏 온갖 부류의 고객과 얽히면서 배운 교훈이 하나 있다면, 그건 범죄자의 사고방식을 낱낱이 이해하려 들어서 좋을 게 없단 사실이었다. 그게 눈앞의 테러리스트든, 아니면 등 뒤에서 배를 움켜쥐고 마지막 숨을 몰아쉬는 반군 대장이든. 생명의 불꽃이 꺼져 가는 그 커다란 몸뚱이를 향해 마모가 얼굴을 들이밀었다.

"확인은 안 해도 돼. 확실히 급소에 꽂았으니까."

"저도 보면 알거든요? 그냥 유언 들어 주는 거 좋아해서 그래요."

말은 그렇게 했지만, 마모는 딱히 유언을 들어 주려는 게 아니었다. 안경알 뒤의 커다란 두 눈은 피를 울컥울컥 토하는 반군 대장의 얼굴을 그저 빤히 내려다보기만 했다. 어째서 그와 그의 부하들이 비극적으로 목숨을 잃기에 이르렀는지를, 어떤 잔혹한 체계와 철학이 그 배후에서 움직이고 있었는지를 사색하는 듯한 눈빛이었다. 그러나 그 눈이 한번 감겼다가 다시 뜨였을 때, 복잡하게 얽힌 사색의 갈래는 어느새 깔끔한 한마디로 정리된 뒤였다.

"사정이야 어쨌든 자본가랑은 손잡지 마세요. 보니까 꼭 끝이 나쁘더라."

그 말과 함께 마모는 달리는 차 문을 열어, 아직 목숨이 다하지 않은 반군 대장의 몸을 흙바닥에 내동댕이쳐 버렸다. 루치가 간신히 앞지른 직후였던 지프가 추격을 포기하고 그 앞에 서서히 멈춰 섰다. 차마 대장의 시체를 짓밟을 수는 없었던 모양이었다. 아니면 이 이상의 희생자를 내 봐야 의미가 없다고 생각했거나…. 어느 쪽이든 일행에게는 다행스러운 일이었다.

한편 추격자 한 무리를 따돌리는 데에 이만큼이나 시간을 빼앗겼단 사실은 그다지 다행이 아니었다. 반군 무리가 따라붙는 바람에 떨어진 속도를 생각하면 더더욱. 불길한 예상은 채 50m도 가지 못해서 어김없이 현실로, 길 양옆의 숲에서 흔들리는 그림자의 형태로 나타났다. 미처 손대지 못한 차량 중에 험지 돌파용 장갑차라도 있었던가? 아니면 혹시 정글 속에 우회로라도? 그런 자세한 사정을 따질 겨를은 없었다. 울창한 수풀을 찢고 튀어나오는 무리에게 앞길이 가로막히기 직전, 일행의 차는 주저 없이 방향을 틀어 나무 사이의 심연으로 돌진했다. 재빨리 뛰어내려 도망치는 네 사람의 발소리가 충돌의 굉음에 묻혀 사라지도록.

*
**

진짜 추격전은 이제부터였다. 도망치기도 뒤쫓기도 힘든 정글 속에서는 수적인 우세가 절대적이라고 단언하기도 힘들지만, 반대로 순간순간의 기책이 통하리란 보장도 없었다. 이건 로키 일행도, 일행을 뒤쫓는 무리도 익히 아는 바였다. 다만 로키 일행은 알지 못하는 것이 딱 하나 있었다. 이제부터 자신들을 뒤쫓아 올 무리는 어중이떠중이 용병이나 이미 사기가 떨어진 반군 따위가 아니라는 사실이었다.

마이코의 반군들이 결코 자신에게 등을 돌리지 않으리라고 순진하게 믿는 대신, 제프리 아울우드는 언젠가 일어날지 모르는 충돌에 대비해 믿음직한 보험을 들어 두었다. 전문적인 훈련과 실전 경험을 두루 갖춘 전직 특수부대원들을 비싸게 고용해 전속 수행원으로 삼음으로써. 범죄 세계에서 난다 긴다 하는 싸움꾼들하곤 질적으로 다른 베테랑 집단인 이들은 곧 아울우드가 거느린 작은 군대였으며, 국가 대신 기업의 돈에 충성을 바칠 뿐인 공권력의 한 형태이기도 했다. 그리고 제아무리 대단한 범죄 조직이라도 공권력과는 정면으로 맞서지 않는 법이었다. 체계의 떳떳한 폭력만큼 무자비한 힘은 인간 세상에 존재하지 않으므로.

삼림지 교전을 상정한 위장 무늬 외투로 몸을 빈틈없이 감싼 채, 아울우드의 수행원 십수 명이 어둠 내린 숲속을 일사불란한 걸음으로 나아갔다. 그들에게는 밤의 장막을 꿰뚫을 야시경과 손전등이 있었고, 목표물의 심장을 꿰뚫을 총알도 충분히 있었다. GPS로 방향을 정하고 무전기로 대열을 갖춰 튼튼한 군화로 진창을 돌파했다. 무엇 하나 로키 일행에겐 없는 장비 하나하나가 촘촘한 포위망에 힘과 정교함을 더해 주었다. 어지러이 흐트러진 발자국 네 쌍이 그 포위망에 걸려드는 일은 시간문제였다. 진흙에 빠지고 미끄러지며 내달린, 다급함이 여실히 느껴지는 흔적을 확인한 수행원들의 행군에 한층 확신이 깃들었다.

한편 그 흔적으로부터 고작 20미터 남짓 떨어진 정글의 암흑 한가운데서, 로키 일행은 자신들을 둘러싸고 다가오는 추격자들의 실체를 겨우 눈치채기 시작한 참이었다. 나뭇잎을 관통해 들어온 달빛이 드문드문 비춘 광경 덕택이었지만, 그런다고 딱히 뾰족한 수가 생기지는 않았다. 이쪽의 승산이 전혀 보이지 않는 상황이라면 할 일은 정해져 있었으니까. 몸을 최대한 낮추고 그림자 아래를 엉금엉금 기어, 놈들이 펼친 포위망 사이를 슬쩍 빠져나갈 수만 있다면 조금이나마 희망이 생길 터였다. 아주 불가능해 보이지는 않았다. 로키가 바람에 실려 온 소리와 냄새로 파악하건대 추격자들이 펼친 그물에는 아직 한 군데 구멍이 뚫려 있었으니까.

"이쪽에는 기척이 없어. 따라와."

오로지 야생의 웅성거림밖에 느껴지지 않는 고요를 향해 로키가 앞장서 움직였다. 나머지 셋도 숨죽여 뒤를 따랐다. 풀잎의 흔들림 하나하나에 심장이 철렁 내려앉는 와중에도 비명만큼은 필사적으로 참아가며 한 걸음, 또 한 걸음…. 아무리 걸어가도 추격자의 총부리가 불쑥 튀어나오지 않았기에, 이대로라면 어떻게든 도망칠 수 있겠다는 안도감이 일행의 마음속에 깃들려는 바로 그 순간이었다. 커다란 통나무를 훌쩍 넘어선 로키의 움직임이 별안간 멈췄다. 뒤따라오던 솔라라가 의아해하며 고개를 들었다가 짧게 "힉" 소리를 냈다. 두 사람을 막아선 눈앞의 장대한 경이는 이내 마모와 루치에게도 차례차례 그 모습을 드러냈다.

어둠 끄트머리에, 달빛 아래에, 절벽이 있었다.

가파른 비탈 가장자리에 다다라 간신히 몸을 일으킨 로키의 눈에, 깎아지를 듯한 낭떠러지가 정글을 둥글게 잘라내며 아득히 펼쳐지는 광경이 보였다. 발밑에서 별안간 뚝 끊겨버린 컴컴한 숲은 벼랑 건너편의 땅에서야 다시 계속되었다.

그사이에 뚫린 건 구멍이었다. 울창한 정글 한가운데에 누군가가 거대한 드릴을 가져와 뻥 뚫어 놓은 듯한 구멍. 천천히, 흔들리며, 로키의 시선이 그 구멍 아래의 미지를 향해 움직였다. 머릿속에서 불꽃처럼 튀던 생각의 파편들이 함께 와르르 떨어졌다. 추격자들이 이쪽을 비워 둔 이유가 있었구나, 애초에 이쪽으로 우릴 몰아갈 생각이었구나, 하지만 몰린 곳이 하필 이런 지형이라면, 정말로 어쩌면….

다시 고개를 든 로키를 마모의 두 눈이 반겼다. 자신이 생각하던 것을 상대도 똑같이 생각하고 있었는지 확인하려는 것처럼. 한순간의 눈빛 교환이었지만, 그것만으로도 두 사람이 결단을 내리기에는 충분했다. 제대로 서 있지도 못하고 바들바들 떠는 솔라라를 끌어당겨 품에 안고서, 로키는 숨을 깊이 들이쉬고 발목을 가볍게 풀었다. 앞으로 감행할 일에는 아무래도 마음의 준비가 조금 필요했다. 성대한 출발 신호도 있었다면 더욱 좋았겠지만, 지금은 아무래도 숲속을 예의 주시하던 루치의 나지막한 속삭임 정도로 만족해야 할 모양이었다.

"놈들이 옵니다."

"아이고, 빠르기도 해라. 솔라라? 각오는 됐지?"

"뭘 하려는지 안 물을 테니까, 제발 빨리 해 버려…."

솔라라의 흐느낌이 채 끝나기도 전에, 로키는 그 기운 없는 몸을 붙들고서 절벽 아래로 힘껏 몸을 날렸다. 루치도 머못거리지 않았다. 한편 마모는 잠깐 뜸을 들였지만, 딱히 막판에 겁을 집어먹었기 때문은 아니었다. 단지 뒤따라오던 무리에게 아주 짤막한 용건이 있었을 뿐. 예기치 못한 풍덩 소리에 당황한 아울우드의 수행원들이 숲속에서 우르르 뛰쳐나오자 마모는, 창백한 밤하늘을 등지고 벼랑 끝에 선 채 손을 뻗어 그들을 가리키며, 이렇게 당당히 외쳤다.

"아울우드한테 전해요. 낙원엔 우리가 먼저 가 있겠다고!"

말을 맺은 마모가 기세 좋게 뛰었다. 달빛 아래에 한 줄기 미소만을 남기고서.

＊
＊＊

틀림없이 눈을 떴는데도 보이는 것이라곤 칠흑 같은 어둠밖에 없었기에, 솔라라 델쿠르트는 아주 잠시나마 자기 목숨이 이미 끊어졌노라고 생각했다. 목숨이 끊어졌다면 뇌가 작동하지 않을 테니 애초에 생각을 할 수도 없었으리라는 반론이 뒤이어 거의 무의식적으로 떠올랐다. 의식 저편으로부터 물밀듯이 밀려오는 추위와 고통과 불쾌감도 함께.

흠뻑 젖어 피부에 들러붙은 머리카락과 옷의 감촉이 소름 끼쳤다. 한참을 흠씬 두들겨 맞은 것처럼 온 근육이 얼얼하게 욱신거렸다. 문득 목구멍을 타고 울컥 치밀어 오른 흙탕물에서는 고약한 휘발유 냄새까지 진동했다. 다시 말해 솔라라는 살아 있었다. 여태까지의 인생에서 가장 비참한 꼬락서니로.

"정신이 좀 들어? 다행이다. 영영 안 깨어나는 줄 알았네…."

"아까는 어차피 인공호흡으로 되살릴 작정이었다고 하지 않았습니까? 확실히 계획대로 되기야 했습니다만."

"계속 중얼거리시던 게 삼촌분 이름 맞죠? 그럼 그 얘기가 뜬소문이 아니었군요!"

불안하기 짝이 없는 소릴 좋다고 떠들어대는 일행의 모습은 여전히 어둠에 묻혀 보이지 않았다. 몸을 부축하는 손길의 차가움과 축축함으로 짐작하건대 다들 자기와 크게 다르지 않은 꼴인 듯했기에, 낭떠러지 아래에 무슨 지저분한 웅덩이 같은 게 있어서 모두 거기에 빠졌다가 기어 나온 것이리라고 추측할 수만 있을 뿐이었다. 솔라라의 그런 추측을 확인해 주려는 듯 때마침 로키의 설명이 들려왔다.

"싱크홀 안에 호수가 있었어. 지하에 흐르던 강물이 고인 모양인데, 아마도 콩고강의 지류 같아. 나중에 조사해 봐야 정확히 알겠지만…. 아무튼 싱크홀 크기가 이만한 걸 보면, 연결된 동굴 지형의 규모도 상당할 게 틀림없어. 땅속의 또 다른 세계라고 불러도 될 정도로."

"또 다른 세계? 그러니까 칼레미에서 그, 마약상한테 들은 그런, 그런 거?"

"그래. 싱크홀을 통해 외부와 연결된 지하 공간 말이야. 들은 이야기대로라면 바로 그런 공간 어딘가에 또 다른 생태계가 있었다는 거잖아? 그래서 뛰어내린 거야. 강이 흘러 나오는 이 동굴 속으로 깊이 들어가서, 이번에야말로 미지의 생태계를 찾아내려고."

"겸사겸사 도망도 좀 치고 말이죠. 여태 아무도 못 찾아 낸 전설의 장소잖아요? 거기보다 숨기 좋은 장소는 세상에 별로 없을 거라고요."

겨우 일어난 솔라라의 등을 떠밀며 마모가 장난스레 덧붙였다. 은근하지만 무자비한 그 힘이 후들거리는 다리를 강제로 움직였다. 얼음장 같은 물이 졸졸 흐르는 바닥을 디딜 때마다 솔라라의 발은 복숭아뼈 부근까지 진흙에 꿀꺽 삼켜졌다가 도로 토해져 나오길 되풀이했고, 벽을 짚는 손바닥엔 찔리고 베인 생채기가 점점 늘어났다. 다섯 걸음에 한 번씩은 다리 많은 무언가가 손등 위로 기어오르거나 정수리에 툭 떨어지기까지 했다. 절지동물 표본 작업 경험이 아니었더라면 솔라라는 아마 시도 때도 없이 소스라치게 비명을 질러대야 했으리라.

하지만 바로 지척에서 튄 기름기 섞인 물보라가 얼굴을 덮쳤을 땐 결국 솔라라도 비명을 참지 못했다. 찢어질 듯한 메아리가 머나먼 심연 저편으로, 보이지 않는 강이 굽이치고 보이지 않는 바위가 길을 틀어막는 태고의 목구멍 속으로 맥없이 빨려 들어갔다. 손을 서로 붙잡고 흑암을 더듬으며 천천히 전진하는 네 사람의 목적지 역시도 바로 그 안쪽이었다.

시간도 거리도 어둠 속에서는 쉬이 가늠되지 않았다. 그러니 앞장서서 걷던 로키의 발끝이 세찬 급류 대신 허리 깊이의 잔잔한 웅덩이에 닿기까지 대체 얼마나 오랜 시간이 지났는지, 그곳이 대체 얼마나 깊은 땅속인지 제대로 대답할 수 있는 사람은 아무도 없었다. 다만 벽에 부딪혀 돌아오는 발소리의 울림으로부터, 로키는 이곳이 놀이터 하나 넓이쯤 되는 일종의 지하 공동임을 어떻게든 짐작할 수 있었을 뿐이었다. 그 정도면 일행이 잠깐 멈춰서 숨을 돌리기에는 마침 딱 좋은 장소였다. 멀리서 희미하게 다가오는 다른 한 무리의 발소리를 듣건대, 충분히 휴식을 취하기에는 안타깝게도 상황이 영 받쳐주지 않을 듯했지만.

"여기까지 따라온다고? 대체 아울우드한테 얼마나 받은 거야?"

로키가 목소리를 낮춰 짜증스레 속삭였다. 마모가 조금 멋쩍게 대꾸했다.

"뭐, 저쪽도 사정이 있겠죠. 우리가 봐줄 이유는 없지만서도."

"따라올 줄 알았다는 말투네. 상황이 상황이라 추궁은

안 하겠지만, 뾰족한 수는 있어?"

"아까처럼 일방적으로 쫓기는 게 아니라, 이쪽에서 준비하고 손님맞이하는 상황이잖아요. 그런 건 제법 특기라고요."

태연한 대답 다음으로는 귀에 거슬리는 소리가 울려 퍼졌다. 마모가 목구멍을 비집어 열고 무언가를 토해 내는 모양이었다. 어느새 등 뒤에 다가와 있던 루치의 귓속말이, 먼저 무언가를 전달받은 듯한 솔라라의 헛웃음이 차례차례 이어졌다. 앞으로 벌어질 일을 예고하는 불협화음 가득한 전주곡처럼. 그 전주곡의 박자가 자기 심장 고동에 맞춰 점점 고조되는 것을 느끼며, 로키는 손쓸 수 없이 차오르는 기대감에 무심코 가만히 미소를 지어 보았다. 지금이 일촉즉발의 상황임을 모르는 건 아니었다. 몇 분 뒤의 자기 모습이 물에 둥둥 뜬 구멍투성이 시체일 가능성을 꽤 높게 점치는 것도 사실이었다. 하지만, 하지만….

'특기란 말이지, 마모? 그렇게 말하면 기대를 안 할 수가 없잖아!'

전부 마모 같은 녀석에게 그만 흥미를 느껴 버린 바람에 시작된 일이었다. 온갖 고생을 다 하다가 기어이 이런 터무니없는 위기에까지 몰리고 말았다. 그렇다면 최소한 이 위기의 끝까지는 가 보고 싶었다. 거기에 어떤 끔찍한 광경이 도사리고 있다 하여도. 로키 자신과는 달리 인간을 한없이 싫어할 수 있는 사람이 펼쳐 낼 말로가 설령 자신까지 상처 입힌다고 하여도. 결국 로키는 그런 파국을 동경하지 않을 수 없는 사람이었기에.

전주곡이 고요히 끝나 가고 있었다.

조만간 또 굉장한 사태가 하나 벌어질 터였다.

*
**

푸르스름한 손전등 빛줄기들이 지하 공동을 이리저리 가로질렀다. 불나방처럼 빛을 따라 전진하는 십수 쌍의 질서 정연한 군홧발이 웅덩이에 어지러운 파문을 일으켰다. 물과 돌과 아득한 세월이 함께 빚어낸 동굴을 지나면서도 아울우드의 수행원들은 사자의 이빨 모양으로 솟은 바위나 진흙에 덮인 거대한 나무등치, 벽 위를 쪼르르 기어가는 새하얀 지네처럼 경이로운 광경에 눈길조차 주지 않았다. 하다못해 시답잖은 농담조차 입에 올리는 법이 없었다. 그들이 특수부대에서 철저히 훈련받은 사람이기 때문은 아니었다. 그들의 현재 고용주가 제프리 아울우드이기 때문이었다.

업계 최고 수준이란 말로도 부족한 급여의 대가로, 아울우드는 자기 수행원들이 적어도 임무 중에만큼은 철저히 임무에만 집중하길 바랐다. 돈으로 정당하게 구매한 타인의 시간과 능력이 단 한 톨이라도 허투루 낭비되길 원하지 않았다. 그리고 기업가인 아울우드가 보기에 이러한 목표는 단지

'열심히 해 달라'라는 부탁만으론 결코 달성될 수 없는 것이었다. 인적자원의 낭비라는 문제를 해결하려면 추상적이고 케케묵은 구호 따위가 아니라 실질적인 해결책이 필요했다. 예컨대 수행원 전원이 24시간 카메라와 녹음기를 달고 일하게 만듦으로써, 개개인의 모든 순간을 철저히 기록하고 수치화하고 분석하여 업무 평가에 반영할 수 있도록 한다거나. 아울우드는 언제나 자신이 만족할 만한 해결책을 내놓을 줄 아는 사람이었다.

이번 임무에서도 아울우드의 해결책은 더없이 만족스럽게 작동했다. 카메라가 켜진 순간부터는 수행원 중 그 누구도 딴짓이나 잡담 따위에 귀중한 주의력을 내버리는 일 없이, 오로지 도망친 포로 넷을 찾아내고 그중 최소한 하나를 생포한다는 당면 과제를 위해서만 행동하는 톱니바퀴가 되었다. 바위와 흙더미 하나하나를 꼼꼼히 훑으면서도 단지 그 뒤에 포로가 숨을 수 있을지만을 가늠했고, 뿌연 흙탕물에서 진동하는 기름 냄새를 맡으면서도 오직 그 속에 감춰져 있을지 모르는 포로의 냄새만을 좇았다.

그러다가 손전등 불빛 한 줄기가 웅덩이 정중앙에 둥둥 뜬 이질적인 물건을 스치고 지나가자, 수행원들은 일제히 그쪽으로 몰려들어 각자의 옷에 달린 카메라에 문제의 물건이 똑똑히 찍히도록 했다. 자신이 현장에 남은 흔적에 제대로 주의를 기울였음을 증명하기 위해서였다. 잠깐 모였다가 다시 우르르 흩어지려던 수행원들 가운데, 누구나 당연히 품을 수밖에 없는 의구심을 무심코 입 밖에 내고 만 사람은 단 하나뿐이었다.

"왜 이런 데 콘돔이 버려져 있지?"

그렇게 말한 수행원은 마침 미국 마약단속국 특수부대 출신이었기에, '노새'라 불리는 마약 운반업자들이 콘돔에 마약을 가득 채워 넣고 삼켜서 세관을 통과하곤 한다는 사실을 잘 알고 있었다. 그런 운반업자 중에서도 특히 잔뼈가 굵은 부류는 낚싯줄에 콘돔을 매달아 어금니에 걸어 놓고선, 그 상태로 태연히 밥을 먹고 잠을 자며 의심을 피하다가 감시가 풀린 틈에 재빨리 상품만 끄집어내 전달하는 수법을 쓰기도 한다는 사실 역시 모르지 않았다. 그러니 만일 웅덩이에 뜬 콘돔 주위를 조금만 더 자세히 살펴보았더라면, 그는 바로 옆에서 흐늘거리는 낚싯줄이나 바닥에 가라앉은 자그마한 갈색 시약병을 발견하고서 더욱 깊은 의구심을 품었을지 모른다. 그랬다면 혹여나 노새의 수법을 배워서 전혀 다른 용도로 절찬리에 써먹는 어느 테러리스트의 존재에까지 생각이 가 닿을 수도 있었으리라.

하지만 그런 귀중한 깨달음 대신 그의 머릿속에 떠오른 것은, 카메라가 한 장소를 너무 오래 비추고 있으면 업무 평가에 악영향이 갈지도 모른다는 걱정이었다. 그래서 그는 고개를 한 번 흔들고서 손전등을 왼쪽으로 휘익 틀었다. 무지

갯빛으로 번들거리는 수면을 뚫고 사람의 손 하나가 호수 괴물의 머리처럼 불쑥 솟아, 자그마한 캠핑용 발화 스위치를 쥔 채로 신나게 까딱거리고 있는 곳으로. 그 기묘한 광경의 의미를 수행원이 미처 알아채기도 전에, 스위치 끝에서 튀어오른 작고 샛노란 불씨가 수면으로 픽 떨어졌다.

다음 순간, 문자 그대로의 지옥도가 그곳에 펼쳐졌다.

방금까지 어두컴컴했던 웅덩이가 이제는 온통 이글이글 타오르고 있었다. 진원지에 가장 가까이 서 있던 마약단속국 출신의 수행원은 미처 손쓸 새도 없이 불길에 휩싸였다. 콘돔이 버려진 웅덩이 한가운데에 옹기종기 모여 있던 나머지도 꼼짝없이 화염 속에 갇힌 신세가 되었다. 처절한 비명을 지르며 몸부림치는 사람이 있었고, 조금이라도 빨리 불구덩이에서 벗어나고자 어디로든 무작정 내달리는 사람이 있었는가 하면, 그렇게 내달리던 동료에게 마구 밀쳐지고 짓밟힌 끝에 더욱 거센 불꽃 속으로 밀려나는 사람마저 있었다. 그리고 또 하나, 혼비백산해 흩어지기 시작한 수행원들을 향해 쏜살같이 헤엄쳐 다가가는 검은 그림자도 있었다.

동료를 등지고 누구보다 먼저 달려 나가던 수행원이 그림자의 첫 번째 목표였다. 피부를 타고 오르는 뜨거운 고통에 정신이 팔린 나머지 그는 오금을 파고드는 칼날의 서늘한 고통을 미처 눈치채지 못했기에, 힘줄 끊긴 무릎이 풀썩 꺾이며 상반신을 불타는 수면 위로 고꾸라뜨릴 때까지도 그 얼굴에는 오로지 당혹감만이 역력했다. 화염이 침범하지 못하는 물속으로 허둥지둥 도피하려던 다음 목표는 자기 눈앞으로 불쑥 튀어나온 대못에 놀라 힘껏 소리를 질렀지만, 한 치 앞도 내다보이지 않는 뿌연 흙탕물은 단말마도 선혈도 습격자의 실루엣도 동등하게 집어삼켜서 감춰 주었다. 잠깐의 물보라가 멎은 자리엔 말 없는 시체만이 쓰레기처럼 둥둥 떠올라 있었다. 마모가 지금껏 다녀간 장소마다 그러했듯이.

하지만 제아무리 비명을 비명으로, 죽음을 죽음으로 덮으며 종횡무진한들 마모 혼자서 무장한 수행원 십수 명의 숨통을 전부 끊는 건 버거운 일이었다. 혼자만 도망치겠다고 우르르 흩어지는 대신 침착하게 뭉쳐 위기를 돌파하려 드는 놈들이 생기고부터는 더더욱 그랬다. 한 사람이 영웅심을 발휘해 앞장서서 불길을 헤치고 나아가자, 다치고 겁먹었던 무리도 곧 서로를 부축해 그 뒤를 따라 용감히 움직였다. 목적지는 자기들이 진입했던 공동 입구. 먼 거리는 전혀 아니었다. 쫓아오는 기척도 전혀 없었다. 오로지 희망과 안도감, 그리고 선두에서 달리던 영웅의 목이 꺾이는 우드득 소리뿐이었다.

루치가 대체 언제부터 탈출구 옆에 서 있었는지는 수행원 중 누구도 짐작하지 못했다. 함께 웅덩이로 줄지어 들어오던 때에 이미 그 곁의 어둠을 지키는 중이었을까? 아니면 불지옥을 빠져나가려 뭉친 무리의 목적지를 파악하고서 보이지 않게 앞질러 간 것일까? 어느 쪽이든 수행원들에게는 도무지 이해할 수 없는 일이었고, 루치에게는 별로 어렵지 않은 일이었다. 숨소리도 발소리도 한껏 죽인 채 고요 속을 거니는 건 아무튼 주특기였으니까. 숨이 끊어진 수행원의 몸을 엄폐물로 삼고서 그 손에 들린 자동소총을 난사할 때는 아무래도 요란한 소음이 일었지만, 그건 루치가 어쩔 수 있는 일이 아니긴 했다. 주홍빛이 일렁이는 동굴 벽에 그림자의 왈츠가 한순간 펼쳐졌다가 잦아들었다. 웅덩이 가장자리의 흙무덤 위로 기어 올라와 숨을 돌리던 로키가 그 광경을 보고선 무심코 중얼거렸다.

"이거지, 이거였단 말이지…."

마모가 줄곧 뱃속에 감추고 있던 시약과 발화 스위치는 강력한 비밀 병기였지만, 아무 때나 쓸 수 있는 수단은 절대 아니었다. 예를 들어 정글에서 쫓길 때 꺼냈더라면 로키가 무슨 수를 쓰든 막았을 터였다. 흔해 빠진 종인 인간 넷의 목숨을 건지겠다고 희귀한 오카피의 서식지에 불을 지르는 건 LC의 조직원으로서 절대 용납할 수 없는 만행이니까. 물살이 센 곳에서는 시약이 너무 빨리 휩쓸려 갔을 테고, 좁은 통로에서 썼다면 일행까지 휘말렸을지도 모르는 일이었다.

다시 말해 마모는 딱 이런 장소가 나타나기만을 기다리고 있었으리라. 추격자들이 전부 들어올 수 있을 만큼 넓고, 주변이 온통 돌벽이라 불이 더 번질 염려가 없고, 물도 적당한 깊이로 잔잔하게 고인 장소. 그 물에 원래부터 기름이 둥둥 떠 있었던 건, 덕분에 불길이 한층 거세게 타오르고 만건 로키에겐 오히려 신경이 쓰이는 요소였지만…. 아무튼 죽은 물고기는 없었을 테니 다행이라면 또 다행이었다. 오늘 이동굴에서 인공의 재난 때문에 목숨을 잃는 생물은 한 종이면 족했다. 그게 자신이든 다른 동료든, 아니면 지척의 진흙 기슭으로 허겁지겁 몸을 밀어 올리던 지친 수행원이든.

간신히 물 밖으로 상반신을 내민 수행원의 턱을 향해, 기다리고 있었다는 듯이 로키의 발차기가 날아가 적중했다. 다음으로 기어 나온 녀석은 목덜미를 발꿈치로 무자비하게 짓밟혔다. 버둥거림이 멎을 때까지 진흙 속에 얼굴이 처박힌 사람도 있었다. 무엇 하나 그다지 세련된 몸놀림은 아니었다. 어김없이 타인의 목숨을 끊기에 딱 알맞은 힘과 살의가 동작마다 실려 있었을 뿐. LC에서 활동하는 동안 이 사람 저 사람에게 갖가지 싸움법을 조금씩 배워 두긴 했지만, 아무래도 로키는 사람 하나를 죽이는 데에 한두 동작 이상의 수고를 들이는 것이 별로 내키지 않았다. 수고에는 그만큼의 증오가 필요했다. 로키가 스스로 생각하기에, 자기는 그럴 만큼 인간을 격렬히 미워할 수 있는 사람이 아니었다.

"야, 야! 너는 사람 죽이는 와중에 뭔 사색을 하고 그러냐? 그거 엄청 소름 끼치거든?"

로키 옆에 앉아 수행원 하나를 발길질로 마구 떨쳐 내던 솔라라가 짜증스레 말했다. 익사할 뻔한 지 얼마 지나지도 않아 다시 물속에서 숨을 참고 기다려야 했던데다가, 웅덩이에서 나오는 동안 머리카락 곳곳이 꽤 그을리기까지 했기에 그러잖아도 기분이 별로인 와중이었다. 문제는 그뿐만이 아니었다. 백 년 이상 누구도 보지 못한 생태계를 직접 목도하고 영감을 받을 셈으로 여태 꾸역꾸역 따라왔건만, 여기까지 와서도 보이는 거라곤 더러운 물과 재미없는 돌덩어리와 대충대충 생겨 먹은 인간들이 전부라니!

발목을 붙잡고 끌어당기려는 억센 손아귀의 형태에 괜히 더욱 진저리를 치며, 솔라라는 그 손의 관절을 정성스레 하나하나 꺾어 불구덩이에 도로 처넣어 주었다. 그러느라 힘이 들어간 엉덩이 아래에서 진흙더미가 밀려나 함께 첨벙첨벙 떨어졌다. 오래도록 말없이 파묻혀 있던 잔해를 운명처럼 드러내면서.

"잠깐, 솔라라. 지금 깔고 앉은 거 뭐야? 무슨 뼈 같은데."

"아까까지 사람 죽이다가 여유 생기자마자 또 무슨 헛소릴… 아, 이거? 왼쪽 견갑골이네. 서유럽계 중년 남자, 키는 170cm 정도. 세상에서 제일 시시한 물건이지."

흙무더기 사이로 삐죽 튀어나온 뼛조각을 곁눈질한 솔라라가 심드렁하게 답했다. 바로 그 심드렁한 답변이 로키의 머릿속에서 순간 번뜩임을 끌어냈다. 여기는 독일의 교회 묘지가 아니라 콩고민주공화국의 정글 지하였다. 유럽인 남자의 뼈가 아무 이유도 없이 굴러다닐 만한 장소가 아니란 뜻이었지만, 그렇다고 굴러다니지 말란 법도 물론 없었다. 정확히 이곳에서 숨을 거두었을 가능성이 높은 유럽인 남자를 공교롭게도 하나 알았으니까. 미지의 생태계를 발견했지만 오일렌발트에게 업적을 송두리째 빼앗겼고, 마지막에는 아무 지원도 받지 못한 채 길잡이와 함께 마이코 국립공원으로 떠나 그대로 사라져 버린….

"쥘 데르셰트."

"뭐라고? 야, 로키! 땅은 갑자기 왜 파고 그래?"

"뼈가 진흙에 파묻혀 있었어. 덕분에 산소랑 안 닿아서 보존된 거야. 그럼 다른 것도, 옷이나 소지품도 남아 있을지 몰라. 좀 도와줄래, 솔라라? 너희도 일 끝났으면 부탁해!"

불길이 꺼져 가는 웅덩이 저편에서 마모와 루치가 허둥지둥 달려왔다. 죽은 수행원들의 손아귀에서 떼어 낸 손전등을 인원수대로 들고서. 이윽고 창백한 빛이 로키의 진흙투성이 손 아래를 비추자, 더 많은 뼛조각과 낡은 옷감 따위가 그곳에서 하나둘씩 모습을 드러냈다. 흑백사진에서 본 사파리 셔츠가 솔라라의 손톱에 걸려 나왔다. 손전등을 입에 물고 가세한 마모의 두 팔이 수렁에 푹 쑤셔 박혔다가 너덜너덜해진 배낭을 낚아 돌아왔다. 한편 로키는 해골의 품에 꼭 안겨 있던 작고 네모난 물건을 발견하곤 조심스레 빼내서 들어 보았다.

"그게 뭐예요?"

마모가 고개를 갸웃하며 물었다. 로키가 담담히 답했다.

"탐사 일지야. 진짜 탐사 일지."

로키의 손가락이 표지에 덮인 얼룩을 가만히 쓸어 내고는, 젖어 달라붙은 낱장을 조심스레 떼어 펼쳤다. 얼룩덜룩하게 번져 어렵사리 읽히는 글씨들이 비로소 네 사람의 눈에 들어왔다. 유럽 전역의 자연사박물관에 오일렌발트의 이름을 달고 보관되어 있던 그 어떤 문헌보다도 훨씬 참담한 꼬락서니. 하지만 로키의 말대로 그건 틀림없는 진짜였다. 욕심과 망상으로 빚어낸 날조의 산물이 아니라, 미지의 생태계를 직접 찾아가 두 눈으로 똑똑히 보고 남긴 기록이었으므로.

축축한 종이를 몇 장 더 넘기니, 거기엔 운 좋게 거의 번지지 않은 그림이 하나 있었다.

크고 새까만, 그러나 까마귀와는 닮지 않은 새를 그린 그림이었다.

*
**

쥘 데르셰트는 일지에 이렇게 적었다.

'이곳 동굴의 심장부에는 또 하나의 정글이 있는 듯하다. 드넓은 지하 공간의 천장에 뚫린 틈으로는 햇빛이 들어오고, 바닥에는 커다란 강이 흐르기에, 외부에서 떨어진 식물의 씨앗들이 오랜 세월에 걸쳐 숲을 이룰 만큼 융성할 수 있었던 것으로 추측된다. 지하 특유의 서늘한 기온과 대형 포유류의 부재는 이곳의 동물상이 바깥의 밀림과 전혀 다른 양태를 띠도록 만든다. 검은 태양새는 그러한 생태계에 적응한 수많은 신종 중 하나에 지나지 않는다. 등불의 기름은 아직 충분하고 식량도 부족하지 않다. 자연의 가장 비밀스러운 불가사의가 여전히 저 너머에서 발견되기만을 기다리고 있다.'

미지의 생태계를 묘사한 것이 분명한 이 문단을 읽는 순간부터, 로키는 주저하지 않고 더욱 나아가기로 했다. 아무튼 증거가 필요했으니까. 낡은 박제나 문서 따위만 가지고서는 정식으로 연구진을 데려올 수도, 국제적인 보호 대책을 세울 수도, 하다못해 LC 전체를 움직일 수도 없었다. 하지만 신종 동식물 표본이나 사진, 혹은 영상 따위가 세상의 빛을 본다면 그때부턴 진정 본격적인 행동이 시작될 터였다. 생태계 보전에서는 속도가 생명이었다. 로키는 단 한 순간도 낭비할 생각이 없었다.

그런 로키에게는 다행스럽게도, 다른 세 사람 역시 여기까지 와서 되돌아갈 생각은 없어 보였다. 가장 열의를 불태운 건 예상외로 솔라라였다. '여기가 세상에 알려지면 학계 사람도 뭣도 아닌 자신은 아마 들어오지도 못하게 될 테니, 마감도 내던지고 온 만큼 무슨 수로든 이곳의 자연을 눈에 새기고 돌아가야겠다'라는 결심을 외치며 솔라라는 손전등을 기세 좋게 휘둘러댔다. 한편 수행원들의 시체를 뒤져 무기를 챙기던 마모와 루치 역시 미지의 생태계를 향해 나아가자는 로키의 의견에 흔쾌히 동의했다. 이유를 물을 필요도 없다는 듯이, 혹은 물어도 대답하지 않겠다는 듯이. 로키에게는 아무래도 상관없었다. 동굴 탐사 같은 위험천만한 일을 벌이려면 사람은 많을수록 좋았다.

그렇게 하여 로키 일행은 데르셰트의 마지막 여정을 따라 다시금 걸음을 옮기기 시작했다. 이전보다 훨씬 가벼운 걸음이었고, 소리와 감촉만으로 어둠을 더듬어 나아갈 필요가 없어진 만큼 속도도 한결 빨랐다. 물론 여전히 쉬운 길이라고 할 수는 없었다. 제대로 펼쳐 읽기조차 곤란한 일지를 해독하고, 기록된 지형을 실제와 이리저리 비교하고, 이를 통해 진행 방향을 결정하는 과정 하나하나가 일행에게는 아무래도 만만찮은 난관이었다. 기록과 실제 사이에 미묘하게나마 차이가 있을 땐 더더욱 그랬다.

"이런, 막다른 길이네. 역시 아까 그 구멍으로 들어갔어야 하는 거 아닐까?"

"하지만 그건 통로라기엔 너무 좁았는데요! 일지에 '바니가 통로에서 걸어 나왔을 때'라는 언급이 있었잖아요. 사람이 걸어서 들락날락할 수 있는 크기였단 소리라고요."

"그건 한 세기 전 얘기잖아. 지형은 달라질 수 있어. 실제로 강물 흐름이 바뀐 자국도 아까 지나왔고 말이야. 아무튼 일단 돌아가서 확인해 보자."

마모가 말한 대로 문제의 구멍은 사람이 걸어서 지나가기엔 비좁았다. 하지만 주변을 샅샅이 비춰 보니 과연 토사가 떠밀려 와 원래의 통로를 막아 버린 흔적도 찾을 수 있었다. 그건 좁은 구멍을 비집고 들어가서 엉금엉금 기어 지나는 게 올바른 길이란 뜻이었고, 동시에 솔라라가 어김없이 짜증을 내리란 뜻이기도 했다. 로키가 끌어당기고 루치가 밀어내 겨우겨우 구멍 밖으로 뽑혀 나오자마자, 머리끝부터 발끝까지 흙투성이가 된 솔라라는 아니나 다를까 기다렸다는 듯 불평을 쏟아내기 시작했다. 이번 불평 대상은 죽어서 흙더미에 묻힌 지 오래인 쥘 데르셰트였다.

"내가 진짜 원망할 생각 없었는데, 굳이 이렇게 힘든 길만 골라서 다닌 이유가 뭐야? 자기는 어차피 돌아갈 생각 없었다 이건가? 죽을 작정으로 떠나온 길이니까?"

"하나만 정정할게. 방금 구멍은 데르셰트가 고른 거 아냐."

솔라라의 머리에 묻은 진흙 덩어리를 떼어 주며 로키가 조용히 대꾸했다.

"탐사 셋째 날에 데르셰트가 발목을 크게 다쳤다고 일지에 적혀 있었거든. 탐사를 계속하려고 애쓰긴 했지만 쉽지 않았는지, 마지막엔 아까 유골 있던 자리에만 계속 머무른 모양이야. 더 깊이까지 들어가서 표본 가져온 건 현지인 길잡이고. 그러니까 길이 험하다고 원망하려면 데르셰트 말고…"

"동행한 길잡이를 원망하란 소리야? 20세기 벨기에령 콩고에서 유럽인한테 고용된 현지인을? 야, 욕은 원래 책임자가 다 먹는 거야. 오일렌발트한테 업적 안 갖다 바쳤으면 큰 박쥐태양새가 누구 이름 달고서 학계에 발표됐겠느냐고. 우린 길잡이 이름도 제대로 모르는데."

"하기야 '바니'는 유럽인이 붙인 별명이겠죠? 생각해 보면 그분 인생도 기구하네요. 미지의 생태계를 진짜 본격적으로 탐사한 사람은 데르셰트가 아니라 그분 같은데, 결국엔 목숨 걸고 남 좋은 일만 해 준 셈이잖아요."

끝없이 이어지던 불평에 이젠 마모까지 말을 얹었다. 그 가볍지만 뼈 있는 지적이 로키의 뇌리를 순간 뒤흔들었다. 미지의 생태계를 누가 최초로 발견했는지 따위는 여태껏 별로 중요하게 생각하지 않았던 로키였다. 사기꾼 오일렌발트는 물론이거니와, 데르셰트도 결국에는 20세기 초에 식민지의 천연자원을 갈취하고자 이뤄진 지질학 탐사에나 동행했던 제국주의의 첨병이었으니까. 게다가 어느 유럽인도 본 적 없는 '암흑 대륙'의 심장부를 모험하겠단 욕망에 굴복해 과학자의 양심을 팔아넘긴 공범이기까지. 그런 인물의 억울함을 풀거나 명예를 되찾아 주어야겠단 생각은 한 순간이나마 해본 적도 없었다.

하지만 이곳에 오일렌발트도 데르셰트도 아닌 다른 누군가가 있었다면, 수수께끼의 지하 정글에서 살아가는 무수한 동식물을 최초로 발견하고 관찰한 사람이 바로 그였다면 얘기가 조금 달랐다. 로키는 키고마에서 패신저에게 받은 자료들을 떠올렸다. 그 어딘가에 길잡이의 존재가 기록되어 있었던가? 그랬던 것도 같았고 아닌 것도 같았다. 설령 무언가 읽었다고 해도 당시에는 금방 잊혔으리라. 하지만 그 존재를 깨달아 버린 이상은 신경을 쓰지 않을 수가 없었다. 일지에 적힌 과거의 정황을 떠올리면 떠올릴수록 더더욱.

"나는 아직 잘 모르겠어. 테르셰트는 혼자였고 다리까지 다쳤으니까, 바니라는 사람은 언제든 그냥 떠날 수 있었을 거야. 그런데도 계속 동굴에 남았단 말이지. 신종도 계속 채집해 왔고. 더는 얻을 것도 없었을 텐데."

"단순히 고용된 신세만은 아니었을지도 모른단 얘긴가요?"

"글쎄, 그렇게 단언하기엔 결국 나도 유럽인이 남긴 기록을 읽고 있을 뿐이니까. 내가 뭐라고 결론을 내리겠어. 계속 가기나 하자."

그렇게 네 사람은 다시 심연을 향한 걸음을 옮겼다. 일지에 그려진 길을 따라서, 일지에 그려진 것과는 다른 바위를 돌아서, 진흙과 의심을 하염없이 밟으며. 그러는 동안에도 로키는 이따금 이름 모를 길잡이의 존재와 삶과 업적을 떠올리곤 했다. 그는 어디 출신이었을까? 어떤 계기로 탐사에 동행하게 되었을까? 무슨 생각으로 깊은 동굴 속에서 신종 꽃무지를 잡아 가져왔을까? 혹시나 흥미로운 사람이기도 했을까? 인제 와서 이를 알 방법은 없었다. 데르셰트가 삶의 마지막 며칠 동안 썩어 가는 종이 위에, 지도와 스케치 사이에 적어 내린 죄책감과 사명감의 횡설수설만이 신발에 들어간 돌처럼 로키의 머릿속을 그저 데굴데굴 굴러다녔다.

'지질학 탐사에 동행했을 때와 마찬가지로, 이번에도 나는 바니의 예리한 관찰력에 계속해서 큰 빚을 지고 있다. 이 보석처럼 아름다운 꽃무지는 내가 앉아서 쉬던 바윗돌 바로 아래에서 그가 찾아낸 것이다. 틀림없이 내 눈앞을 여러 차례 가로질렀을 텐데도, 바니가 가리키기 전까지 나는 이 꽃무지가 지금껏 본 적 없는 신종임을 깨닫지 못하고 있었다. 그러니 그 학명에는 내가 아닌 바니의 이름이 들어가야 마땅하리라. 검은 태양새에게 붙어 버린 터무니없는 학명과는 달리 세상에는 결코 알려지지 못하겠지만, 그래도 최소한 올바른 학명이 될 터이다.'

'수많은 동식물 중 단 한 종의 새에만이라도 진짜 발견자의 이름을 붙여 달라는 부탁이 거절당했을 때야 나는 비로소 깨달았다. 내가 지금껏 무슨 일을 저질러 왔는지를. 나는 자연과학자가 아니다. 오일렌발트와 다를 바 없는 사기꾼이다. 감히 학계에 남을 자격조차 없는 사기꾼! 발견의 영광은 진짜 자연과학자에게 주어져야 한다. 나는 잘못을 바로잡고자 이곳에 왔다. 자격 있는 자에게 영광을 돌려주려 이곳에

왔다.'

'지하 밀림으로 떠났던 바니가 잔뜩 흥분한 얼굴로 되돌아와, 드디어 검은 태양새들이 어디에 둥지를 트는지 알아냈다고 말해 주었다. 천장이 무너져 생긴 돌무더기 틈새마다 물방울 모양의 둥지가 무수히 매달려 있었다고 한다. 바깥의 숲에 비해 나무가 높이 자라지 않는 이곳에서 쥐들의 습격을 피하기엔 그보다 좋은 장소가 없었으리라. 비록 그 광경을 직접 볼 수 없는 것은 안타까우나, 내겐 그들의 생태를 처음으로 눈에 담는 호사를 누릴 자격이 없다. 신이시여, 감사합니다. 미증유의 경이를 마땅한 자가 최초로 관찰하도록 허락하여 주심에 감사드립니다.'

그 혼란스럽고 구구절절한 문장의 끝에서 일행의 걸음이 다시 멈췄다. 이번에는 눈앞을 떡하니 가로막은 늪지대 때문이었다. 손전등 불빛으로는 끝을 비출 수 없을 만큼 아득히 뻗은 어둠을 따라, 진창으로 뒤덮인 황야가 검은 바다처럼 어디까지나 펼쳐져 있었다. 천장에 군데군데 뚫린 틈으로 새어 든 가느다란 달빛 줄기들이 새카만 진흙 바닥에 점점이 떨어져 스며드는 게 보였다. 지도에 적힌 대로 메마른 강을 건너자마자 나타난 예기치 못한 장애물에 솔라라가 일단 한숨부터 토해 냈다.

"또 길을 잘못 든 거 아냐? 나 슬슬 다리에 감각이 없어지려고 하는데."

"이상하네. 여태 지나온 지형지물 생각하면 딱 이 근처에 정글이 있어야 하거든. 일지에도 이런 늪 얘기는 전혀 없었고."

"데르셰트가 누락했을 뿐일지도 모릅니다. 길잡이의 증언을 받아 적는 과정에서 말입니다."

그럴듯한 이야기라고 로키는 생각했다. 저 광활한 늪지 어딘가에 지하 정글이 우거져 있을 확률이야 얼마든지 있었다. 이미 지친 채로 진창을 건너가는 건 물론 꽤 힘들겠지만, 여차하면 솔라라를 업고서라도 뛰어들 각오쯤이야 진작에 해 놓은 뒤였다. 그러니 로키가 당장 늪지대로 뛰어들지 않은 건 각오가 부족해서는 결코 아니었다. 문득 머릿속에 한 가지 불길한 추측이 번뜩이고 말았기 때문이었다.

설마, 설마 아니겠지. 어떻게 여기까지 왔는데.

물론 처음부터 예상 못 한 가능성은 아니지만….

갑작스레 밀려오는 불안감을 떨쳐 내고자 로키가 자기 뺨을 툭툭 쳤다. 추측이란 결국 증명하기 전까지는 아무것도 아닌 법. 허무한 낙담 따위는 일단 방금 떠올린 가능성을 일행에게 말하고, 의견을 듣고, 직접 확인까지 마친 뒤에 시작해도 늦지 않았다. 그랬기에 로키는 뺨을 몇 번 더 치고서 늪지대를 바라보던 고개를 틀었다. 어리둥절해하는 솔라라와 무표정한 루치, 그 사이에서 애매하게 미소 짓는 마모를 향해서. 세 사람을 감싼 동굴의 어둠을 향해서.

다음 순간, 불길함이 형체를 갖추듯, 그 어둠 너머로부터 한 쌍의 손아귀가 튀어나왔다.

미처 사태를 깨닫기도 전에, 손아귀는 이미 마모의 목을 붙잡고서 거칠게 끌어당기는 중이었다. 화들짝 놀란 솔라라의 손전등 불빛이 어둠을 길게 갈랐고, 그러면서 드러난 형체를 향해 이번에는 루치가 침착하게 조명을 비췄다. 마모를 끌어안고서 관자놀이에 권총을 겨눈 남자의 몰골 곳곳이 그때야 로키의 눈에 똑똑히 들어왔다. 온통 찢기고 젖어 너덜너덜해진 진흙투성이 까만 운동복이, 마찬가지로 상처와 진흙으로 엉망진창이 된 얼굴이. 한눈에 알아보기 어려울 만큼 참담한 꼴이었기에, 로키가 남자의 정체를 깨닫기까지는 몇 초쯤 시간이 걸렸다.

"제프리 아울우드? 어떻게…."

자기 이름을 들은 아울우드가 씩 웃었다. 만신창이 얼굴에 특유의 그 웃음기가 빠르게 번져 나가더니, 이윽고 마른 몸 전체가 즐거움을 참을 수 없다는 양 이리저리 들썩이기 시작했다. 인질의 머리에 총부리를 한층 세게 누르면서. 잔뜩 쉬고 갈라진 목소리를 폐 깊은 데로부터 토해 내면서.

"이게 제 성공의 비결이랍니다. 한 번 맺은 약속은 지옥 끝까지 따라가서라도 지키게 만드는 것 말이죠."

그러고는 핏발 선 눈을 부릅뜨면서, 더더욱 광기에 찬 웃음과 함께.

"낙원이 딱 이 근처라고요? 그럼 어서 안내하세요. 약속대로."

*
**

아무리 봐도 말이 통할 상대가 아니었다. 아까라면 몰라도 지금은 확실히 그랬다. 그것이 루치와 솔라라와 로키가 아울우드의 협박에 따라 늪지대를 향해 발을 뗄 수밖에 없었던 이유였다. 발을 게걸스레 집어삼키는 진흙탕을 어기적어기적 걸어가는 동안 아울우드는 맨 뒤에서 마모를 붙든 채 일행을 쉼 없이 재촉했고, 그러다가 갑자기 신들린 사람처럼 때아닌 일장 연설을 늘어놓기도 했다. 대체로 이런 내용의 연설이었다.

"인간은 탐욕스러운 생물입니다. 비싼 돈 주고 고용한 직원들이 회사의 자원을 얼마나 열심히 야금야금 훔쳐 가는지 아시면 아마 깜짝 놀랄 거예요. 과자와 커피를 훔치고, 전산망을 훔치고, 업무 시간을 훔치고! 심지어는 제가 호의로 제공해 준 최고급 군용 장비까지 훔쳐서 휴일에 사냥 따위나 하는 데 쓰더군요. 저는 그런 무의미한 낭비가 정말, 정말 싫습니다! 제가 어떻게 당신들의 위치를 알아내고 뒤따라왔는지 슬슬 눈치채셨습니까? 제 수행원들의 장비에는 작은 칩이 하나씩 들어 있어요. 그 위치가 제 휴대전화에 실시간으로 전송된단 말이죠."

"아무튼 중요한 건, 제가 말하려던 건…. 그래, 인간의 탐욕이지요. 진정으로 인류를 위한 뜻깊은 일에 쓰여야 할 자원을 자기만의 시시한 이득을 위해 독차지해 버리는 그런 탐욕 말입니다. 떠올려 보세요! 소위 학자라는 놈들이 그 잘난 상아탑의 기득권을 지키기 위해서 박물관 구석에 꽁꽁 쌓아 두는 그 수많은 보물을! 제 선조가 남긴 소중한 기록들이 그렇게 먼지 구덩이 속에서 썩어 가고 있었단 말입니다! 문명을 종말에서 구원할 열쇠가 백 년 전부터 줄곧 거기에서 우리를 기다리고 있었는데도! 하지만 제가 줄곧 말했다시피, 문제가 뭔지 알았다면 해결할 수도 있는 법이에요. 이해하시겠습니까? 네?"

이해가 갈 리 없었다. 사실 로키는 진흙투성이 CEO의 장광설을 딱히 귀담아듣고 있지조차 않았다. 저걸 설마 여태 달달 외워 뒀던 건지, 노벨 평화상 시상식 예행연습이 취미이기라도 한 건지…. 어차피 로키에게 그 모든 헛소리보다도 아득히 중요했던 건, 루치가 아울우드의 눈을 피해 품 안에서 슬쩍 내보인 권총 한 자루의 존재였다. 틈이 보이면 자기가 어떻게든 해 보겠단 뜻일까? 그렇다면야 로키가 할 일은 인질범을 쓸데없이 자극하지 않고 일단 지시에 따르는 척하면서, 어떻게든 틈을 만들기 유리한 장소로 놈의 걸음을 이끄는 것 정도였다. 마침 왼편 몇 발짝 앞에 보이는 커다란 바위 더미가 좋아 보여 방향을 틀려던 바로 그때였다. 총구에 붙잡힌 마모가 대뜸 입을 열었다.

"선조가 남긴 기록이니 뭐니 하셨는데, 그거 다 사기로 밝혀지지 않았어요? 이거 진짜 궁금해서 여쭤보는 거예요."

당혹감 가득한 시선들이 일제히 쏟아졌다. 마모는 아랑곳하지 않았다.

"왜요, 틀린 말 아니잖아요? 미지의 생태계를 발견한 사람은 이분 선조가 아니라, 이분 선조한테 업적 갖다 바치던 사람이 고용한 현지인 길잡이라면서요. 애초에 우리랑 손잡은 것도 자기 조상이 사기꾼인 거 드러날까 봐 그랬던 거고. 그런데 인제 와서 문명이니 종말이니 하셔도…."

"야, 마모. 진정해."

"진정하고 있거든요. 그냥 가는 길 심심하니까 대화나 좀 하자는 거예요. 사기꾼 조상이나 둔 주제에 자기가 아프리카 대륙 통째로 물려받은 것처럼 구는 이유가 뭔지, 설령 미지의 생태계를 찾았다고 해도 그게 인류 구하는 거랑은 또 무슨 상관인지. 박물관 도둑질이나 사주한 사람이 거기서 동물 연구를 하겠어요, 뭘 하겠어요? 리조트나 안 지으면 다행 아닌가?"

제지할 새도 없이 마모의 입술 사이에서 한바탕 쏟아져 나온 이 모든 신랄한 언사보다도 로키를 더욱 기겁시킨 건, 그 입가에 평소 같은 미소라곤 한 조각도 떠올라 있지 않았다는 사실이었다. 자기 머리에 총을 들이댄 인질범을 마구 도발하는 와중에도 마모는 놀랍도록 진지해 보였다. 하지만 도대체 왜? 어째서 하필 이럴 때? 인질 신세인 마모를 당장 붙잡고 캐물을 수도 없는 노릇이었기에, 로키가 들을 수 있었던 건 도발에 넘어간 아울우드의 요란한 호통뿐이었다.

"리하르트 오일렌발트야말로 낙원의 존재를 세상에 알린 사람입니다! 웬 길잡이 따위가 아니라! 아까부터 제 조상의 사소한 흠결 가지고 주제넘게 협박이나 하더니, 이젠 리조트니 뭐니 하는 허위 사실까지 뻔뻔하게…."

"뭐가 어떻게 허위 사실인데요?"

"이제부터 설명하려는 중이잖습니까! 잘 들으세요. 당신들이 무슨 착각을 하고 있는지 몰라도, 낙원의 진짜 가치는 '생태계' 따위가 아닙니다. 과학자 나부랭이들의 논문 주제 따위가 아니라고요. 오일렌발트가 발견한 낙원은 세상을 구해 낼 방주입니다. 다시 말해 인류 문명의 새로운 요람이죠."

"지금 말씀하신 게 훨씬 허위 사실 같거든요?"

"시끄러워! 머리가 나쁘면 잠자코 듣기나 하란 말입니다! 기후 위기라면서, 지구가 계속 뜨거워진다면서 요즘 시끄럽지 않습니까? 해결책이랍시고 나온 건 무작정 화석연료를 쓰지 말라는 비현실적인 소리뿐이고? 이럴 때야말로 혁신적인 발상의 전환이 필요한 겁니다! 지상이 뜨거워지면 다 같이 지하로 이주하면 될 것 아닙니까!"

소리 높여 그렇게 외치고서 아울우드는 박수갈채라도 기대하는 듯 사방을 휘휘 둘러보았다. 물론 거기엔 달빛과 진흙, 그리고 어이가 없어 눈만 휘둥그레 뜬 관객 네 사람의 얼굴뿐이었다. 그래도 연설은 멈추지 않았다. 제풀에 잔뜩 흥분해 떨리는 아울우드의 목소리가 동굴 깊은 곳까지 쩌렁쩌렁 울려 퍼졌다.

"제게는 인류 문명을 구할 책임이 있습니다. 능력이 있으니까요. 더 편리한 통신, 더 빠른 금융, 더 쾌적한 여행을 세상에 제공해 온 혁신가라면 기후 위기의 해결책을 개발하는 데에도 마땅히 앞장서야 하지 않겠습니까? 그래서 엄청난 돈을 쏟아부었습니다. 연구소도 후원했습니다. 하지만 진정으로 혁신적인 해결책은 나오지 않더군요. 탄소 배출을 줄이라느니, 대중교통을 타라느니 따위의 현실성 없는 탁상공론뿐…. 그런 한심한 행태에 질릴 때쯤에, 우연히 경매에서 오랜 조상의 일기장을 우연히 손에 넣은 겁니다.

바로 거기에 적혀 있더군요. 탄자니아 땅 아래 또 하나의 거대한 세계, 숲이 우거지고 강이 흐르고 동물이 뛰노는 동굴 속 낙원의 존재가 말입니다. 그건 운명이었습니다. 학계의 그 누구도 알지 못하는 세계를 처음으로 찾아냄으로써, 누구도 생각해 내지 못한 혁신을 통해 인류를 구원해 낼 운명 말입니다! 지금껏 과학자들은 지구를 덜 뜨겁게 만들 궁리나 해 왔지만, 그냥 시원한 지하에 도시를 세워 버리면 애당초 그런 궁리를 할 필요가 없단 사실을 깨닫는 것이야말로 저 같은 혁신가의 몫이었던 거죠!

더 멋진 게 뭔지 아십니까? 콧대 높은 자칭 과학자 놈들은 아직 낙원의 존재조차 모른단 겁니다. 흰 가운 입은 광대들이 새나 벌레 따위의 시시콜콜한 목록을 먼저 만들어야 한다고 아득바득 우기면서, 실상은 아무도 읽지 않을 자기네들 논문이나 끼적이기 위해 낙원에 홀랑 울타리를 쳐 버린다면 귀중한 시간이 얼마나 낭비될지 상상이 가나요? 저는 그러기 전에 행동할 겁니다. 돈과 인력을 아낌없이 들여서 낙원을 확실히 선점할 겁니다! 인류 문명의 미래를, 우리가 살아갈 새로운 땅을 빼앗기지 않도록 말입니다!"

어둠 저편으로 아득히 메아리쳐 사라지는 그 장엄한 선언을 들으며, 로키는 마할레에서 선번에게 들은 아울우드의 목적을 어렴풋이 곱씹었다. '인류를 구하기 위한 일'이라고 했던가. 아울우드가 모종의 원대한 계획을 품었거나, 아니면 맛이 갔거나 둘 중 하나일 것이라는 당시의 추측도 다시금 떠올랐다. 인제 와서 보니 로키의 두 추측은 모두 적중한 셈이었다. 아울우드에게는 틀림없이 원대한 계획이 있었으나, 그 계획은 너무 큰 돈과 권력을 갖고 만 사람이 품을 법한 전형적인 과대망상에 불과했으니까.

흔히 일어나는 일이었다. 어쩌다가 대단한 일을 연달아 이룬 사람의 정신이 갑작스레 이상한 방향으로 튀어 버리는 광경이라면 로키도 얼마든지 본 적이 있었다. 자기가 위대한 운명을 타고났다는, 항상 올바른 길을 제시할 수 있다는, 뭐든 해낼 수 있다는 그런 달콤한 착각은 이성을 놀랄만큼 빠르게 좀먹곤 했다. 문제는 그게 부자에게 일어났을 때였다. 망상에 빠진 사람의 돈도 똑같은 돈이고, 돈만 있으면 정말로 대부분의 일은 해낼 수 있기에. 지금까지 일어난 모든 소동처럼. 그리고 미래에 실현될지도 모르는 파국적인 계획처럼.

"로키 씨, 솔직하게 답해 주세요. 생태계든 뭐든 다 떠나서, 이게 정말 가능한 건가요?"

여전히 진지하기 짝이 없는 목소리로 마모가 대뜸 물었다. 그 목소리가 로키의 머릿속에서 복잡한 생각의 연쇄를 이어갔다. 미지의 생태계를 미처 연구하기도 전에 전부 갈아엎고 도시를 짓겠단 아울우드의 계획은 로키에겐 물론 구역질 나는 망상일 뿐이었으나, 동시에 아울우드에게 그 계획을 최소한 일부라도 실현할 돈이 있는 건 사실이기도 했다. 당연히 진짜로 인류를 콩고 밀림 지하에 전부 이주시킬 수는 없을 터였다. 하지만 문명 존속에 필요한 인원과 시설만 잘 구겨 넣는다면 혹시 조금쯤은 가능할지도 몰랐다. 지하에 있어 기온 변화의 영향도 적게 받고, 파괴적인 자연재해도 어느 정도는 피할 수 있고, 심지어 강을 이용한 농경까지 가능한 그런 은신처의 형태로나마. 다시 말해 로키의 결론은 이러했다.

"글쎄, 완전히 불가능하다고 단정할 수는 없는 것 같기도 하지만….."

"그래요? 그럼 안 되겠네. 쏴 버려요."

마모가 상쾌하게 답했다. 진지했던 얼굴에 미소를 되돌리면서.

다음 순간, 총성 속에서 그 몸이 풀썩 고꾸라졌다.

**

대체 무슨 일이 벌어졌는지 즉각 파악하지 못한 건, 아무래도 로키의 탓은 아니었다.

적어도 로키는 곧장 움직였다. 솔라라처럼 비명을 지르며 주저앉는 대신 마모에게로 달려가 부상 정도부터 파악했다. 이상함을 느낀 건 그때부터였다. 줄곧 총이 겨눠졌던 머리엔 구멍은커녕 핏자국 한 방울조차 없었으니까. 시선을 아래로 내려 보니 검붉게 젖어 가는 배가 비로소 눈에 들어왔다. 아울우드가 쐈다면 총알이 어떻게 비껴갔더라도 맞았을 리가 없는 부위였다. 그 사실을 깨달은 로키가 손전등을 옆으로 돌리자, 천장을 바라보고 쓰러진 제프리 아울우드의 얼굴이 불빛 아래서 모습을 드러냈다. 이미 생명의 징후라곤 남지 않은 창백한 얼굴이었다. 그건 총알이 마모의 배를 관통해 아울우드의 급소에 명중했으리란 뜻이었고, 그런 일을 할 수 있었던 건 오직 하나뿐이었다.

"거기서 비켜 주시길 바랍니다. 손을 들고, 천천히."

루치의 나지막한 목소리가 등줄기를 타고 흘렀다. 지시대로 손을 들고 엉거주춤 일어나 뒷걸음질하는 로키의 시야에, 권총을 자신에게 똑바로 겨눈 채 마모에게로 다가가는 루치의 실루엣이 보였다. 마모가 배의 상처를 붙잡고 신음하며 몸을 일으키는 모습이 뒤를 이었다. 자길 쏜 사람에게 저항하기 위해서는 아니었다. 마모는 그냥 루치에게 조금 투덜거리고 싶을 뿐인 듯했다.

"제대로 쏜 거, 맞아요? 생각보다 어, 엄청 아픈데요!"

"안 아프게 죽이겠단 부분은 계약에 없었습니다. 내버려 두면 실혈사할 테니 기다리시길."

태연하게 오가는 둘 사이의 대화에 솔라라가 어처구니없다는 듯 고개를 절레절레 저었다. 어처구니없는 건 로키도 물론 마찬가지였다. 그런 감정을 읽기라도 한 건지, 이윽고 마모의 시선이 빙그르르 돌아 두 사람을 향했다.

"궁금한 거, 있어요?"

고통스러운 헐떡임이 섞인 목소리로 마모가 물었다. 아직 할 말을 찾지 못한 솔라라가 연신 고개만 젓는 사이 먼저 입을 연 사람은 로키였다. 총소리의 충격이 가시며 방금보다는 아주 조금 더 상황이 이해된 덕택에, 로키는 심지어 자기 예상보다도 한층 날카로운 질문을 던지기까지 했다.

"아울우드랑 같이 죽을 작정이었다면 언제든 할 수 있었 잖아. 왜 그때까지 기다렸어?"

"목표가 진짜인지 확인해 볼 필요가 있었거든요. 로키 씨나, 루치랑, 똑같아요. 아무나 죽일 순, 없죠. 제가 노리는 건 오직⋯."

"문명을 존속시키려는 사람들뿐이란 얘기지? 그래서 아 울우드를 죽이기로 했구나. 혹시 진짜로 인류를 구할까 봐."

그 말에 마모가 가볍게 허를 찔린 표정을 짓는 걸 보며, 로키는 살짝 늦게 찾아온 번뜩임이 멋지게 적중했음을 깨달 았다. 계속 신경 써 온 수수께끼의 해답이 비로소 손에 들어 왔단 사실도 함께. 도대체 마모는 어떤 동기로 움직이는 테러 리스트인가? 왜 하필 아울우드를 노렸고, 왜 미지의 생태계 탐사에 동참했는가? 이 모든 의문에 답하기 위한 단서는 이 제 다 나와 있었다. 필요한 건 마모가 아울우드와 자신을 함 께 쏘도록 루치에게 지시했음을, 그 직전에 로키가 아울우드 의 거창한 계획을 '가능할지도 모른다'라고 평가했음을 기억 해 내는 일뿐이었다.

"나는 조직의 배신자를 처리하는 게 본업이니까, 상대를 죽이기 전에 진짜 배신한 게 맞는지 확인해 봐야 하지. 거물 사냥이 취미인 루치는 너를 바로 죽이는 대신 테러리스트가 맞는지 먼저 물어봤고. 그런데 너도 마찬가지란 거잖아? 아무나 죽이는 게 아니라 확실한 목표가 있는 사람인데, 하필이면 아울우드가 기후 위기에서 인류를 아주 약간이나마 구할 수 있을지도 모른단 사실을 알게 되자마자 놈을 죽이기로 했어. 네가 목표를 고르는 기준이 바로 그거란 소리지."

그렇게 생각하면 모든 의문이 한꺼번에 풀렸다. 마모는 자연사박물관 도난 사건의 배후가 아울우드란 것도, 아울우드가 그걸 '인류를 구하기 위한 일'이라 주장했던 것도 진작 알고 있었으리라. 하지만 표본 도둑질과 인류 구하기 사이에 어떤 관련이 있는지까진 알 수 없었고, 그래서 LC에 위장 잠입한 뒤 자해까지 해 가며 로키를 끌어들였다. 덕분에 아울우드가 노리는 게 미지의 생태계란 걸 알아냈지만 그걸로는 부족했다. 그 미지의 생태계를 가지고 어떻게 인류를 구하겠단 건지, 혹시 인류는 핑계에 불과하고 실제론 다른 욕심이 있는 건 아닌지 꼼꼼히 확인하고 싶었을 테니까. 그래서 아울우드를 여기까지 불러냈고, 의도를 추궁했고, 계획의 현실성까지 따져 보았다. 죽여야겠다는 확신이 생길 때까지.

"다른 목표도 마찬가지였지? 냉동 수면 시설, 화성 테라포밍을 꿈꾸던 회사, 인류가 이주할 행성을 찾던 천문대, 수명 연장을 연구하던 과학자, 마인드 업로딩을 연구하던 그룹…. 전부 어떤 식으로든 인류를 오래 살게 만들려고 했기 때문에 테러를 저지른 거야. 마모 넌 인류 문명의 존속에 반대하니까. 인류를 멸종시키고 싶어 하니까."

"아니, 뭐, 잠깐, 뭐라고? 도대체 세상에 그러고 싶어 하는 사람이 왜 있는데? 죽으려면 혼자 죽지, 도대체 무슨 괴상한 동반 자살 논리가 그 모양이야?"

로키의 추리에 솔라라가 한층 더 어처구니없어하며 소리쳤다. 반면 마모는 태연했다. 자기 입으로 당당히 정체를 밝히려던 계획이 조금 어긋났을 뿐이라는 듯이, 목소리엔 어느새 차오른 생기와 아주 약간의 멋쩍음만이 실려 있을 따름이었다.

"동반 자살 논리가 아니에요. 대멸종은 이미 일어나고 있어요. 기후변화 때문에 지구상의 수많은 생물종이 사라질 거라고요. 그런데 인류만 별 이상한 과학기술을 동원해서까지 혼자 살아남으려고 하다니, 그건 아무래도 좀 섭리에 어긋나잖아요? 인류는 멸종할 때가 됐고, 저는 그냥 산소호흡기만 떼고 싶은 거예요. 그게 메데이아의 의지니까요."

"뭐, 메데이아? 너희 두목은 코드명을 그리스 신화에서 따왔어? 21세기에?"

"코드명이 아니야, 솔라라. 메데이아는 비유야. 자식을 제 손으로 죽이는 어머니의 비유, 생물을 스스로 멸종시키는 지구의 비유."

정확히 같은 비유가 어디서 쓰이는지 로키는 잘 알았다. 고생물학자 피터 워드가 가이아 이론에 대항해 내놓은 가설에서였다. 피터 워드는 생물이란 멸종을 향해 나아가는 성질이 있으며, 지구 생명의 역사에서 일어난 대멸종 사건의 대부분은 바로 이러한 성질 때문에 일어난 것이라고 보았다. 24억 5천만 년 전에 수많은 미생물을 절멸시킨 이른바 '산소 대폭발 사건', 지구가 여러 차례 꽁꽁 얼어붙은 '눈덩이 지구', 페름기 말에 일어난 지구 최대 규모의 멸종 사건인 '대사멸' 등이 실은 전부 당시 생물들이 스스로 촉발한 파괴적 기후 변화 때문에 일어난 일이라는 게 워드의 추측이었다. 나아가 그는 오늘날의 기후 위기 역시도 이러한 관점에서 볼 수 있으리라고, 인류 또한 태곳적의 생물들처럼 과도하게 번성한 끝에 자멸을 추구하고 있을지도 모른다고까지 말했다.

이러한 주장에 워드는 '메데이아 가설'이라는 이름을 붙였다.

자애로운 가이아와는 다른, 제 자식을 죽이는 어머니란 뜻으로.

마모와 처음 만났을 때 건네받은 명함에 'MEDEA HERALD'라고 적혀 있었던 걸 로키는 문득 떠올렸다. 돌이켜보면 그건 딥 웹 뉴스 사이트 이름이 아니었다. 일종의 자기소개였다. 첫 만남에서부터 마모는 자신이 단어 뜻 그대로 '메데이아의 전령', 즉 여섯 번째 대멸종의 한복판에서 자기가 속한 종의 목숨을 스스로 끊으려 행동하는 존재라고 밝힌 셈이었으니까. 그 단호하고도 파괴적인 선언을 생각하니 새삼 웃음이 나올 것만 같았다. 오직 자기 파괴만을 위한 테러리즘이라니, 그렇게까지 인류를 싫어할 수가 있다니! 어떻게 하는 건지 배울 수만 있다면! 하지만 자신이 결코 그 지경까진 닿을 수 없는 사람임을 로키는 누구보다 잘 알았다. 이어진 마모의 말만 들어도 그건 명백했다.

"메데이아 가설을 접하는 순간 깨달았어요. 제가 뭘 위해 태어났는지, 왜 하필이면 이 따위 성격인지, 왜 세상이 이렇게까지 싫은지! 그게 다 메데이아의 사명이었던 거예요. 알고 나서부터는 여태껏 정말 열심히 노력했고, 꽤 성공적이었다고도 생각해요. 슬슬 그만둘 거긴 하지만."

"자기 파괴도 메데이아의 의지니까?"

"그것도 그거긴 한데, 일단 계약이 걸려 있잖아요. 저는 인류 문명의 미래를 잔뜩 없애 버린 최악의 테러리스트가 되고, 루치는 그런 저를 죽이는 거예요. 약속대로 세상에서 제일 커다란 사냥감을 사냥하게 해 줘야죠. 루치도 약속대로 뒤처리만 잘 끝내면 좋겠는데…."

마모가 별안간 입에 담은 '뒤처리'가 무엇을 말하는지 로키는 바로 눈치챘다. 이곳의 지하 생태계에 정말로 인류를 구원할 가능성이 잠재되어 있다면, 마모는 그 사실이 세상에 알려지는 일을 원치 않으리라. 그렇다면 역시 목격자를 전부 처리하고 싶어 하지 않을까? 과연 마모의 말이 떨어지기가 무섭게 루치의 눈빛이 뒤바뀌었다. 심상찮은 낌새에 솔라라는 곧바로 몸을 웅크렸고, 로키의 등줄기에도 짜릿한 전율이 흘렀다. 하지만 그 전율은 최후를 맞이하기 위한 것도, 몸싸움을 벌이기 위한 것도 아니었다. 단지 지독한 아이러니를 한껏 느끼기 위함이었다.

"저기, 미안한데 약속은 아마 못 지킬 거야."

당장이라도 헛웃음을 터뜨리려는 걸 참으며 로키가 담담히 말했다. 마모가 눈을 동그랗게 뜨고 대꾸했다.

"그럴 리가요. 저 벌써 총도 맞았는데요!"

"총 문제가 아니야. 네가 '세상에서 제일 커다란 사냥감'인 이유는, 여기 생태계를 가지고 인류를 구하려던 아울우드를 막아 냈기 때문이잖아. 그런데, 음, 사실 그런 일은 애초에 불가능했을 것 같거든."

"에이, 아까는 가능하댔잖아요. 목숨 구걸이에요? 그렇게 안 봤는데."

그야 조금쯤은 목숨 구걸이기도 했다. 마모와는 달리 로키는 자기 목숨까지 간단히 내버리는 경지에 이르지 못한 사람이었으니까. 하지만 그렇다고 또 거짓말은 아니었다. 단지 아울우드가 나타나기 직전까지 품고 있던 불길한 의심이 생명의 위기 앞에서 마침 되살아났을 뿐. 어차피 모두에게 알리고 확인해 볼 생각이었건만, 그게 겸사겸사 목숨도 건지는 기회가 될 줄이야. 아이러니도 이런 아이러니가 없었다.

"당연히 아까는 가능하다고 했지. 가능성이 정말 없다고는 생각하고 싶지 않았으니까. 여기에 진짜 미지의 생태계가 남아 있다면, 그곳의 강과 토양을 이용해서 사람이 살 만한 곳을 만들 수는 있을지도 몰라. 하지만, 음, 그럴 장소가 정말 남아 있기나 한 걸까?"

"무슨 말씀인지 전혀 모르겠는데요. 일지에도 다 나와 있었잖아요."

"일지에 안 나온 것도 있었잖아. 물에서 온통 기름 냄새가 난다거나, 통로가 진흙으로 거의 막혀 있다거나, 목적지 코앞에서 늪지대가 나온다거나…. 하기야 확인해 보는 게 제일 빠르긴 하겠다. 솔라라, 손전등으로 저기 왼쪽 바닥 좀 비춰 줘."

줄곧 웅크려 있던 솔라라가 어리둥절해하면서도 지시에 따르자, 로키는 이윽고 빛이 비치는 왼편 바위 무더기 앞의 땅을 맨손으로 파헤치기 시작했다. 검은 흙더미가 힘찬 손길에 푹푹 파여 나갔다. 그 아래서 일행의 눈에 가장 먼저 들어온 건 나뭇가지와 자갈 따위였다. 하지만 오래 지나지 않아 로키의 손은 더 작고 불분명한 덩어리들 또한 연달아 끄집어냈다. 진흙에 덮인 깃털, 알껍데기, 뼛조각 따위를. 로키가 내던진 자그마한 새 머리뼈를 본 솔라라가 무심코 중얼거렸다.

"큰박쥐태양새다."

"그럴 줄 알았어. 딱 이런 돌무더기 틈새에 둥지를 틀었다고 바니가 그랬잖아. 바로 여기에 서식했던 거야."

"말도 안 돼요! 여긴 정글은커녕 나무도 한 그루 없고, 그냥 늪지대 한복판인데, 미지의 생태계 같은 건 전혀 안 보이는데…."

그렇게 반박하려던 마모의 목소리가 조금씩 잦아들었다. 로키가 말하려는 게 무엇인지 비로소 깨달은 듯했다. 그때야 뼈를 파내던 손을 멈춘 로키는 가만히, 손톱마다 잔뜩 묻어 번들거리는 기름을 내려다보면서 말을 이었다.

"애초에 데르셰트가 마이코에 왔던 것도 광물 탐사 때문이었잖아. 최근까지도 반군들이 불법 채굴을 계속해 왔고. 그렇게 100년 동안 이 일대에서 광산 개발이 계속됐으니, 여길 흐르던 강물에도 토사가 엄청나게 유입됐겠지. 그러면서 흐름이 바뀌기도 하고, 아예 막히기도 하고, 채굴에 쓰이는 화학물질이나 폐유가 섞이기도 했을 거야. 고립된 생태계 하나를 망가뜨리기엔 충분할 만큼."

로키의 시선이 손을 떠나 늪지대를 천천히 둘러보았다. 그 어디에도 생명의 흔적이라고는 전혀 보이지 않는 늪지대였다. 한때 큰박쥐태양새의 둥지가 주렁주렁 매달려 있었을 바위 더미조차 지금은 그저 황량한 비석일 뿐이었다. 과거 그 누구의 눈에도 띄지 않은 채 번성했던 경이로운 생태계를 기리는 비석—다시 말해 이곳은 하나의 거대한 묘지인 셈이었다. 땅을 손수 파헤쳐 그 사실을 확인하고 싶지는 않았건만, 일이 이렇게 된 이상 자신에겐 간략하게나마 사망 선고를 내릴 책임이 있음을 로키는 잘 알았다.

"여기가 바로 미지의 생태계였어, 마모. 안타깝게도."

"아니, 그렇지만, 그렇다는 건…. 메데이아의 의지가, 그
리고 저 벌써 총도 맞았는데요…."

"어쩌면 우리를 구원할 수 있을지도 몰랐던 낙원을, 정작
우린 그 존재도 모른 채로 진작에 남김없이 파괴해 버렸어.
이거야말로 메데이아 그 자체 아닐까? 그리고 나도 긴장 풀
려서 겨우 눈치챈 건데, 너 총 맞은 사람치곤 너무 생생하지
않아?"

그 말에 허둥지둥 옷을 들치고 자기 상처를 확인한 마모
가, 이내 고개를 돌려 루치를 매섭게 획 흘겨보았다. 이미 총
을 거둔 지 오래인 루치가 어깨를 으쓱하고서 말했다.

"반군 캠프에선 아울우드와 협력하는 일로 그렇게나 고
민하시던 분이, 방금은 인질 하나 잡혔다고 너무 고분고분하
게 길 안내를 하지 않았나 싶었습니다. 기회를 엿본답시고
미지의 생태계를 위험에 처하게 만들기보단 인질의 목숨을
버리는 편이 LC다웠을 텐데 말입니다. 어쩌면 미지의 생태
계를 이전보다 덜 중요하게 느낄 이유가 있었을지도 모른다
는 생각에, 일부러 조금 빗맞혀 두었습니다."

"뭐라고요? 완전히 절 갖고 놀았잖아요! 이건 아니죠!"

"덧붙이자면 계약은 아직 유효합니다. 그러니 상처는 제
대로 치료받으시길 바랍니다. 세상에서 제일 큰 사냥감이 되

기 전에 덧나서 죽기라도 하면, 그땐 정말로 낙담할 겁니다."

진흙 바닥에서 바둥거리는 마모를 진정시키며 루치가 나지막이 말했다. 여전히 침착하기 그지없었지만, 그래도 이런 상황에서 웃음을 완전히 참을 수는 없다는 듯한 말투였다. 허탈한 웃음은 바닥에 놓인 큰박쥐태양새의 머리뼈를 가만히 응시하던 솔라라에게로 번졌다. 아울우드의 시체를 뒤져 동료들과 연락할 방법을 찾던 로키에게도, 바둥대는 걸 겨우 멈추고 부루퉁하게 응급처치를 시작하려던 마모에게도 마찬가지였다. 웃고 싶은 기분인 사람은 아무도 없었다. 하지만 웃는 것 외에 달리 할 일도 역시 없었다.

기나긴 여정이 아무런 소득 없이 끝나 버린 참이었다. 무엇 하나 남지 않은 미지의 생태계를 빠져나가면 여전히 해결되지 않은 기후 위기가. 현재 진행형인 여섯 번째 대멸종이, 흔들림 없이 꿋꿋하게 스스로를 무너뜨려 가는 문명이 기다리고 있을 터였다. 그런데도, 혹은 그랬기에, 네 사람은 한동안 진흙 바닥에 주저앉아서 그냥 하염없이 웃기만 했다. 한때 그곳의 숲속을 가득 메웠던 까만 날갯짓 소리를 흉내 내듯이.

지하 밀림에 날갯짓이 돌아오는 일은 이제 영영 없겠지만.

때론 그렇게 어쩔 수 없는 일도 있는 법이었다.

＊
＊＊

리우데자네이루 시내의 조금 격식 있는 칵테일 바 구석
에 두 사람이 앉아 있었다. 둘 중에서 키가 큰 쪽은 고급 정
장 차림에 머리를 가볍게 풀어 내린 채였고, 작은 쪽은 까만
원피스에 샛노란 스카프를 걸치고서 머리를 리본 여럿으로
땋은 모습이었다. 두 사람 사이에 대화는 한동안 전혀 없었
지만, 딱히 사이가 틀어졌기 때문은 아니었다. 단지 둘 다 옆
자리에서 들려오는 대화에 귀를 기울이고 있었을 뿐. 대화의
주제는 요사이 화제가 된 뉴스였다. 탈리아페로의 창립자 제
프리 아울우드의 실종 이야기는 술기운 섞인 공기 속을 참으
로 오래도록 떠돌았다. 반면에 콩고민주공화국에서 새로 발
견된 동굴 지형 이야기는 전혀 없었고, 기후 위기 이야기 또
한 한마디도 나오지 않았다. 그런 대화를 한참 엿듣다가 문
득 시계를 확인한 키 큰 쪽이 말했다.

"15분 지났습니다. 제가 이긴 것 같습니다만."

"말도 안 돼요! 아무리 그래도 동굴 얘기가 한 번은 나오
겠지 싶었는데!"

"아무도 관심 없다고 말했잖습니까. 약속은 약속이니,
술은 그쪽에서 사는 겁니다."

그렇게 말하고서 루치가 칵테일을 가볍게 홀짝이자, 마
모는 눈앞의 위스키 잔을 단숨에 비운 뒤 눈앞의 상대를 매

섭게 응시했다. 정글에서 천신만고 끝에 돌아온 이래 마모는 종종 루치를 그렇게 노려보곤 했다. 루치는 언제나 눈 하나 깜짝하지 않았다. 수술이 끝난 지 얼마 되지 않았으니 음주를 자제하라는 루치의 충고에 마모가 눈 하나 깜짝하지 않았듯이.

"그래서 루치, 도대체 로키 씨는 왜 살려 준 건가요?"

텅 빈 술잔을 옆으로 치운 마모가 대뜸 그렇게 물었다. 루치는 대답하지 않았다.

"아, 이거 봐. 이젠 아예 입을 다무네. 틀림없이 이거 뭔가 있다니까요. 제가 세상에서 가장 큰 사냥감이 아니었단 건 저를 안 죽일 이유는 되지만, 로키 씨를 안 죽일 이유는 안 되잖아요. 그분이 세계 최대의 야생동물 밀수 네트워크 붕괴를 불러온 거물이란 건 변함없는 사실이니까."

"무슨 말씀인지 모르겠습니다만."

"제 추측 들어 볼래요? 루치 당신이 사냥감을 살려 줄 이유는 하나뿐이에요. 계약이죠. 세상에서 가장 큰 사냥감을 잡게 해 주겠단 약속 때문에 제 목숨이 아직 붙어 있는 것처럼요. 그러니까 당신은 로키 씨하고도 분명히 무슨 계약을 맺었을 거예요. 애초에 그분 섭외할 방법을 찾아 온 것도 당신이었으니까, 별로 과한 의심은 아니지 않아요?"

루치는 이번에도 대답하지 않았다. 적어도 마모가 한 잔 더 마시겠느냐고 묻기 전까지는 그랬다. 도무지 공짜로 뭘 해 주는 법이 없다고 투덜대면서도, 마모는 루치가 마침내 털어 놓기 시작한 이야기에 귀를 쫑긋 기울였다.

"일을 계획할 때 중개인을 통해서 따로 제안이 들어왔습 니다. 하려는 일에 로키 씨가 도움이 될 테니, 필요하다면 잠 깐 빌려주겠다는 제안이었습니다. 다 쓰면 제자리에 고스란 히 돌려놓으라는 것이 조건이었기에, 무리해서까지 사냥할 생각은 없었을 뿐입니다."

"제안한 사람의 정체는요?"

"그것까진 알 수 없습니다. 정말입니다."

"세상에, 얘기 고작 요만큼 들으려고 제가 또 술을 샀네 요. 진짜 싫다."

말은 그렇게 하면서도 마모는 싱긋 웃고 있었다. 아하, 뒤 에서 일을 꾸민 사람이 있으셨다? 나도 모르게 내 일을 성공 시키려고 일부러 로키 씨 같은 인재를 꽂아 주셨단 말이지? 활동 특성상 후원자 같은 걸 가져 본 적이 없는 마모에게 이 건 꽤 흥미로운 이야기였다. 한편으론 정말 아무래도 좋은 이야기이기도 했다. 아무튼 제프리 아울우드는 언젠가 죽였 어야 할 놈이고, 그렇다면 설령 자신이 누군가한테 놀아나 이번 일을 벌였다고 한들 결과적으로는 다 잘된 셈이었으니 까. 마침 마모에게는 정확히 이럴 때를 위한 표현도 준비되어 있었다.

"아무튼 뭐, 이것도 전부 메데이아의 의지인 걸로 할까요?"

"좋습니다. 그런 걸로."

새로 나온 술잔이 '짠'하고 부딪혔다. 어느새 옆자리의
대화는 새로 지어질 자동차 공장 단지 이야기로 넘어가 있었
지만, 그 역시 정말로 아무래도 좋은 이야기였다.

**

코끼리와 팬더가 정교하게 조각된 커다란 나무문 바깥
에서, 솔라라 델쿠르트는 자기 몸통만 한 여행 가방을 옆에
낀 채 10분째 초조하게 서성이고만 있었다. 문 안쪽에서는
누군가의 짜증 섞인 목소리가 끊임없이 들려와 솔라라를 더
욱 불안하게 했다. 목소리의 주인은 지팡이로 바닥을 탁탁
때리며 수화기 너머의 상대에게 연신 뭐라고 쏘아붙이는 중
이었다. 솔라라는 그 상대가 자신이 아니라서 정말 다행이라
고 생각했다. 전직 상아 밀매상이자 현직 범죄 업계 중개인
인 리펭란은 솔라라의 오랜 친구였지만, 야단쳐 주었으면 하
는 사람은 결코 아니었기에.

"갑자기 연락해서는 사람한테 뻔뻔하기 그지없는 부탁이
나 해 놓고선, 그 와중에 중요한 내용은 싹 빼먹었다 이거지?
네 의뢰였지만 돈은 내 돈이었거든? 너한테 연결해 준 녀석
이 인류를 싹 다 죽이겠다는 웬 미치광이의 동료인 줄 알았

으면, 내 돈이 단 한 푼이라도 그 자식한테 들어갈 일은 없었을 거야!"

문 안쪽에서 고성이 울려 퍼질 때마다 솔라라의 몸이 안쓰럽게 움찔움찔 떨렸다. 통화가 끝나고 문이 천천히 열릴 때도 마찬가지였다. 붉은 양탄자가 깔린 회의실은 한쪽 벽면이 통유리로 되어 있어 상하이의 야경이 한눈에 내려다보였고, 그 한가운데서 펑란은 상아 지팡이를 짚은 채 솔라라가 머뭇머뭇 걸어 들어오는 모습을 빤히 쳐다보고 있었다. 솔라라는 솔직히 당장이라도 도망치고 싶었다. 하지만 오늘만큼은 그래선 안 되는 날이었다. 다른 날은 다 괜찮았으나 오늘만큼은.

"기다리게 해서 미안. 준비는 됐어?"

펑란이 부드럽게 물었다. 솔라라는 대답 대신 고개만 붕붕 저었다.

"아니, 준비를 다 하고 왔어야지. 솔라라 네가 부탁한 거잖아. 작업실에 불났단 핑계 대고서 마감 내팽개치고 놀러 다니는 바람에 고객들이 화가 많이 났으니까, 내 쪽에서 어떻게든 중재를 해 달라고."

"놀러 다닌 거 아니라니까. 이게 다 영감을 얻기 위한…."

"그래서 영감은 좀 얻었고?"

"여행 며칠 다닌다고 영감이 생기면 개나 소나 예술 하지."

무심코 그렇게 내뱉었더니 펭란의 눈매가 순간 날카로워졌기에, 솔라라는 입을 딱 다물고서 마침 통화가 연결된 원격 회의 스크린 쪽으로 고개를 돌렸다. 잔혹하기로 악명이 자자한 레드 마피아 간부가 거기에 떡 하니 앉아 있었다. 그것도 잔뜩 화가 난 얼굴로. 업계의 유력 인사인 펭란이 마련한 자리가 아니었더라면 당장 온갖 욕설을 퍼부었을 게 틀림없었다. 그런 고객과 태연하게 인사를 주고받은 펭란이 이내 솔라라를 쿡쿡 찔렀다.

　"뭐 해? 시제품 꺼내. 만들어 왔다면서."

　그 말에 솔라라의 바들바들 떨리는 손가락이 여행 가방을 열어젖혔다. 펭란의 미심쩍어하는 눈초리가 뒤통수에 쏟아지는 걸 느끼면서. 작품을 제때 완성하지 못하는 건 솔라라에게는 일상이나 마찬가지였으니, 펭란은 이번에도 가방 안이 텅 비어 있는 건 아닐지 의심하는 게 분명했다. 하지만 적어도 이번엔 아니었다. 가방에는 포장재가 가득 들어 있고, 그것까지 다 풀어헤치니 비로소 이번 '시제품'이 그 모습을 드러냈다. 화면 너머에서 울리는 나지막한 탄성과 함께.

　솔라라가 가져온 물건은 호랑이 머리 박제였다. 펭란이 빌려준 작업실에서 펭란이 구해다　준 재료로 며칠에 걸쳐 만들어 낸, 그러고서도 마감 당일 새벽에 간신히 머리를 완성한 게 전부인 박제. 심지어 그 박제는 멋지게 포효하는 모습조차 아니었다. 오히려 눈은 거의 감긴 채였고, 입가는 고통에 차 일그러진 듯했다. 그야말로 죽어가는 호랑이 그 자체였다. 분명히 머리만 뜯겨 나와 있는데도 빈사의 맹수가 내쉰 마지막 숨이 피부로 느껴지는 것만 같은, 생명력이 아닌 죽음을 뿜어내는…. 회의실에는 어느새 장엄한 침묵이 내려앉았다. 가까이 다가온 펭란이 귓속말로 슬쩍 물었다.

"무슨 바람이 든 거야, 솔라라? 여태까지는 살아 있는 모습을 똑같이 재현하느라 그렇게 공을 들였으면서, 작업 스타일이 그새 완전히 달라졌잖아."

"여행에서 본 게 이런 것밖에 없었거든. 그래서 해 봤는데, 별것도 아니더라. 호랑이 사체로 호랑이 사체를 만들 뿐이니까."

박제사의 대답은 평소와 다름없이 심드렁했다. 하지만 그렇게 대답하던 눈동자 속에는 틀림없이 무언가 검은 것이 흔들리고 있었기에, 펭란은 친구가 미치광이들과 여행하는 동안에 어떤 깊고 어두운 비전을 들여다보았을지도 모른다고 문득 생각했다. 그것이 무엇인지 알아내는 것까지는 펭란의 영역이 아니었다. 분노를 까맣게 잊고 감격에 젖어 찬사를 쏟아 내는 고객 앞에서 솔라라가 분위기를 깨지 않도록 입을 틀어막는 일이라면 모를까.

"죄송하지만 루체른의 '빈사의 사자상'은 구역질 나는 해부학적 대재앙인데, 그따위 돌덩어리랑 제 작품을 비교하시면…."

"비교하시면 엄청난 영광이죠! 야, 솔라라. 이거 다음 달 말까진 끝낼 수 있지? 그러면 기존 의뢰는 취소하고 이 작품을 최대한 빨리 보내 드리는 걸로! 네, 감사합니다!"

그렇게 자기 의사와는 상관없이 마감 기한을 정해 버린 통화가 끊기자마자, 솔라라는 그대로 힘이 빠져 양탄자 위에 풀썩 주저앉으려 했다. 하지만 펭란은 친구가 그러도록 내버려 두지 않았다. 지팡이에 비스듬히 기댄 채 솔라라를 억지로 잡아 일으킨 펭란이 부드럽게 말했다.

"그럭저럭 잘했고, 이대로 다섯 명한테만 더 하자. 할 수 있지?"

솔라라는 고개를 저었다. 그러거나 말거나 다음 통화는 이미 시작되려 하고 있었다. 살아 있는 존재라면 누구든 결코 피할 수 없는 죽음과도 같이.

*
**

부화한 지 채 사흘도 되지 않은 무지개꼬리 포카이카하 새끼들이 아크릴 사육장 안에서 꼬물거리고 있었다. 한때는 지구상에 수컷 한 마리만이 남았다고 여겨져 '세상에서 가장 희귀한 파충류'라고 불린, 그러나 다행히도 암컷 한 마리가 새로 발견된 덕택에 지금은 어떻게든 수를 조금씩 불려 나가고 있는 종의 가장 어린 개체들이었다. 무지개꼬리 포카이카

하가 '세상에서 가장 희귀한 파충류'라는 칭호를 반납하기까지는 아직 개체수가 한참 부족했지만, 이들이 무럭무럭 자라나 새끼를 더 많이 낳는다면 언젠가는 그렇게까지 희귀한 파충류가 아니게 될지도 모르는 일이었다. 사실 이들의 미래는 꽤 희망찬 편이라고도 할 수 있었다. 마침 이들이 살고 있는 뉴질랜드 슈튐프케섬 파충류 보호소는 멸종위기종 보호에 자신과 타인의 목숨을 건, 조금 특별하고 과격한 인간 개체들이 운영하는 시설이었으므로.

　기나긴 출장 임무를 마치고서 보호소로 돌아온 로키도 그런 개체 중 하나였다. 동굴을 무사히 빠져나온 뒤로도 이 사람 저 사람 만나면서 각종 사안을 처리하느라 한동안은 꽤 바빴지만, 이젠 웬만한 일은 마친 뒤였기에 로키에게는 꽤 여유가 있었다. 임무 보고도 올렸고, 마이코 국립공원 지하의 동굴 속에 혹시나 살아남았을지 모르는 멸종위기종을 찾아서 보호해 줄 동료들도 섭외했고, 데르셰트의 일지도 전문가에게 넘겼다. 그러고 나서야 겨우 보호소의 의자에 늘어지다시피 앉아서 쉴 수 있게 되었건만, 로키의 머릿속에서는 여전히 제대로 끝맺지 못한 일의 잔재들이 묵묵히 소용돌이치고 있었다. 그중 일부는 이따금 입 밖으로 툭 튀어나오기도 했다.

　"결국 바니한테 명예를 되돌려주지는 못했어. 노력했는데."

"어쩔 수 없지."

새끼 파충류들에게 먹이를 주던 보호소 동료가 무심히 대꾸했다. 듣는지 마는지 알 수 없는 태도였다. 동료가 자신을 따라 LC에 들어오기 전부터 알고 지낸 사이였기에, 한때는 서로를 코드명이 아닌 '한누리'와 '조도화'라는 옛 이름으로 부르던 사이인 적도 있었기에 로키는 그런 태도에 제법 익숙했다. 반응이 오거나 말거나 꿋꿋이 이야기를 계속할 수 있었던 건 그래서였다.

"증거가 너무 없었어. 아무튼 학계에 큰박쥐태양새를 먼저 보고한 건 오일렌발트니까, 규정상 학명에서 이름을 뺄 방법도 없었고 말이야."

"그렇겠네."

"동굴에서 뭐라도 새로 발견되면 좋겠다. 그럼 바니 이름을 붙일 수 있을 텐데…. 그나마도 진짜 이름은 아니긴 하다. 그냥, 어떤 사람의 업적은 영영 잊히기도 하는 모양이야."

"맞아. 안타깝게도."

멸종한 동물들처럼, 시대의 무지와 야만에 의해, 되돌릴 길 없이. 인류세가 시작된 이래 한순간도 쉬지 않고 일어난 일이었다. 로키는 그런 일이 일어나는 걸 막고자 밤낮으로 노력하는 사람이었지만, 그래도 때론 소득 없이 지쳐서 돌아오는 날도 있는 법이었다. 새로운 걱정거리만 한가득 안은 채로.

"마모 녀석도 신경이 쓰인다니까. 놔둬도 되나 모르겠어. 인류를 멸종시키려는 테러리스트잖아. 우리 쪽하고도 목적이 어긋나는 셈인데, 그냥 보내지 말고 손봐줬어야 했나?"

"내버려둬. 괜찮아."

"이유는?"

"정말로 인류가 멸망하길 바랐다면 환경 운동가들부터 죽였을 테니까."

동료의 보기 드문 단언에 로키가 무심코 고개를 끄덕였다. 하긴, 곰곰이 생각하면 마모가 인류를 당장 멸종시키고자 무슨 대학살이라도 벌인 건 아니었다. 단지 대멸종을 일으킨 장본인이 죽음으로부터 살금살금 도망치지 못하도록 퇴로를 막으려 했을 뿐. 온 생태계가 쓸려 나가는 동안 혼자만 살아남을 방법이 없다면 인류는 같이 살거나, 같이 죽거나 둘 중 하나를 선택해야 할 터였다. 그렇다면 그게 과연 인류의 멸망을 앞당기는 행위일까? 어쩌면 반대일지도 모른다고 로키는 생각했다. 인류가 치사하게 도망치는 대신 대멸종과 정면으로 맞선다면, 그때야 비로소 인류에게는 진짜 승산이 생길지도 모르니까. 그런 로키의 생각을 읽은 듯 동료가 한마디를 덧붙였다.

"이 애들은 지금도 멸종하지 않으려고 싸우는 중이야. 우리도 그래야지."

"거기까지 생각하고 일을 벌인 것 같진 않던데…. 모르겠다. 아직도 수수께끼가 너무 많아. 무엇보다 걔는 날 끌어들일 방법을 너무 잘 알았단 말이지. 기자조차 아니었다면 대체 어디서 정보를 얻은 거야?"

동료는 이 질문엔 답하지 않았다. 로키가 볼멘소리로 다시 물었다.

"넌 걱정 안 돼, 릴리와이? 날 노리는 사람이 저 밖에 있는데도?"

"매번 어디로 사라지고, 위험한 일 벌이고, 이상한 사람이랑 엮이고. 이젠 익숙해. 오늘만큼은 숙소에서 쉬면 좋겠지만."

"못 보던 사이에 왜 이렇게 쌀쌀맞아진 거야…. 알겠어, 알겠다고. 먼저 가서 씻을게. 일 끝나면 와."

'릴리와이'라 불린 동료는 대답 대신 고개만 작게 끄덕였다. 상대방에게서 그 이외의 반응이 돌아오지 않으리란 사실을 마침내 받아들인 로키는, 본전도 못 찾았다는 듯 한숨을 쉬고서 사육장으로 가득한 방을 조용히 떠났다. 새끼 파충류를 부드럽게 쓰다듬으며 릴리와이가 속삭여 내뱉은 한마디를 듣지 못한 채로.

"당연히 걱정했지. 그러니까 신경 써서 부탁해 뒀던 건데."

그 파충류가 오늘 돌봐야 할 마지막 한 마리였다. 일을 마치고 라텍스 장갑을 벗은 릴리와이가 휴대전화를 꺼내 확인하니, 거기엔 한참 전에 도착한 '의뢰 완수' 메시지가 아직 그대로 떠올라 있었다. 당장은 이거면 충분했다. 목적은 이루어졌고 여섯 번째 대멸종은 조금 더 공정해졌으니, 한동안은 로키를 어디에도 빌려주지 않을 작정이었다. 지구 생태계를 덮친 미증유의 재난 앞에서 동족 개체 하나가 또 어떤 비겁한 수를 떠올리기 전까지는.

그때까지는 메데이아도 잠시 눈을 붙일 수 있으리라.

방을 나선 릴리와이가 발걸음을 재촉했다. 로키가 향한 길을 뒤따라서.

에필로그

아침이 밝도록 남자는 새를 보고 있었다.

부드럽게 휘어진 부리와 짧은 부채꼴 꼬리를 지닌 아름다운 새였다. 몇 시간 전까지만 해도 그 부리와 꼬리는 등불이 드리운 빛 속에서 어른거리는 그림자에 불과했지만, 천장 틈으로 스며든 햇빛이 닿을 때마다 형태는 눈에 띄게 또렷해졌고 색채에는 생기가 깃들었다. 이제 새들은 억센 다리로 나뭇가지를 움켜쥐거나, 윤기가 흐르는 새까만 날개를 퍼덕여 바위틈의 둥지를 날아 나오거나, 혹은 저 아래서 자신을 호기심 가득한 눈으로 빤히 쳐다보는 남자를 향해 요란하게 울어대기도 했다.

그게 다였다. 남자는 새를 노트에 세밀하게 그리지도 않았고, 박제로 만들어 바다 건너의 학회에 보내지도 않았다.

조류 도감에 자기 이름을 달아 싣지도 못했음은 물론이었다. 새벽이 지나 아침이 성큼 다가오도록 그는 다만 동굴 속에서 날아다니는 새들을 하염없이 쳐다보기만 했다. 지금껏 보아 온 그 어떤 새와도 다른 신기한 새들을. 부리의 곡선을 가늠하고, 깃털의 짜임새를 손끝에 그리고, 움직임을 더욱 그럴듯하게 눈에 새기면서. 꿀을 빨아 먹으려 꽃으로 곧장 날아가는 새의 꼬리 끝까지를 똑바로 관찰하고자 고개를 한껏 치켜든 남자의 발치를, 다리가 긴 생쥐와 하얀 거미가 줄지어 달려가 울창한 숲속으로 사라졌다.

새들을 한참이나 그렇게 관찰한 뒤에야, 비로소 남자의 입술 사이로 뿌듯함의 긴 한숨이 토해져 나왔다. 등불을 도로 들고서 가져온 짐을 둘러메는 동작에도 만족감이 절로 묻어났다. 동굴을 뿌옇게 채운 물안개와 벌레 울음소리와 새소리에 아늑하게 둘러싸인 채, 남자는 숲속을 이리 걷고 저리 걸으며 몇 시간을 조용한 경탄으로 지나 보냈다.

그 경탄을 들어 줄 사람은 이제 아무도 없었다. 세상은 그의 관찰과 연구를 영영 잊을 것이었다. 이름은 남지 않을 터였고, 업적은 역사 뒤편으로 사라질 운명이었다. 남자 본인조차 이를 모르는 바가 아니었다. 하지만 그렇다고 해서 남자가 동굴 속의 새들을 올려다보길 그만두지는 않았다. 왜냐하면 그 새들은 낯설었고, 신기했으며, 생전 처음 보는 것이었기 때문에. 남자가 지금 여기에 서서 새들을 관찰하고 있

324

음만큼은 틀림없는 사실이었기 때문에. 알고 보면 그것은 정말로 뜻깊은 사실이기도 했지만, 남자가 이를 깨달을 도리는 어디에도 없었다. 세상이 이를 깨달을 도리 역시 어디에도 없었다.

인류가 살아 있는 큰박쥐태양새를 마지막으로 목격한 날이었다.

역사에는 남지 못한, 틀림없이 존재했던 날이었다.

작가의 말

　보낸 메일함을 뒤져 확인해 보니, 2020년에 출간한 《밀수: 리스트 컨선》의 후속작으로 이 소설의 기획에 본격적으로 시동을 건 것이 그해 말의 일이었습니다. 플롯과 트리트먼트를 완성한 것이 2021년, 각종 딴짓을 그만두고 본격적인 집필에 들어간 것이 2022년, 초고를 마무리한 것이 2023년 8월이었고, 원고 수정은 바로 오늘인 2024년 2월 22일 새벽에 마쳤으니 전작과 마찬가지로 삼 년쯤이 걸린 작업인 셈입니다. 제가 가상의 새를 멸종시키고, 가상의 인간을 죽이고, 가상의 생태계에 재난을 일으키는 그 삼 년 동안에 워드프로세서 화면 바깥에서는 대략 아래와 같은 일들이 일어났습니다.

• IUCN이 필리핀의 라나오 호수에만 서식하는 잉어과 어류 17종 중 15종의 멸종을 선언했습니다. 남은 두 종 역시도 이미 멸종했을 가능성이 있는 절멸 위급 단계로 지정되었습니다.

• 지구상의 빙하와 빙산이 기록적인 속도로 녹아 사라지고 있으며, 그 양상이 기후 변화 위험성을 평가하는 UN 산하의 협의체인 IPCC가 예상한 최악의 시나리오와 일치한다는 연구 결과가 유럽 지구과학 연맹의 학술지《더 크라이오스피어》에 게재되었습니다.

• 하와이의 마우나로아 천문대가 발표한 관측 결과, 지구 대기 중 이산화탄소 농도가 산업혁명 이전의 228ppm보다 50% 이상 높은 417ppm에 이른 것으로 나타났습니다.

• 일본 도쿄의 벚꽃이 3월 26일에 만개했습니다. 이는 서기 812년까지 거슬러 올라가는 관측 기록 사상 가장 이른 날짜입니다.

• 기록적인 폭우가 독일과 벨기에를 중심으로 한 유럽의 여러 국가를 덮쳐, 적어도 243명이 사망하고 54억 유로 상당의 재산상 피해가 발생했습니다.

• 기록적인 폭염이 북미 대륙 서부를 덮쳐 적어도 914명이 사망했습니다. 조개 등의 바다생물 또한 수온 상승으로 인해 10억 마리 이상이 폐사한 것으로 추정됩니다.

• 러시아 시베리아의 삼림에서 일어난 산불이 관측 사

상 최대 규모로 확대되었습니다. 연기가 북극점까지 도달한 것 또한 관측 사상 최초입니다.

- 2021년 한 해 동안 살해당한 환경 운동가가 200명에 달한다고 영국의 비영리기구 글로벌위트니스가 발표했습니다. 상당수는 남아메리카의 원주민이나 소규모 농업 종사자였습니다.

- 미국 해양대기청의 보고에 따르면, 2021년 한 해 동안 지구 대기 중 메테인 농도가 관측 사상 최대치인 17ppb만큼 증가한 것으로 나타났습니다.

- 대형 금융기업 JP모건 체이스의 화석연료 사업 투자 결정에 항의하며, 미국 로스앤젤레스의 회사 건물 입구에 쇠사슬로 몸을 묶고 시위하던 기후과학자 피터 칼무스를 포함한 환경 운동가 네 사람이 체포되었습니다.

- 아마존 열대우림의 4분의 3 이상이 지속적인 벌목으로 인해 회복력을 상실하고 있다는 연구 결과가 학술지 《네이처 클라이밋 체인지》에 게재되었습니다.

- 제52회 지구의 날 당일, 미국의 환경 운동가 와인 앨런 브루스가 미국 연방대법원 앞에서 분신자살로 생을 마감했습니다.

- 호주 그레이트 배리어 리프의 산호초 중 91% 이상에서 수온 상승에 의한 백화 현상이 나타났다는 항공 조사 결과가 발표되었습니다. 수온이 상대적으로 낮은 라니냐 시기

에 대규모로 백화현상이 일어난 최초의 사례였습니다.

• 기후 변화에 의한 남반구의 폭풍 세기 증대가 종래의 예상을 한층 뛰어넘어, 2080년에나 도달하리라 여겨졌던 수준에 이미 이르렀다는 연구 결과가 학술지《네이처 클라이밋 체인지》에 게재되었습니다.

• IUCN이 중국주걱철갑상어(Psephurus gladius)의 멸종을 공식적으로 선언했습니다. 양쯔강과 황하강에 서식했던 중국주걱철갑상어는 2003년 이래 살아 있는 개체가 발견되지 않았습니다.

• 기록적인 폭우가 파키스탄을 덮쳐, 1,800여 명이 사망하고 15억 달러 상당의 재산 피해가 발생했습니다.

• 그린란드의 빙하 정상부가 관측 사상 최초로 9월부터 녹기 시작했습니다.

• 기록적인 폭염이 전 세계를 덮쳐, 여러 국가에서 관측 사상 최고 기온이 갱신되었습니다. 폭염으로 인한 사망자는 인도와 파키스탄에서 90여 명, 북미에서 100여 명, 유럽에서 최소 2만 4천여 명에 달했습니다.

• 국제적 SNS 서비스인 트위터를 기업가 일론 머스크가 인수한 직후부터, 기후 위기에 대한 거짓 정보와 음모론이 한층 급격히 퍼졌다는 지적이 나왔습니다.

• 오존층 파괴를 막고자 몬트리올 의정서에 의해 2010년 이래 국제적으로 사용이 전면 금지된 염화플루오린

화탄소 화합물 중 일부의 배출량이, 2010년에서 2020년에 걸쳐 지속해서 증가해 왔다는 연구 결과가 학술지 《네이처 지오사이언스》에 게재되었습니다.

• UN 사무총장 안토니우 구에투스가 기자회견을 열어 2023년 7월이 역사상 가장 뜨거운 달이었다는 관측 결과를 전하며, "지구 온난화의 시대가 지나고 지구 열탕화의 시대가 도래했다"라고 선언했습니다.

• 2022년 한 해 동안 살해당한 환경 운동가가 177명에 달한다고 영국의 비영리기구 글로벌위트니스가 발표했습니다. 상당수는 남아메리카의 원주민이나 소규모 농업 종사자였습니다.

• 7개로 구분된 열대 해역 각각에서, 관측 사상 최초로 한 해 동안 5등급 열대성 저기압이 모두 발생했습니다.

• 미국 뉴욕에서 연방준비은행 입구를 막고 기후 위기 대응을 촉구하던 환경 운동가 100명 이상이 체포되었습니다.

• 2022년 한 해 동안 국제적으로 화석연료 산업에 지급된 정부 보조금이 총 7조 달러에 이른다고 국제통화기금이 발표했습니다. 이는 해당 연도 세계 GDP 총합의 7.1%에 해당하는 액수입니다.

• 기후 변화와 환경오염, 불법 야생동물 거래 등에 대한 적극적 대응을 촉구해 온 베트남의 환경 운동가 호안티민홍에게 호찌민시 인민법원이 탈세 혐의로 징역 3년을 선고했습

니다.

- 미국 어류 및 야생동물관리국이 민물조개 8종과 하와이 토착 조류 8종을 비롯한 미국 내 동식물 21종의 멸종을 선언했습니다.

- 영국 런던의 인터콘티넨털 호텔 입구를 막고 시위를 벌이던 환경 운동가 그레타 툰베리가 체포되었습니다. 호텔에서는 주요 화석연료 기업들이 참가한 에너지 인텔리전스 포럼이 진행되고 있었습니다.

- 영국 런던의 국회의사당 광장을 행진하며 시위를 벌이던 환경 운동 단체 '저스트 스톱 오일'의 시위대 60명 이상이 체포되었습니다.

- 석탄 수출을 막기 위해 카약을 타고 호주의 뉴캐슬 항구를 봉쇄하는 시위를 벌이던 환경 운동 단체 '라이징 타이드' 소속의 활동가 100명 이상이 체포되었습니다.

- 아랍에미리트 두바이에서 열린 제28회 UN 기후 변화 콘퍼런스에서, 2050년까지 탄소중립을 달성하기 위해 화석연료에 의존하는 현재의 에너지 체계를 "공정하고 질서정연하고 평등한 방식으로" 바꿔가자는 각국 대표단의 합의가 이루어졌습니다. UN에서 이러한 합의가 이루어진 것은 사상 최초였지만, 한편으로는 화석연료 사용을 완전히 중지한다는 내용이 명시되지 않았기에 비판의 대상이 되었습니다.

- 2023년의 지구 평균 기온이 사상 최고치인 14.98°C

를 기록한 것으로 나타났습니다. 이는 종래의 최고치였던 2016년의 평균 기온보다 0.17°C 높은 수치입니다.

실로 마음 편한 나날은 아니었습니다. 재난을 피할 수 없다는 사실은 점점 더 명백해졌고, 인류가 그 재난을 막기 위한 최선의 노력을 기울이지 않고 있다는 사실 또한 갈수록 뚜렷하게 드러났습니다. 기후 위기로 인한 불안과 죄책감 등의 부정적인 감정을 의미하는 '기후 슬픔'(Climate grief)이 새로운 화두가 된 것도 자연스러운 일입니다. 어쩌면 우리는 긍정적인 미래 전망이 그저 현실을 직시하지 않기 위한 기만일 뿐인 시대, 현실에서 눈을 돌려 얻는 희망보다 현실을 직시하며 느끼는 절망이 차라리 더욱 값진 시대를 살고 있는지도 모릅니다.

그러나 현실에서 희망이 정말로 완전히 멸종해 버린 것 또한 아닙니다. 이 소설을 쓰는 동안 저는 기대조차 하지 않았던 놀랍도록 희망찬 소식을 여러 차례 전해 들었습니다. 예컨대 기후 위기가 거짓말이었다거나, 기후 위기를 단번에 해결할 혁신적인 기술이 개발되었다거나, 혹은 기후가 어떻게 바뀌든 인류 문명이 지금까지의 산업과 사회 구조를 유지하며 풍요를 누릴 수 있을 것이라거나 하는 종류의 이야기는 전혀 아니었습니다. 제게 희망을 가져다준 것은 대략 아래와 같은 소식들이었습니다.

• 카메룬의 두알라 대학 소속 연구자인 피에르 A. 음보고 은동고가 시에라리온에서 민물게 두 종을 재발견했습니다. 시에라리온게(Afrithelphusa leonensis)는 66년, 아프젤리우스게(Afrithelphusa afzelii)는 225년만의 재발견이었습니다.

• 1970년대 이후로 발견되지 않았던 바트만강종개(Paraschistura chrysicristinae)가 터키의 레제프 타이이프 에르도안 대학교 연구진에 의해 재발견되었습니다.

• 1830년대에 학계에 보고된 이래 다시는 발견되지 않았던 브라질의 페르남부코감탕나무(Ilex sapiiformis) 네 그루가 생태학자 구스타부 마르티넬리에 의해 재발견되었습니다.

• 인도네시아의 비영리기구 YAPPENDA가 이끄는 탐사대가 뉴기니섬에서 데이비드경긴코가시두더지(Zaglossus attenboroughi)를 재발견했습니다. 최초로 학계에 보고된 이래 60년 만의 재발견이었습니다.

• 드윈튼황금두더지(Cryptochloris wintoni)가 남아프리카공화국의 프레토리아 대학 연구진과 멸종위기야생동물기금에 의해 86년 만에 재발견되었습니다. 토양 시료에서 DNA를 추출해 분석하는 최신 기술과 보더콜리를 동원해 거둔 성과였습니다.

• 1931년 이래 발견되지 않았고 유일한 표본마저 1978년의 화재로 사라진 채였던 포르투갈 토착종 파길데문짝거미(Nemesia berlandi)를 인디애나폴리스 동물원의 탐사대

가 재발견했습니다.

이 모든 재발견 소식은 물론 인류 문명의 미래와는 별다른 상관이 없습니다. 민물게나 황금두더지 한두 종이 멸종하지 않았다고 해서 인류 또한 멸종하지 않으리라는 보장은 전혀 없습니다. 기후 위기는 여전히 실재하는 위협이며 우리는 그리 잘 해내고 있지조차 못합니다. 하지만 적어도 우리는 이제 데이비드경긴코가시두더지를 보호할 수 있습니다. 바트만강종개를 보호할 수 있습니다. 거의 100년 가까이 나타나지 않았던 거미 한 종이 소리 소문 없이 멸종하기 전에 재빨리 찾아냈기에, 다가올 기후 재난에 속절없이 휩쓸리지만은 않도록 대책을 마련할 수 있습니다. 비록 우리가 스스로 초래한 재앙으로부터 문명과 사회와 미래를 상처 없이 구해 낼 기회는 영영 오지 않을지라도, 최소한 경이로운 동식물 몇몇 종을 저승길 길동무로 데려가지 않을 기회는 주어진 셈입니다.

이것은 우리의 희망은 아니지만, 그래도 틀림없는 희망입니다. 아니, 어쩌면 바로 그렇기에 우리의 희망이기도 합니다. 적어도 마지막 순간에는 무언가 옳은 일을 할 수 있다는 희망 말입니다. 그런 희망에 대해 생각하면서 이 소설을 썼습니다. 고결한 인류애가 아닌 자기 파괴적 악의가 승리하는 이야기입니다. 여러 사람의 필사적인 노력이 제대로 보답

받지 못하는 이야기입니다. 그럼에도 어쩌면 그 악의와 허무 가운데에야말로 어떠한 미래가, 진보가, 희망이 존재할지도 모른다고 슬며시 속삭이는 이야기입니다.

어쩌면 우리에게는 정말로 미래가 없을지도 모릅니다. 현대 사회에서 어떠한 변화든 외치려면 일단 동전과 표부터 다 세어야 한다는 이유로, 시스템을 뜯어고치기보다는 차라리 가난한 사람부터 끓는 바다에 차례로 빠뜨리는 편이 수치상의 손해가 적다는 이유로 우리는 충분히 피할 수 있었던 종말을 맞이할지도 모릅니다. 하지만 설령 그렇게 된다 한들 우리가 할 수 있는 일이 정말로 하나도 없지는 않을 것입니다. 비록 그것이 우리의 목숨을 구하는 일은 아니더라도 말입니다.

우리의 시대가 문명의 황혼이라면, 적어도 저녁놀이 아름답기를 바랍니다.

2024.02.23.

이산화

프로듀서의 말

　앞서 작가님께서 '작가의 말'을 통해 말씀해 주신 것처럼 《밀수: 리스트 컨선》 후속작이 만들어지는 동안 지구에는 많은 일들이 벌어졌습니다. 기후 변화라는 단어는 순식간에 기후 위기로 대체되었고, 최근에는 기후 위기보다 더 나아간 기후 재앙이라는 말도 나오고 있습니다. 여러 논란을 뒤로 하더라도 따듯해지고 지구 온도의 숫자와 하루 동안 멸종되는 동식물의 숫자는 결코 줄지 않고 늘어가고 있음은 틀림이 없어 보입니다.

　전작인 《밀수: 리스트 컨선》이 희귀 동식물 밀수라는 범죄 행위를 통해 진짜 희귀한 것은 무엇인지, 진화의 한 가능성에 불과한 것에 매몰되는 인간의 빗나간 소유욕과 탐욕을 다루며 그럼에도 우리가 생각해 봐야 할 것은 무엇인지 전달했다면 이번 밀수 2부는 과거에 이미 사라진 생태계, 현재에도 끊임없이 사라지고 있는 생태계와 미래에도 사라질 생태계, 그럼에도 재발견 될지도 모르는 새로운 생태계에 대한 이야기입니다.

의미적으로 이렇게 커진 만큼 작품의 스케일 그리고 재미도 커질 수밖에요. 전작에서 아시아를 주 무대를 삼았다면 이번 작품은 이미 보셨다시피 유럽 전역을 거쳐 인류의 시작점이라고 할 수 있는 아프리카로 다시 돌아가는 모험 액션 스릴러 장르물로 마치 〈인디애나 존스〉 시리즈를 떠올리게 할 만큼의 서스펜스와 모험 자체의 재미를 선사하고 있습니다. 그렇기에 전작을 읽지 않았다 하더라도 충분히 즐기실 수 있으며 이 책을 먼저 읽으셨다면, 부디《밀수: 리스트 컨선》도 함께 읽어 주셔서 캐릭터들의 새로운 매력을 느껴 보셨으면 좋겠습니다.

무엇보다 이번 후속작을 처음 구상하시고 2020년에 만났던 자리에서 작가님께서 말씀해 주셨던 이번 작품의 핵심인 '생태계란 결코 인간을 위한 시스템'이 아니라는 메시지와 좋은 어머니 지구라고 불리는 '가이아 이론'과 대비되는 흥미로운 발상인 '메데이아의 가설'이 원고가 완성되는 긴 시간 속에서도 변하지 않고 제대로 구현된 지점에서 언제나와 같이 작가님께 경의를 표하게 됩니다.

그래서 언젠가 한 가지 바람이 있다면 이 시리즈가 여기에서 그치지 않고 인류가 가장 마지막으로 도착한 땅이자, 신대륙이라고 불리는 아메리카 대륙을 배경으로, 더불어 지구에서 가장 많은 생명체를 품고 있는 아마존을 배경으로 더욱 비밀스럽고, 모험이 넘치는 이야기가 이어질 수 있도록 바라 봅니다.

그럼 언젠가 다음 모험에서 다시 뵙겠습니다.

감사합니다.

안전가옥 스토리 PD

윤성훈 드림

도난: 숨겨진 세계

1판 1쇄 발행 2024년 6월 26일

지은이 이산화

기획 안전가옥
프로듀서 윤성훈
         김보희, 신지민
         이수인, 이은진, 임미나
퍼블리싱 박혜신, 임수빈
편집 박영산
디자인 이경민
일러스트 윤예지
서비스 디자인 김보영
비즈니스 이기훈
경영지원 홍연화

펴낸이 김홍익
펴낸곳 안전가옥
출판등록 제2018-000005호
주소 04779 서울특별시 성동구 뚝섬로1나길 5,
      헤이그라운드 성수 시작점 202호
대표전화 (02) 461-0601
전자우편 marketing@safehouse.kr
홈페이지 safehouse.kr

ISBN 979-11-93024-77-5 (03810)
값 16,000원

안전가옥 오리지널